À PROPOS DE L'AUTEUR

Nicole Locke a découvert la romance dans la bibliothèque secrète de sa grand-mère et a tout de suite apprécié leur goût d'interdit. C'est tout naturellement qu'elle a elle-même commencé à écrire. Curieuse et passionnée d'histoire, le Moyen Âge est son époque de prédilection, et elle aime entrelacer la grande Histoire avec celle de ses personnages.

La captive du Gallois

NICOLE LOCKE

La captive du Gallois

Traduction française de
PHILIPPE BARBIER

Les Historiques

HARLEQUIN

Collection : LES HISTORIQUES

Titre original :
IN DEBT TO THE ENEMY LORD

HARPERCOLLINS FRANCE
83-85, boulevard Vincent-Auriol, 75646 PARIS CEDEX 13
Service Lectrices — Tél. : 01 45 82 47 47

www.harlequin.fr

ISBN 978-2-2803-6987-9 — ISSN 1159-5981

À Mary,

Regarde… J'ai enfin conclu ce récit ! Celui que j'avais commencé, il y a tant d'années, et que tu relisais patiemment alors que j'en forgeais les phrases et refaisais les paragraphes.

Je t'en prie, regarde cet ouvrage, ce merveilleux, ce douloureux ouvrage. Celui que je n'ai jamais réussi à terminer alors que tu étais encore là.

Ce n'est pas le livre que je veux que tu voies, mais ta famille, tes petits-enfants avec leurs cheveux roux semblables aux tiens.

Je désire tant que tu voies, et que tu comprennes à quel point tu nous manques.

Prologue

À demi caché dans l'ombre, impuissant, Teague la regardait. Agenouillée sur les dalles à l'entrée du donjon, recroquevillée sur elle-même, elle sanglotait et les premiers rayons du soleil, dardés sur elle, paraissaient autant de lances qui l'auraient transpercée.

Les larmes ruisselaient de ses yeux rougis sur ses mains crispées. Sa belle robe grise dessinait une ombre au sol auprès d'elle, de même que ses cheveux noirs emmêlés. Elle rejeta soudain la tête en arrière comme un animal blessé présentant sa veine jugulaire à son prédateur, et sa face tourmentée ainsi livrée à la lumière impitoyable du matin lui parut blafarde.

Elle ouvrit la bouche comme pour parler, mais seul un son éraillé et guttural s'arracha de sa gorge. Il y eut un grand silence puis, d'une voix que le jeune garçon n'oublierait jamais, elle prononça un nom tabou qu'à partir de ce moment il ne souffrit plus d'entendre.

— William ! s'écria-t-elle en propulsant son corps en avant, la tête relevée dans un ultime effort pour que sa voix porte.

Le prénom cingla le visage de Teague alors que la respiration de sa mère devenait haletante. Il ne la quittait pas des yeux tandis qu'elle tirait sur sa robe en laissant échapper des sanglots rauques et hachés.

Hélas ! Il ne pouvait rien changer à la situation. Sa mère

pouvait pleurer et appeler son père autant qu'elle le voulait, celui-ci ne l'entendrait pas… Il était mort ! Teague se tenait près de sa mère lorsque le messager lui avait appris la tragique nouvelle.

Il s'était alors écarté d'elle pour se réfugier derrière l'un des piliers qui supportaient la voûte. Les poings sur les hanches, il refusait de prendre part à sa douleur. La sienne trouvait sa source dans un tout autre sentiment : la colère. Celle qu'il avait ressentie et continuait d'éprouver depuis qu'il avait surpris, deux semaines plus tôt, une discussion entre sa mère et sa tante.

Elles n'élevaient pas le ton, mais leurs voix étaient discordantes. Pour mieux les écouter, il s'était caché derrière l'une des tapisseries pendues devant les murs. Il avait beau n'être qu'un enfant, il avait compris le sens des reproches qu'elles s'adressaient l'une à l'autre : son père ne reviendrait jamais. Maintenant il était trépassé, mais la nouvelle ne l'avait pas atteint. Pour lui, cet homme était mort le jour où il avait oublié l'existence de son fils et abandonné son épouse.

Non, il n'avait rien ressenti après avoir appris la disparition de son père, mais il était désespéré devant la souffrance de sa mère. Elle pleurait quand il en était incapable. Elle aimait toujours son mari alors qu'il n'avait plus la force de le chérir, lui, ce père absent depuis si longtemps.

Ils avaient été, tous deux, trahis et bafoués, mais s'il avait réussi à éteindre ses sentiments pour lui dans son cœur, ce n'était pas le cas pour sa mère. La force de son amour était perceptible dans les accents de sa voix hurlant le nom du défunt.

Teague sortit enfin de sa cachette et mit les bras autour du cou de sa mère. Il ne la tenait ainsi que depuis un instant quand, soudain, elle se tut avant d'émettre un autre son, très différent des précédents…

Une main sur son ventre énorme, elle porta l'autre sur les mains réunies de l'enfant et les serra très fort.

— Teague ! fit-elle, le souffle coupé. Va chercher de l'aide !

Sous elle, les dalles changèrent d'aspect alors qu'une eau mêlée de sang se répandait.

Le liquide annonciateur d'un événement majeur atteignit les pieds de l'enfant avant qu'il ne consentît à lâcher sa mère. En courant chercher de l'aide comme elle le lui demandait, il prononça un serment en son cœur.

Chapitre 1

Pays de Galles, en l'an de grâce 1290

— Je vais me tuer, marmonna Anwen de Brynmor. Tout cela parce qu'il faut que je monte dans ce satané arbre.

Elle fit de nouveau le tour du gigantesque chêne. Ses branches basses, épaisses, pourraient certes aisément supporter son poids. Mais ce n'était pas celles-ci qui l'inquiétaient. Elle redoutait la fragilité des toutes fines au sommet de l'arbre. Or, c'était jusqu'à elles qu'elle devrait se hisser. Elle ne pouvait y voir son autour[1] dont les jets[2] s'étaient emmêlés dans les branches, mais elle entendait très bien ses cris plaintifs et savait que c'était là qu'il était retenu prisonnier.

— Tu as besoin de moi, maintenant, n'est-ce pas ? Tu aurais mieux fait de revenir rapidement vers moi quand tu t'es élancé dans les airs après avoir rompu ta créance[3], plutôt que de voler vers la forêt de Dameg.

Elle sauta pour tenter de saisir la branche la plus basse mais en vain. Quand elle retomba au sol, sa longue robe bleue se gonfla d'une manière gênante autour de ses jambes.

1. Oiseau de proie.
2. Courtes lanières de cuir attachées aux pattes de l'oiseau.
3. Ficelle de dix à quarante mètres de longueur qui s'attache aux jets.

Aussi Anwen décida-t-elle de la quitter, et pour cela se mit à en défaire les lacets.

— Mais au lieu de m'écouter quand je m'égosillais à te rappeler, tu t'es contenté de battre des ailes avec ta filière de cuir qui pendait derrière toi. Tu es bien avancé, n'est-ce pas, maintenant qu'elle est accrochée je ne sais où.

Quand elle eut dénoué jusqu'au dernier lien qui retenait sa robe, Anwen remua les épaules pour la faire glisser jusqu'à ses pieds puis, frissonnant de froid et claquant des dents, elle s'en défit. Heureusement, à cette heure matinale, il y avait très peu de risques de rencontrer quelqu'un dans la forêt qui pût lui reprocher son manque de pudeur, songea-t-elle.

Elle secoua son vêtement pour en faire tomber la boue et en effacer les plis avant de le poser délicatement sur un tronc d'arbre abattu. En dépit de sa bordure usée et du trou dans la manche, c'était là sa plus belle robe.

— À dire vrai, Gully, je n'aurais pas hésité à te laisser, reprit-elle, mais nous sommes devenus les sujets du roi d'Angleterre et avons pour seigneur cet arrogant sire de Gwalchdu qui ferait sectionner une main au responsable de ta disparition.

Le petit rapace poussa un cri strident.

— Ah ! tu penses que je mérite la mort ? Ce n'est pas moi qui la subirais, mais Melun. Ce brave et vieux fauconnier, pourtant, ne t'a jamais fait de mal. C'est pour son bien que je vais te rattraper, pas pour toi, espèce de bestiole au cou trop maigre !

Anwen se rapprocha du chêne, se ramassa sur elle-même puis bondit. Elle fut remerciée de son effort en s'éraflant les mains contre l'écorce de la branche qu'elle visait et retomba sur les fesses, sur la mousse gelée et le tapis de feuilles mortes.

Elle reprit sa respiration et, dans un accès de fureur, frappa le sol du poing.

— Pourquoi n'ai-je pas pu rentrer tranquillement à la maison ? Je déteste Gwalchdu avec ses toits de chaume en parfait état et sa grand-rue bien entretenue. Il a fallu que tu t'envoles et m'obliges à te porter secours, oiseau de peu de créance !

Galvanisée par la colère, Anwen sauta de nouveau et réussit à s'agripper à la branche avec ses mains toutes griffées. La douleur provoquée par son geste lui pénétra les bras, mais elle ne voulut pas lâcher prise et lutta avec un tel acharnement pour se hisser tant bien que mal qu'elle laissa échapper un cri furieux. Elle n'était pas galloise pour rien et si elle avait su lutter jusqu'au bout contre les Anglais, ce n'était pas une éraflure qui allait l'empêcher de monter au sommet de cet arbre pour récupérer un damné volatile !

Poussant de nouveau un cri sauvage, elle réussit à atteindre la deuxième couronne de branches.

— Tu as entendu ?

Teague, sire de Gwalchdu, arrêta son cheval.

— Il n'y a rien dans cette forêt en dehors des bêtes sauvages, des arbres et de la glace qui s'accroche à mes éperons, répondit son frère Rhain en haussant les épaules. En effet, je ne vois pas, en dehors de nous, qui aurait intérêt à se trouver au cœur de cette immense forêt à une heure aussi matinale.

— Tais-toi !

Rhain, bien que grommelant, vint placer sa monture près de la sienne.

Teague tendait l'oreille pour percevoir le moindre bruit par-dessus les craquements que laissait entendre le sol gelé sous les sabots des chevaux. Dans l'air de la fin d'automne, chargé du parfum des sapins et de la terre humide, ne flottaient que les froissements à peine audibles produits par les petits animaux. S'il y avait un humain sous les frondaisons mourantes, il n'était pas près d'eux.

— Tu sais pourquoi nous sommes ici. C'est le seul endroit où puisse se cacher notre ennemi.

— Nous n'avons aucune chance de le trouver ici. Il est loin maintenant. Il y a trop longtemps que nous avons reçu sa menace. Nous ne pourrons, éventuellement, que relever sa trace.

— Eh bien, cherchons-la, répondit Teague avec humeur en poussant sa monture en avant.

Il faisait trop froid, décidément, et une tempête de neige pouvait se déclarer à tout instant. Si l'ennemi était dans la forêt, il était encore plus téméraire qu'il ne le pensait, ou carrément stupide car il fallait avoir la tête fêlée pour provoquer un seigneur des Marches. Surtout quand ce dernier, à l'issue de la guerre entre l'Angleterre et le pays de Galles, vieille de plus de dix ans, s'était retrouvé avec plus de terres et de pouvoir qu'il n'en avait auparavant. Un sire qui pouvait, s'il le désirait, requérir le soutien du roi Edouard en personne.

Mais Teague ne voulait recevoir aucune aide. D'autant qu'il s'efforçait de ne pas attirer l'attention sur les menaces dont il était l'objet. Aussi poursuivait-il ses recherches seul, avec pour unique compagnon son frère. Jusque-là, cependant, ils n'avaient pas trouvé trace de celui qui lui laissait des messages hostiles.

Au début, il n'en avait pas tenu compte. Après tout, il n'avait jamais été aimé par ses propres compatriotes, les Gallois, et encore moins par les Anglais. Mais il avait su se faire respecter par les uns et par les autres. Bien que la guerre fût finie, les Gallois continuaient de se répandre en injures haineuses contre les Anglais. Pour sortir de cette contradiction il suffisait qu'ils acceptent leur destin. N'avait-il pas accepté le sien quand il s'était rangé du côté des Anglais et avait ainsi contribué à la victoire du roi Edouard ? Ce qui, d'ailleurs, lui avait permis de garder le château de Gwalchdu.

Cela expliquait qu'il ne fût pas aimé des Gallois et, dans ce contexte, il s'était habitué aux menaces diverses qu'il recevait depuis la conclusion de la paix avec les Anglais.

Cependant, cette fois, elles n'étaient pas seulement dirigées contre lui mais aussi contre les habitants de Gwalchdu. Lorsque l'ennemi pendait aux murs intérieurs du château les carcasses ensanglantées d'animaux et donnait, ainsi, la démonstration de la vulnérabilité de sa forteresse, il ne pouvait pas l'ignorer.

De plus il ne comprenait pas pourquoi ces menaces intervenaient aussi longtemps après la guerre, ni leur raison d'être puisqu'elles n'étaient accompagnées d'aucune réclamation. Mais quelles qu'en fussent les motivations, il était décidé, une bonne fois pour toutes, à y mettre un terme.

— Il règne un silence inquiétant, ici, fit remarquer Rhain tout en engageant sa monture à la suite de la sienne dans un étroit sentier. Ce qui m'intrigue, mon cher frère, c'est de voir que tu mets ta vie en péril. Si ton ennemi se cache réellement dans cette forêt, tu prends un risque inutile en te rendant dans sa tanière.

Teague se pencha pour éviter une branche et aussitôt son cheval, ombrageux, fit un pas de côté. Il dut tirer sur les rênes pour éviter que sa jambe se déchire contre l'écorce d'un arbre.

— À mon avis, il n'y a pas de danger qu'il se montre. Il est bien trop lâche. Mais il ne perd rien pour attendre. Je le trouverai !

Quand il l'aurait débusqué, il lui ferait regretter son petit jeu… Mais ce n'était pas en discourant avec son frère que l'affaire se réglerait.

— J'en ai assez de cette conversation, dit-il. Nous allons prendre chacun un chemin différent jusqu'à midi.

L'épée à la main, Teague restait comme frappé de stupeur. Quand il était descendu rapidement de cheval après avoir entendu, au-dessus de sa tête, un bruit de branches que l'on secouait, il ne s'était pas attendu à découvrir, un instant après, une charmante nymphe dans un arbre.

Debout sur l'une des hautes branches d'un énorme chêne dont elle enlaçait le tronc, elle lui tournait le dos. Ses longs cheveux blonds lui tombaient librement sur les reins alors qu'elle levait les yeux vers la cime de l'arbre.

Ce n'était pas le fait qu'elle fût perchée dans un arbre comme un oiseau qui stupéfiait Teague, mais qu'elle fût presque nue… La chemise qu'elle portait était si usée qu'il distinguait la couleur de sa chair au-dessous et, en particulier, celle de ses fesses. Quant aux larges trous dans le vêtement, ils offraient une vision d'une peau veloutée qui portait au rêve…

La femme se hissa sur une branche plus élevée et s'y assit à califourchon. Quand elle la serra entre ses mains, sa chemise se tendit sur elle, soulignant les courbes généreuses de son corps.

Teague ne put résister à l'envie de tendre le cou pour mieux la voir. Cela ne suffit pas, cependant, et il avança d'un pas. Il était davantage exposé, mais n'en avait cure. La jeune beauté portait la tenue la plus suggestive qu'il se fût jamais représentée dans ses rêves les plus fous.

— Et je vais me retrouver prisonnière au sommet de cet arbre !

Sa voix rauque n'était pas celle d'une nymphe, mais plutôt d'une harpie… À qui parlait-elle ?

— Si je ne tenais pas autant au gibier que tu chasses, fit-elle en se dressant lentement sur ses jambes alors qu'elle se tenait des deux mains au tronc du chêne, je serais prête à risquer ma main, si tel était le prix à payer à cet usurpateur de roi Edouard pour ta disparition.

Teague serra plus fort la poignée de son épée. Elle était avec quelqu'un et cette pensée l'intriguait au plus haut point.

Il battit en retraite sous les taillis pour échapper aux regards, mais sans perdre de vue la somptueuse créature qu'il soupçonnait fort, à présent, d'être associée à un félon.

La téméraire jeune femme venait d'atteindre un point

encore plus haut et, reprenant son souffle, elle laissa échapper :

— C'est à cause du traître que je suis obligée d'escalader cet arbre.

Un silence suivit sa remarque tandis qu'elle poursuivait son ascension jusqu'aux branches les plus flexibles de l'arbre.

— Je voulais seulement t'entraîner un peu, faire l'acquisition de nouveaux jets et retourner à la maison.

La branche sur laquelle elle se tenait craqua sous son poids alors qu'elle tendait les bras pour attraper celle qui se trouvait juste au-dessus.

— Je ne pensais pas me retrouver prisonnière de cette satanée forêt et encore moins être obligée de racheter des jets à mon tanneur que le traître vole sans vergogne.

Teague, de plus en plus convaincue qu'elle était seule, avança d'un pas pour mieux l'observer et comprit enfin le but de son ascension : un autour dont le lien de cuir s'était enroulé autour d'une branche. C'était à cet oiseau qu'elle s'adressait. Il avait le privilège d'entendre des propos tendancieux qu'elle n'aurait osé tenir devant personne et encore moins devant lui.

— Cet infâme traître, reprit la jeune femme, nous a tout volé quand il s'est rangé du côté de ces vermines d'Anglais.

Laissant glisser la main le long de la branche supérieure où était perché l'oiseau, elle se déplaça vers lui en s'éloignant du tronc. Délicatement, de sa main libre, elle réussit à libérer sa patte de la fine lanière de cuir, et il s'envola enfin.

— Les Gallois auraient dû gagner la guerre… Ils l'auraient emporté, d'ailleurs, si ce félon de sire de Gwalchdu n'avait pas changé de côté. Et pourquoi je vous le demande ? Pour vivre dans l'aisance et s'engraisser !

L'ennemi qu'il recherchait était là, et ce n'était pas un homme, mais une simple femme. Prisonnière d'un arbre qui plus était !

Brandissant son épée, Teague tailla dans les branchages

qui gênaient sa progression et vint se placer au pied du grand chêne.

Au bruit qu'il fit, la jeune femme sursauta et lâcha involontairement la branche à laquelle elle se tenait par une main.

— Vous ? fit-elle alors que la branche qui portait tout son poids se mettait à ployer.

Teague vit l'expression de son visage passer de l'incrédulité à la stupéfaction puis à la haine, qui devait refléter le sentiment qu'à ce moment lui-même éprouvait dans son cœur.

— Oui, c'est bien moi, répondit-il sans cacher sa satisfaction.

Il se sentait tel un renard prêt à enfoncer ses crocs dans une proie.

— Et vous allez descendre pour payer votre dû.

— Mon dû ? lança férocement son interlocutrice, alors que la branche qui la portait laissait échapper un craquement sinistre.

Elle se tourna vers le tronc, mais il était trop tard !

— Rattrapez-moi ! s'écria-t-elle en écartant les bras pour tenter de freiner sa chute.

Elle heurta de la tête, des jambes et du buste moult branches avant d'atterrir dans les bras de Teague. Le souffle coupé par la violence du choc, il déposa à terre le corps inerte de la jeune femme.

Elle respirait mais un filet de sang coulait de sa tempe gauche. Teague s'empressa d'arracher une bande de tissu de son vêtement et en fit un bandeau qu'il lui noua autour du crâne. En évitant les blessures apparentes sur ses bras et ses jambes, il les lui palpa pour vérifier qu'elle n'avait aucun bris d'os. Rien ne semblait cassé. Seule la plaie à la tête paraissait être large et nécessiter des soins.

Elle s'était présentée comme son ennemi, mais elle était seule et sans défense. Le sang collait à ses cheveux blonds.

Avec son teint pâle, elle semblait prête à descendre dans la tombe. S'il la laissait ainsi, elle mourrait sans aucun doute.

Plaçant la tête de la jeune femme dans le creux de son bras, Teague la souleva jusqu'à sa poitrine et siffla son cheval. Il lui faudrait beaucoup de temps pour rentrer à pied à Gwalchdu, mais il ne pouvait pas prendre le risque de heurter le crâne de la blessée en se hissant avec elle sur son destrier.

La situation était plus que singulière. D'habitude ses ennemis tombaient sous ses coups et non par l'entremise d'un arbre.

— Qu'est-il arrivé ?

Teague se tourna vers la droite. Il ne s'était pas attendu à rencontrer quelqu'un en retournant à Gwalchdu, qui était à plus d'une lieue. Aussi lui fallut-il un moment avant de comprendre que la présence de son frère ne représentait pas une menace.

— Où étais-tu passé ? lui demanda-t-il.

— J'ai pris la direction que tu m'as indiquée, répondit Rhain en mettant pied à terre. Après la façon dont tu m'as congédié, je ne pouvais pas me douter que ma présence fût si désirée. J'aurais pu te faire remarquer que ce n'était pas une bonne idée de nous séparer pour notre recherche. Si je n'étais pas aussi avisé, je pourrais être amené à penser que tu ne me considères pas comme une bonne lame.

— Je n'ai pas le temps de me pencher sur tes états d'âme… Cette jeune femme est sévèrement blessée.

— Qui est-ce ?

— La personne, précisément, que nous recherchions.

— L'ennemi ? Mais alors au féminin…

Teague acquiesça d'un hochement de tête.

— Dépose-la dans mes bras et monte en selle. Je te la redonnerai quand tu pourras la prendre en toute sécurité.

Rhain porta un instant la jeune femme puis la lui rendit.

— Je vais te devancer pour prévenir tante Ffion de ton arrivée. Elle pourra préparer un onguent pour l'appliquer sur la plaie de ta protégée. Vu sa tenue, j'espère que notre tante ne te fera pas de reproches.

— L'as-tu jamais vue satisfaite ? Elle va maugréer, à n'en point douter. Ses prières, encore une fois, n'auront pas été efficaces sinon son Seigneur ne m'aurait pas condamné à devenir le protecteur de cette femme qui ne nous veut que du mal.

— Tu pourrais la laisser au village.

— Non ! fit Teague avec une véhémence qui le surprit lui-même.

Il était hors de question qu'il la confie à quelqu'un d'autre.

— Nous perdons notre temps. Dépêche-toi de rentrer à Gwalchdu et fais préparer ma chambre.

Dès qu'il fut seul avec elle, Teague porta toute son attention sur la jeune femme qui se trouvait dans ses bras. Sa respiration était faible et, comme elle était totalement inconsciente, son corps était collé au sien. Le bandeau blanc qu'il avait noué autour de sa tête était à présent rouge de sang. Des feuilles mortes et de la boue étaient collées à ses cheveux emmêlés. Elle avait le visage si pâle qu'il était comme translucide.

Teague avait beau être à cheval, le chemin serait long jusqu'à Gwalchdu car le pas était la seule allure possible.

Il ne pouvait qu'espérer ne pas arriver trop tard.

Chapitre 2

— Qui est-ce ? demanda Rhain à mi-voix.

— Je ne sais pas, répondit Teague sans quitter des yeux la jeune femme étendue sur son lit. Mais j'ai quelques soupçons…

Les servantes n'avaient pas été longues à préparer la chambre pour y accueillir la blessée. Un grand feu brûlait dans la cheminée, de l'eau chaude fumait dans des seaux et la tante Ffion écrasait des herbes dans un mortier à l'aide d'un pilon.

— Et tu l'as ramenée ici, répétait-elle, à Gwalchdu, pour la mettre dans ton lit !

— Oui, répondit laconiquement Teague en croisant les bras sur la poitrine.

Il suivait des yeux chacun des gestes de Greta, l'une de ses plus fidèles servantes, occupée à nettoyer la plaie à la tête de sa protégée.

Les yeux de cette dernière se déplaçaient sous ses paupières closes. Sa pâleur, son inertie donnaient à penser que la mort pouvait l'emporter à tout instant malgré les soins qu'elle recevait.

— Oui ? fit en écho Rhain. C'est une réponse très explicite, mon cher frère, vraiment éloquente.

Il tourna les talons avant d'ajouter :

— Je descends dîner.

Teague leva les yeux vers son frère au moment où celui-ci

refermait la porte de la chambre derrière lui. Il savait qu'il aurait dû lui emboîter le pas et aller partager son repas, surtout pour lui expliquer ce qui s'était passé dans la forêt.

Il n'avait aucune raison de rester plus longtemps auprès de celle qu'il avait recueillie sans le vouloir. Greta n'avait pas besoin de sa présence pour sécher le pourtour de la plaie, qu'elle tamponnait délicatement avec un linge. Mais avant de dîner, il devait aller se laver car il était couvert de sueur et de sang. *Son* sang…

Cette jeune femme était si différente, à présent, de ce qu'elle lui avait donné à voir dans la forêt. Elle avait fait preuve d'une force incroyable pour réussir à se hisser à une telle hauteur dans l'arbre. Or, maintenant, si sa poitrine ne s'était pas soulevée régulièrement au rythme de sa respiration, il aurait pu la croire morte.

Une fois sa plaie à la tête propre, il était apparu qu'elle avait besoin d'être recousue. Greta, d'ailleurs, était en train de lui tresser les cheveux pour bien dégager la tempe. C'était une intervention assez simple, mais Teague n'en fut pas moins éberlué de voir l'efficacité des doigts épais de la servante qui eut tôt fait d'achever son œuvre.

L'éclat des longs cheveux blonds de la blessée, quand ils étaient baignés de la lumière du soleil, lui revint en mémoire. Réunis dans une seule et volumineuse tresse, ils semblaient autant privés de vie que le corps même de la jeune femme.

Teague chassa rapidement de son esprit le regret qui déjà s'y formait, et quitta la chambre.

Après avoir pris son bain, il se rendit dans la grande salle. Le souper était fini. Ses pas résonnèrent dans la vaste pièce quasiment vide, à l'exception de Rhain, assis sur un siège à haut dossier devant un feu allumé dans le plus petit âtre.

— Alors ? fit son frère en le voyant approcher. Me diras-tu ce qui s'est passé dans la forêt ?

Teague prit un pichet de vin sur une table et remplit une coupe dont il but une longue gorgée, avant de faire la grimace.

— Il est coupé d'eau, dit Rhain en riant. Tu sais comment est Ffion quand il est question de vin.

— Rappelle-moi d'en toucher un mot à l'échanson, répondit Teague en s'asseyant en face de lui. Je lui demanderai de veiller à ce que cela ne se reproduise plus.

Il se tut un instant avant de relater dans le détail à Rhain ce qu'il avait vécu dans la forêt en son absence.

— Je ne comprends pas, rétorqua le jeune homme. Pourquoi se trouvait-elle seule dans la forêt ? Surtout dans une futaie aussi dense et proche de Gwalchdu.

— Je crois que c'est elle notre ennemi.

— Tu me l'as déjà dit, mais en es-tu bien certain ?

— Je l'ai entendue tenir des propos très hostiles au roi et à moi-même.

— Nous sommes sur les Marches du pays de Galles. Cite-moi un villageois qui n'ait pas dit du mal de toi et du roi. Je crains que tu n'aies perdu patience et tiré une conclusion un peu trop hâtive.

Rhain s'interrompit avant de reprendre sur un ton énigmatique :

— Pourquoi ne m'accuses-tu pas plutôt qu'elle ?

— Pardon ? fit Teague, interloqué. Tu n'étais pas de garde, hier, quand le message de menace a été déposé sur notre seuil.

— Peut-être mais les menaces n'ont commencé qu'à partir du jour où j'ai été de retour à Gwalchdu.

Teague lui lança un regard impatient.

— Arrête… Ce n'est pas toi l'ennemi.

— Tu es trop confiant… Cela pourrait t'être fatal.

— Tu te trompes. Je ne fais confiance à personne. Je ne sais pas, d'ailleurs, pourquoi j'ai cette conversation avec toi.

— Parce que tu n'es pas idiot. Les faits sont contre moi. Je suis revenu vivre ici l'été dernier après avoir été séparé de toi depuis l'enfance. Et les messages ont commencé d'arriver un mois après mon retour. Les menaces te sont clairement adressées et sont déposées à l'intérieur de tes murs. Or, tu n'arrives pas à déterminer qui en est l'auteur.

— Je sais que ce n'est pas toi.

— Qui plus que moi aurait intérêt à ce que tu meurs ? Qui peut circuler librement dans le château et laisser les messages où et quand il le veut ? Qui peut s'approcher assez près de toi pour te tuer ?

— Il suffit !

— Pourquoi es-tu aussi certain que cela ne puisse pas être moi ?

— Parce que tu es mon frère.

— Tu es fou, répondit Rhain avec un petit rire. À moins que tu ne mesures ma sagesse et prennes conscience que ce serait folie de ma part d'affaiblir ma propre maison.

— Je comprends, surtout, que tu parles trop et es incapable de garder un secret.

Rhain tendit la main pour prendre le pichet de vin.

— Est-ce parce que la jeune femme est condamnée au silence que tu as conclu aussi vite qu'elle était ton ennemi ?

Teague plongea les yeux dans sa coupe où le liquide, faiblement éclairé, paraissait sombre et en masquait le fond.

— Pourquoi était-elle aussi près de Gwalchdu ? dit-il comme pour lui-même, avant de prendre une gorgée de vin. Le fait qu'elle soit ici, même si c'est grâce à moi, convient trop bien à son plan pour n'être pas suspect. Si ce n'est pas elle notre ennemi, alors elle lui sert d'appât.

— Je ne le crois pas. Elle a failli se tuer en tombant de cet arbre. Il me semble qu'elle mérite notre confiance jusqu'à preuve du contraire.

Teague s'était attendu à ce que son frère, d'une nature ouverte et spontanée, exprimât le fond de sa pensée et cela venait de se produire.

— Comment peux-tu en être certain ?

— Eh bien, disons que la méfiance est ton penchant naturel, alors que le mien est la confiance. Tu es entêté alors que je suis flexible comme l'eau. Pourquoi devrais-je changer d'attitude ?

— Peut-être parce que nous sommes soumis à une menace qui nous atteint au cœur même de notre vie.

— Et tu crois vraiment qu'elle émane de cette femme actuellement étendue dans ton lit ?

— Oui... Mieux vaut se montrer prudent et prendre toutes les précautions plutôt que de recevoir un coup de poignard dans le dos.

Rhain prit une expression interloquée.

— N'est-ce pas toi qui as couché dans ta chambre celle que tu soupçonnes capable de te poignarder dans le dos ? Et puis elle peut à peine ouvrir les yeux... Où trouverait-elle la force de te frapper avec un couteau ?

Rhain se leva en s'étirant.

— Pour ma part, je suis curieux d'en savoir plus sur elle. Je crois que lorsqu'elle ira mieux je la questionnerai tout simplement.

La nuit était avancée et le donjon plongé dans le silence quand Teague retourna dans ses quartiers. La jeune femme n'était pas seule dans sa chambre. Greta dormait sur une chaise, le menton posé sur la poitrine.

Poussé par une force mystérieuse, Teague s'agenouilla au chevet de la blessée, si bien qu'il avait le visage tout près du sien. Il n'avait pas cessé de penser à elle pendant toute la soirée. Il la revoyait au sommet de l'arbre, avec ses longs cheveux blonds qui ondulaient dans son dos, sa silhouette svelte...

Puis la branche avait rompu... Elle l'avait appelé au secours et il s'était senti incapable de lui refuser son aide. Il avait compris que c'était elle l'ennemi qui le harcelait, et qu'il n'avait donc aucune raison de lui porter assistance, mais il avait ouvert les bras, et bien qu'elle fût remplie de haine contre lui, elle n'avait pas répugné à s'abandonner à sa protection.

Teague ne put résister à l'envie de poser délicatement la main sur la tête de la belle endormie et de glisser les doigts dans ses cheveux. Elle eut un léger battement de paupières mais ne sortit pas de sa léthargie. Il lui fut toutefois reconnaissant de ce petit signe, car le contact qu'il venait ainsi d'établir suffit à l'apaiser, et lui donna, d'une certaine manière, le sentiment d'être moins seul. Cette impression lui était tout à fait étrangère, tout autant que les sentiments que la jeune femme, involontairement, lui avait inspirés.

Il lui semblait qu'elle faisait renaître en lui l'espoir… C'était peut-être en effet ce qu'il avait ressenti au moment où elle l'avait appelé à l'aide et s'en était remise aveuglément à lui pour la sauver d'une mort certaine.

Mais à quoi lui servirait l'espoir ? C'était un sentiment vain et qui ne menait nulle part.

Teague se redressa et sortit de la chambre. Il était fatigué, assurément, pour avoir de telles pensées. Ce n'était pas dans sa nature d'accorder ainsi sa confiance aux femmes. Il avait vécu presque toujours en solitaire et continuerait son chemin de la même façon. Ses gens comptaient sur lui pour les protéger. Or une femme pouvait représenter un danger mortel. C'était la raison pour laquelle il s'abstenait de tout rapport avec les membres du sexe faible depuis qu'avaient commencé les menaces. Dans ces circonstances, il n'y avait pas de place pour l'espoir. Sa vie et celle de ses proches en dépendaient.

Anwen flottait dans un demi-sommeil quand elle entendit la porte grincer.

Elle ouvrit les yeux et vit entrer dans la chambre un jeune garçon qui tremblait en portant un seau d'eau.

— Oh ! fit-il en manquant de peu de tout renverser. Vous ne dormez pas !

Anwen avait trop mal à la tête pour répondre.

— J'apporte l'eau pour votre toilette, ma damoiselle. Mais il faut vite que je prévienne les autres.

Sur ces mots, il posa le seau à terre et s'en fut en courant.

Anwen resta dans la même position, la tête tournée vers la porte ouverte.

Elle ne tarda pas à voir paraître dans l'embrasure un homme d'une beauté singulière.

Dans la lumière du soleil qui inondait son visage, ses cheveux blonds avaient l'éclat de l'or. Ses yeux, couleur d'ambre, avaient une expression chaleureuse qui contrastait avec son menton carré et son nez aquilin.

En le voyant sourire, Anwen se dit que plus d'une jeune fille devait tomber en pâmoison devant lui, mais pas elle en cet instant. Les circonstances ne le lui permettaient pas.

— Où suis-je ? demanda-t-elle avec un gros effort d'articulation.

— Vous ne le savez pas ? fit l'homme en approchant un tabouret du lit. Vous ne vous rappelez absolument rien ?

— Non, affirma Anwen alors qu'elle avait l'impression de sombrer de nouveau dans la nuit.

Mais elle ne le voulait pas… Elle ne le permettrait pas…

Elle sentit le contact d'un linge humide sur son visage et ferma les yeux. Les souvenirs commencèrent, alors, d'affluer dans son esprit. Quelqu'un prenait soin d'elle… C'était un homme à la voix grave et dont les gestes étaient doux. Mais était-ce lui qui venait de se présenter à elle ?

— Qui êtes-vous ? demanda-t-elle en rouvrant les yeux.

— Je m'appelle Rhain, répondit son interlocuteur en lui tendant un gobelet de vin dilué d'eau.

Anwen s'efforça d'en boire quelques gorgées puis, détachant les lèvres du récipient, elle laissa échapper d'une faible voix :

— J'ai l'impression que ma tête est dans un étau.

— Vous vous êtes sérieusement blessée à la tempe… C'est le linge qui entoure votre crâne qui crée cette sensation.

Rhain s'assit et écarta la main qu'elle portait à sa tête.

— Ne touchez pas à votre pansement. Votre blessure est encore trop fraîche.

— Mais comment suis-je… ?

Elle s'interrompit alors qu'il lui revenait en mémoire qu'elle se trouvait sur un arbre et qu'en dessous de cet arbre il y avait quelqu'un…

La porte de la chambre s'ouvrit pour laisser entrer… un dieu ou un démon ? Non, il s'agissait d'un homme, mais il n'était pas comme les autres. À la différence de Rhain, il n'était pas blond mais brun, et il avait la peau mate, encore hâlée par le soleil à cette saison. Anwen le trouva ténébreux mais pas seulement à cause de sa couleur de peau et de ses cheveux foncés. Elle sentait qu'il avait également l'âme sombre.

Bien qu'elle fût sur ses gardes, elle ne pouvait détacher le regard du visage du nouveau venu. Il lui était familier, d'une certaine manière, mais elle ne pouvait croire qu'il s'agît de l'homme qui lui avait parlé avec douceur quand elle tombait dans l'inconscience. Elle n'avait pas vu son visage, certes, mais la façon dont il avait tenté de la rassurer indiquait une âme sensible qui ne pouvait pas appartenir à la personne qu'elle avait à présent devant les yeux.

— Elle est sortie du coma ? demanda-t-il sans la quitter des yeux.

Le dénommé Rhain plissa les yeux d'un air réprobateur en fixant l'homme brun qui venait de parler.

— Est-ce vraiment nécessaire ?

— Plus que jamais.

Les yeux d'Anwen lui brûlaient alors qu'elle luttait pour les garder ouverts. Elle aurait voulu se protéger de la colère contrôlée mais bien réelle qui émanait de cet homme grave et menaçant. Les traits de son visage exprimaient le pouvoir et l'autorité. Il était évident qu'il attendait quelque chose d'elle et que si elle ne le lui donnait pas, il le prendrait.

— Elle n'est pas bien, fit Rhain en se levant néanmoins pour pousser le tabouret vers l'autre homme afin de lui permettre d'approcher du chevet. Laisse-la en paix.

— Elle est réveillée. Il n'y a aucune raison qu'elle ne puisse pas me parler.

Anwen avait le cœur battant et la sueur lui coulait du front, alors qu'une sensation de nausée s'emparait d'elle. Elle prit plusieurs respirations pour tenter de l'interrompre, mais il n'y avait rien à faire. La tête lui tournait de plus en plus et les haut-le-cœur, impitoyables, se succédaient.

— Je suis..., essaya-t-elle de dire.

L'homme aux cheveux bruns se pencha sur elle.

— Je suis...

La blessée se dressa sur un coude et restitua son dernier repas sur sa culotte... Lui faire ça à lui, sire de Gwalchdu !

— Nom d'un chien ! s'exclama-t-il alors que la jeune femme vomissait de plus belle.

— Alors là, c'est une première, fit Rhain sur un ton amusé.

Comme il lui lançait un regard noir, Rhain reprit :

— Oh ! Teague, elle ne l'a pas fait exprès.

Son frère prit le linge dans la cuvette d'eau et essuya les lèvres de la blessée, qui était retombée dans l'inconscience.

— Je ne la croyais pas aussi faible, fit Teague en prenant un autre linge qu'il trempa dans l'eau avant de le passer sur le front de la jeune femme.

— N'oublie pas que c'est une femme... Dieu a permis que ces créatures aient une part de faiblesse, que tu le veuilles ou non.

— Je le sais. Je ne suis pas une bête sauvage, mais seulement...

Teague revoyait en pensée l'agilité avec laquelle la jeune

inconnue était montée dans l'arbre et la détermination avec laquelle elle s'était jetée dans ses bras. Elle ne ressemblait en rien aux femmes qu'il connaissait.

— Elle m'a surpris, répondit-il enfin.

Rhain esquissa un sourire.

— Je veux bien te croire mais je ne suis pas d'accord avec toi au sujet de sa faiblesse. Elle n'est pas si faible que cela. Seule la force de la volonté a pu la sortir de l'état où elle était.

— Je suis désolé, mais elle m'apparaît dans un réel état de déficience physique. L'ennui, c'est que tant qu'elle dormira elle ne me sera d'aucun recours.

— Pourquoi éprouves-tu si fortement le besoin de l'interroger ? As-tu eu des nouvelles de Robert de Brynmor ?

— Oui… Il m'a envoyé un message. Il semblerait qu'une jeune femme du village ait disparu. Une certaine Anwen.

— Il s'agit donc de savoir si celle-ci répond à ce prénom.

— Oui et si c'est elle l'auteur de toutes les menaces que nous avons reçues. Elle semble inoffensive lorsqu'elle dort, mais quand elle a donné l'impression de s'éveiller, ses poings étaient serrés comme si elle était prête à se jeter sur nous. Or, à cet instant précis, elle aurait dû nous paraître particulièrement vulnérable.

Il revint à la mémoire de Teague que la jeune femme n'avait pas crié au moment où elle était tombée de l'arbre. De la voir à présent aussi fragile contredisait tout ce qu'il connaissait d'elle. Un sentiment de frustration s'empara de lui alors qu'il prenait conscience que finalement il ne savait quasiment rien d'elle. Il éprouvait un désir de plus en plus fort d'avoir des réponses à ses questions.

— Je vais me changer, dit-il en laissant tomber dans la cuvette le linge qu'il avait toujours à la main.

Il se dirigea vers la porte.

— Assure-toi qu'on prenne bien soin d'elle, demanda-t-il à son frère avant de se retirer.

*
* *

Il faisait nuit noire lorsque Anwen s'éveilla de nouveau. Elle avait mal à la gorge et à l'estomac. Elle aurait préféré replonger dans le sommeil, mais quelque chose auprès d'elle, qui sentait le cuir et le bois de santal, l'en empêchait.

Elle ouvrit les yeux et vit son visage si proche du sien qu'il lui semblât que toute l'obscurité de la pièce se concentrait dans son regard sombre. Puis elle ressentit la chaleur de son expression et un sentiment de paix l'envahit. Elle venait de comprendre que celui qui l'avait réconfortée la nuit précédente était de retour.

— Vous êtes de retour, dit-elle en s'efforçant de sourire.

Il ne répondit pas mais il ne la quittait pas des yeux. Or, dans son regard, elle lisait la souffrance…

Au même moment, elle eut un élancement horrible dans la tête et resta dans cet état d'intolérable douleur jusqu'à ce qu'elle fût consciente de sa respiration haletante ainsi que de la main chaude qui couvrait les siennes.

— Je ne voulais pas vous réveiller, dit-il de sa voix à la fois douce et grave.

Il ne s'agissait que de simples mots, mais quelque chose dans le ton avec lequel ils avaient été prononcés l'interpella. Si elle n'avait pas eu aussi mal à la tête, elle en aurait percé le sens. S'agissait-il de compassion ? Non, c'était plutôt l'expression de la peine ; peut-être, aussi, de la solitude ; et il lui semblait que sa présence ici, d'une certaine manière, remédiait à ce mal-être.

Il importait peu, en fin de compte, qu'elle ne comprît pas exactement ce que la façon de parler de son protecteur laissait entendre, mais curieusement elle ressentait le besoin de lui venir en aide. Elle ne pouvait cependant garder les yeux ouverts. Déjà l'obscurité l'enveloppait…

— Je suis là, murmura-t-elle alors qu'elle sombrait de nouveau dans le sommeil.

Résistant à l'envie de la maintenir éveillée, Teague regarda la jeune femme s'assoupir. Le regard baissé sur ses mains toujours prisonnières des siennes, il écoutait le rythme régulier de son souffle léger. Cela suffisait presque à l'apaiser.

Il aurait dû se retirer. Il n'avait aucune raison de veiller sur elle. Cela dit, la fièvre continuait de faire ses ravages et même si par moments elle reprenait conscience, elle n'était pas à l'abri d'une rechute.

Mais Teague se disait qu'elle semblait malgré tout se remettre et qu'il serait, bientôt, obligé de prendre une décision à son sujet.

Il promena son regard autour de lui. Depuis qu'il l'avait ramenée chez lui, quatre jours plus tôt, le seul changement qui avait eu lieu dans la chambre était la présence du mortier, du pilon et des herbes de Ffion empilées sur une table. Et, pourtant, la pièce lui était devenue étrangère.

Il sépara doucement ses mains de celles de sa protégée et se dirigea vers la fenêtre dont il ouvrit les lourds volets de bois pour plonger le regard dans la cour. Dans la lumière prodiguée par les torches fixées aux murs et par le clair de lune, il distingua ses hommes qui montaient la garde. Une envie immense de partager leur sort s'empara de lui.

Eux savaient ce qu'ils avaient à faire. Ils avaient une tâche à accomplir, cette nuit, et ils ne failliraient pas à leur devoir. Il aurait aimé être appelé à remplir la même mission et, comme eux, partager cette charge avec d'autres. En effet, s'il était occupé au cours de la journée, en revanche il passait ses nuits seul. Son frère, certes, était à son côté depuis quelque temps, mais il avait trop d'admiratrices pour avoir le loisir de lui tenir vraiment compagnie. La solitude ne lui avait jamais coûté auparavant, mais maintenant il éprouvait un besoin de tendresse qu'il ne parvenait pas à combler.

Or, avec les menaces qui pesaient sur lui, il pouvait difficilement s'accorder le luxe d'une compagnie féminine.

Se détournant de la cour du château, il s'adossa au chambranle de la fenêtre. Il avait l'impression de perdre la raison, mais sans doute était-ce lié à la fatigue.

Sans un regard vers la jeune femme endormie alors qu'il aurait tant aimé retourner auprès d'elle, il quitta la chambre.

Chapitre 3

Anwen se réveilla en sentant un souffle léger contre sa joue. Une paire d'yeux gris griffés de pattes-d'oie et auréolés d'une chevelure blanche comme neige la considérait.

En la voyant soulever les paupières, la vieille femme eut un petit rire de satisfaction.

— Enfin, vous voilà éveillée ! Je m'appelle Edith. Vous sentez-vous un peu mieux ? Nous pensions bien que vous reviendriez à vous aujourd'hui. Hier, vous avez lutté pour sortir de votre sommeil, mais vous y retourniez toujours et, à la fin, vous avez été horriblement indisposée.

Anwen regardait la vieille femme en clignant des yeux et cherchait à décrypter le sens de ses paroles.

— J'avais prédit que cette enfant reviendrait à la vie, reprit Edith en lui passant un linge humide sur le visage. Elle a encore un peu de fièvre mais rien de comparable avec les poussées de ces derniers jours… Nous avons craint le pire, il y a cinq jours, lorsque notre seigneur vous a amenée ici, plus morte que vive.

Anwen tourna la tête vers elle.

— Cinq jours ?

La lumière vive du jour, qui entrait dans la chambre par les hautes fenêtres étroites, l'aveuglait, mais elle distinguait tout de même les montants sombres en bois sculpté du lit où elle était couchée ainsi que les rideaux du baldaquin, au ton crème et bordés de rouge comme les tentures placées sur deux des murs pour réchauffer la pièce. Des tapis en peau de daim, des tables, des chaises et un coffre, sculptés également et orné, pour ce dernier, de serrures en cuivre, complétaient le décor de la pièce.

— Oui, ma petite damoiselle, cinq longues journées de soins et d'angoisses.

La vieille femme, tout en parlant, prit deux oreillers et les glissa délicatement dans son dos.

— Mais vous devez être affamée, ma pauvre enfant.

Anwen ne savait si elle avait faim ou non, mais l'odeur émanant du pain frais et du pichet de vin posés sur la table placée près d'elle commençait à lui ouvrir l'appétit.

— Vous n'avez rien mangé pendant cinq jours à l'exception d'un peu de bouillon.

Tout en parlant, Edith prélevait des morceaux de pain et les lui donnait à manger.

— C'est bon ? En voulez-vous encore ?

Anwen, qui mastiquait lentement et ingurgitait de même, ne pouvait répondre.

— Qu'est-ce que je vous disais ? reprit Edith. En tout cas, même si vous n'avez fait que dormir, vous avez mis la maison sens dessus dessous. Notre seigneur n'arrêtait pas de demander comment vous alliez et si la réponse ne le rassurait pas, il venait à votre chevet. Je n'ai jamais rien vu de tel.

Edith n'en finissait pas de la nourrir mais Anwen n'avait qu'une envie : lui demander de qui elle parlait et où elle se trouvait.

— Comment s'appelle le sire dont vous me parlez ? demanda-t-elle enfin.

— Vous ne gardez donc aucun souvenir de lui ? Ce point, au moins, est éclairci. Nous nous demandions en cuisine si vous aviez perdu connaissance à cause de lui ou de votre chute.

Souriant de toutes ses dents absentes, Edith se retourna et fit face à la porte.

— J'ai besoin des serviettes près du baquet. Elle ne sait rien de lui.

Une forte femme aux grosses mains rouges entra dans la chambre les bras chargés de linge propre. Elle ne dit rien mais elle avait une expression ouverte et des yeux bruns rieurs alors qu'elle esquissait un large sourire.

— Qui est-ce ? insista Anwen.

— Mais c'est le seigneur du château, damoiselle, répondit Edith en rabattant les couvertures. Vous devez souffrir de votre blessure à la tête. Je vais procéder maintenant à votre toilette si vous me le permettez.

Avant qu'Anwen puisse répondre, elle releva sans façon sa chemise jusqu'au sommet des cuisses et prit un linge qui trempait dans une eau pure.

— Vous devez être faible comme un jeune faon.

Anwen baissa les yeux sur la chemise rassemblée sur son ventre et constata qu'elle était taillée dans un lin beaucoup plus fin que celle qu'elle portait d'ordinaire, et qu'elle était d'une blancheur inhabituelle. Ce n'était manifestement pas la sienne.

— Où suis-je ? Ce ne sont pas mes vêtements…

— Non, en effet, répondit Edith en soupirant. Si vous regardiez par la fenêtre, vous verriez que nous sommes en face d'une vaste forêt. Connaissez-vous la forêt de Dameg ?

— Bien sûr… Je vis à côté. Mais où suis-je, à présent ?

— Eh bien, comme je vous le disais, nous sommes juste en face de la forêt.

Anwen tourna les yeux vers la lavandière pour obtenir une réponse plus claire, mais celle-ci baissa le regard sur le linge qu'elle tordait entre ses mains. L'inquiétude qu'elle lut sur son visage, ainsi que sur celui de la vieille femme, fit naître en elle une vive appréhension.

Des bribes de mémoire surgirent dans son esprit : Brynmor, Gwalchdu, le rapace qui s'enfuyait dans la forêt !

Son cœur se serra en repensant à la branche qui cédait sous son poids. Et il y avait un homme sous l'arbre qui l'attendait pour la récupérer. Il l'avait sauvée et elle ne savait pas son nom.

Alors qu'elle contemplait le mobilier de la chambre et ses riches tentures, Anwen fut prise d'un horrible pressentiment.

— Qui est le seigneur de cette place ? demanda-t-elle.

Edith, soudain, parut toute troublée. Se penchant sur le seau d'eau, elle y plongea le linge avant de l'essorer interminablement pour éviter, manifestement, de lui répondre.

Anwen, cependant, n'eut pas longtemps à attendre, la réponse à sa question se matérialisant soudain dans l'embrasure de la porte. Vêtu d'une cotte de mailles, le maître des lieux semblait prêt à se rendre à une joute. Mais ce n'était pas le genre d'homme à livrer un simulacre de combat. L'expression de ses yeux noirs et de ses traits acérés était trop dure. Manifestement ce n'était pas le type d'homme à plaisanter, mais plutôt à conquérir par la force.

— Allez-vous mieux ? demanda-t-il de sa voix grave et sonore.

Vaguement consciente de la présence des deux femmes qui avaient battu en retraite au fond de la chambre, Anwen ne quittait pas des yeux l'homme qui approchait de son lit.

— Avez-vous pris quelque nourriture ?

Comme elle restait silencieuse, il reprit :

— M'entendez-vous ?

Anwen n'avait plus aucun doute : il s'agissait bien là de l'homme qui l'avait veillée de jour comme de nuit, et qui lui avait tenu la main. C'était en outre l'homme qui se tenait sous l'arbre et qui lui avait sauvé la vie. Et, soudain, elle eut la révélation de son identité…

Il s'agissait de Teague, le diable de Gwalchdu, le traître qui avait la réputation d'être un redoutable combattant, le seigneur des Marches du pays de Galles au service du roi Edouard, en un mot son pire ennemi. Or, elle était là, couchée dans son lit… Mais il ne lui faisait pas peur. Elle saurait lui tenir tête.

— Oui, très bien, répondit-elle enfin.

Il hocha la tête avant que son regard s'arrête sur ses jambes nues.

Elle n'eut pas le temps de rabattre la chemise sur ses cuisses. Déjà Teague, qui était arrivé à son chevet, remontait d'un geste brusque les couvertures sur elle.

Comme il ne s'écartait pas du lit, elle dut lever les yeux sur lui lorsqu'il reprit la parole :

— Vous ne m'avez pas répondu lorsque je vous ai demandé si vous alliez mieux.

C'était bien Teague de Gwalchdu qui se tenait devant elle ! Pourquoi ne l'avait-elle pas reconnu spontanément quand il était entré dans la chambre ?

Sans prendre la peine de se tourner vers les deux servantes qui observaient la scène du fond de la pièce, Teague leur donna l'ordre de se retirer.

— Laissez-nous seuls.

En proie au courroux, Anwen regarda les femmes sortir de la chambre et refermer la porte derrière elles. Elle se retrouvait seule avec l'homme qui avait détruit sa famille et provoqué la ruine du château de Brynmor. Elle avait rêvé de se retrouver face à face avec lui, mais pas dans des circonstances où elle était si faible qu'elle pouvait à peine s'asseoir dans son lit.

— Je vous ai demandé si vous alliez mieux, reprit-il en plissant les yeux tandis qu'il la jaugeait du regard, mais je n'en ai pas l'impression. Vous êtes bien trop pâle et je crains que votre ecchymose ne continue de se répandre. Est-ce que vous souffrez toujours de votre blessure à la tête ?

— Cela vous préoccupe ?

Ignorant délibérément sa question, Teague demanda à brûle-pourpoint :

— Qui êtes-vous ?

— Est-ce important que vous le sachiez ?

Il laissa tomber les bras de chaque côté du corps dans un geste de consternation. Il était clair qu'il souhaitait obtenir une réponse.

Mais elle n'avait aucune envie de la lui donner. Il aurait voulu savoir surtout d'où elle venait, elle en était certaine. Ce n'était un secret pour personne que les sires de Brynmor et de Gwalchdu étaient ennemis. Si elle parvenait à lui cacher son identité, peut-être arriverait-elle à s'échapper.

— Si vous ne me dites pas votre nom, je vous en donnerai un.

— Anwen, répondit-elle sèchement.

— Anwen ? fit-il ironiquement, signifiant par son intonation qu'il attendait la suite de son nom.

— Oui, Anwen, répéta-t-elle lentement comme s'il n'avait pas compris la première fois.

— Quelque chose m'a-t-il échappé ?

C'était le beau blond, le frère de cet homme à n'en pas douter, qui venait d'entrer dans la chambre. Il était très différent de Teague. Il n'avait pas non plus la même réputation. D'ailleurs, il était trop jeune pour avoir pris part aux guerres entre le pays de Galles et l'Angleterre. Elle n'avait aucune raison d'être désagréable avec lui.

— Rhain ? fit-elle.

— Oui ! répondit ce dernier en approchant un tabouret et une chaise du chevet de la jeune femme.

— D'autres souvenirs vous sont-ils revenus ? demanda Rhain en s'asseyant sur le tabouret.

Elle fit non de la tête.

— Personne ne vous a jamais parlé de Gwalchdu ? demanda Teague en gardant les yeux fixés sur elle.

— Non.

— Vous voudriez savoir, j'en suis sûr, qui nous sommes et où vous êtes ?

Il souriait d'un air moqueur.

— J'aurais dû, il est vrai, me présenter à vous, d'autant plus que vous m'avez donné beaucoup d'informations vous concernant.

Il s'assit sur la chaise que Rhain avait placée près du lit. Il était si proche, maintenant, qu'Anwen pouvait voir tous les détails de ses traits, sa barbe naissante et le dessin de ses lèvres bien ourlées même si elles présentaient une fermeté profondément masculine.

— Je suis Teague, sire de Gwalchdu.

Elle resta muette alors que ses pires craintes se concrétisaient. Elle était couchée dans le lit du sire de Gwalchdu. Cela signifiait « le corbeau noir » et il n'y avait pas d'animal plus maléfique dans toutes les légendes galloises. Ce nom convenait parfaitement pour désigner ce château ainsi que le traître assis devant elle.

— Vous avez entendu parler de moi, n'est-ce pas ? demanda Teague, jaugeant sa réaction.

— Oui, mais je ne vous connaissais pas, répondit Anwen en s'efforçant de garder une expression impénétrable.

Elle haïssait cet homme depuis la tendre enfance et n'avait pas l'intention maintenant de baisser pavillon bien que les battements dans sa tempe redoublassent.

— Je ne suis pas certain que vous me disiez la vérité...

Il la fixait dans les yeux avec insistance, comme s'il cherchait à lire au fond de ses pensées.

Anwen se raidit aussitôt. Il lui faudrait se montrer très circonspecte et puiser dans son imagination pour se tirer du mauvais pas où elle s'était fourrée.

— Pourquoi vous mentirais-je ? Je ne comprends pas votre remarque...

Elle essayait de mettre de l'ordre dans ses idées alors que son mal de tête ne cessait d'augmenter.

— Nous devrions nous retirer, dit Rhain en se levant. Il est clair que vous n'êtes pas bien et avez besoin de repos.

Il se tourna vers son frère pour l'inviter à l'imiter, mais ce dernier ne la quittait pas des yeux.

— Laisse-lui le temps de se remettre, Teague, insista Rhain.

— Fais venir Ffion, répondit Teague en baissant le ton, mais il n'y avait aucune douceur dans sa voix.

Anwen ne reprit sa respiration que lorsque les deux hommes eurent refermé la porte derrière eux. Elle était prisonnière… Prisonnière d'un homme sombre aux yeux noirs comme l'obsidienne. Des yeux qui reflétaient la couleur de son âme. On le tenait d'ailleurs pour un diable à Brynmor. Personne ne prononçait son nom sans se signer.

Il s'était approché si près d'elle qu'elle avait très nettement distingué les cernes sous ses yeux…

Pourquoi avait-elle noté ce détail et en avait-elle conclu qu'il avait très peu dormi ? N'avait-il pas toujours été un traître à ses yeux ? Elle n'avait aucune raison de s'apitoyer sur son sort.

Certes, il lui avait sauvé la vie. Sans lui elle se serait tuée en tombant de l'arbre ou, du moins, gravement blessée, et elle aurait agonisé seule dans la forêt. Mais maintenant qu'elle l'avait vu et qu'elle avait pu lire l'expression de son visage, elle doutait qu'il eût agi par pur altruisme. La façon, d'ailleurs, dont il avait caressé du regard ses jambes nues trahissait des intentions qui n'étaient pas nécessairement inspirées par l'amitié et encore moins par la gentillesse.

Sa douleur à la tempe ne cessait de s'amplifier… Anwen porta la main à sa tête toujours enveloppée d'un gros pansement. Le traître, de toute évidence, attendait quelque chose d'elle, mais elle n'avait aucune intention de rester ici pour savoir ce dont il s'agissait.

Se dressant sur les coudes, elle tenta de s'asseoir dans son lit. Elle crut un moment qu'elle y parviendrait puis tout se mit à chavirer autour d'elle et la nuit, une nouvelle fois, l'enveloppa.

— Eh bien, fit Rhain à mi-voix en descendant l'escalier, nous savons au moins qu'elle n'a commis aucune traîtrise.

— Vraiment ? fit Teague en sortant du donjon.

Sous le pâle soleil automnal, il se dirigea vers le potager

où les arbustes étaient couverts de linge qui séchait car c'était jour de lessive.

— Elle dit s'appeler Anwen, reprit Rhain. Comme nous savons qu'une jeune fille de ce nom a disparu de Brynmor, il est à peu près certain qu'il s'agit d'elle. Nous n'aurons qu'à la reconduire chez elle dès qu'elle ira mieux.

Teague s'assit sur un banc et allongea les jambes devant lui. Le potager, dont la terre avait été retournée avant la période hivernale, étendait sous ses yeux sa nudité ocre.

— Elle ne nous a pas dit qu'elle venait de Brynmor.

— Peut-être, fit Rhain en haussant les épaules, mais c'est le plus vraisemblable.

— On pourrait lui avoir dit de nous le faire accroire.

— Et dans quel but ? Toutes les places fortes de la région ont fait allégeance au roi Edouard.

— Les seigneurs mais pas le peuple.

— Tu penses toujours que cette femme présente un danger pour nous ?

— Oui car je suis certain qu'elle me cache quelque chose… Elle fait semblant d'avoir perdu la mémoire.

— Quelle importance puisque nous savons son nom et où elle habite ?

— Cela ne m'empêche pas d'être préoccupé. J'ai l'intuition qu'elle me ment.

— Pourquoi en es-tu aussi convaincu ? Après le choc qu'elle a subi, il se peut qu'elle n'ait pas bien compris tes questions.

— Je n'en crois pas un mot. J'ai vu l'expression de son regard quand je suis entré dans la chambre. Elle savait qui j'étais. Je t'affirme qu'elle me cache quelque chose.

— Elle est passée tout près de la mort, Teague, répondit Rhain d'un air contrit. Je t'en prie, laisse-la en paix. Elle ne sait rien, j'en suis sûr, des menaces que tu as reçues.

— Tu parles ! fit Teague en donnant un coup de pied dans une motte de terre.

Le compost, qui avait été étendu sur le potager, protégeait

les jeunes pousses à peine visibles. Teague songea qu'il savait pertinemment qu'au printemps elles se développeraient rapidement et agrémenteraient ses repas... En revanche il n'avait aucune certitude au sujet de la jeune femme qui se trouvait dans son lit.

L'aube n'avait pas encore point mais, sans le voir, elle sentait sa présence près de lui, il en était persuadé.

— Que voulez-vous ? avait-elle soudain demandé, sûrement trop fatiguée pour ouvrir les yeux.

— Je ne sais pas...

Puis elle s'était rendormie. Teague la regardait respirer lentement. Derrière ses paupières, ses yeux avaient cessé leurs déplacements.

Il n'aurait pas dû se trouver là. Maintenant qu'elle était consciente, il était temps de se tenir à distance d'elle. Même s'il connaissait son nom et savait d'où elle venait, il ignorait encore ses motivations et avait conscience qu'il ne les éluciderait pas du jour au lendemain.

Et pourtant, il restait à son chevet, incapable de s'en écarter, comme un trouvère transi d'amour.

Lorsqu'il était entré dans la chambre alors qu'elle venait de reprendre conscience, il avait été assailli par la vision de son corps à demi dévêtu. Couchée dans son lit, les jambes nues et un peu écartées car elle venait de faire l'objet des soins de Greta, elle lui avait donné l'impression de l'attendre pour s'unir à lui. Le désir qui s'était emparé de lui, à cet instant, l'avait d'autant plus déstabilisé qu'il ne s'y attendait pas.

Or, quand il avait essayé de recouvrer la maîtrise de lui-même et l'avait interrogée, elle avait refusé de lui répondre. Faible comme elle l'était, elle avait encore eu l'audace de le défier. Peut-être avait-elle été sincère en lui révélant son nom, mais il sentait qu'elle ne disait pas toute la vérité.

Il détourna les yeux de son visage. Il n'aurait pas dû

se trouver ici, certes, mais elle, de son côté, n'aurait pas dû lui dissimuler certaines choses la concernant. Il savait qu'un ennemi menaçait sa maison et ses gens. Il était de son devoir de le démasquer et d'agir contre lui.

Chapitre 4

— Vous vous êtes trop fatiguée, je le vois bien, déclara une vieille femme vêtue d'un habit de religieuse, en traversant la chambre les bras encombrés d'épaisses robes noires. Prenez soin de vous, ma fille. Je suis sœur Ffion et avec tout le travail que j'ai à faire ici, je ne peux pas passer mon temps à votre chevet.

Anwen se mordit la lèvre pour ne pas répondre. Elle ne voulait pas parler rudement à la religieuse, qui venait d'extraire de sa sacoche des herbes qu'elle plongea dans un mortier.

— Votre tête a heurté violemment une branche, reprit-elle en brandissant un pilon avec lequel elle écrasa les herbes.

Elle versa ensuite dans le mortier un liquide sombre tiré d'une fiole, avant de recommencer à broyer le tout avec son pilon jusqu'à ce qu'elle obtînt une pâte homogène.

— Je ferai de mon mieux pour vous sauver, mais nous sommes entre les mains de Dieu.

Alors que la sœur finissait sa préparation, une odeur désagréable s'éleva du mortier et les yeux d'Anwen se mirent à pleurer.

— Je ne veux pas vous entendre vous plaindre, avertit Ffion en s'approchant d'elle. Vous avez défait mon pansement, pourtant voilà cinq jours que je me dévoue à appliquer cet onguent sur votre plaie.

— Vous étiez ici ?

— Depuis votre arrivée, je n'ai pas cessé de veiller sur vous, répondit la vieille nonne en achevant de découvrir la blessure. C'est ce cher Rhain qui m'a prévenue qu'on m'amenait une jeune femme en mauvais état. S'il ne m'avait pas avertie, vous seriez déjà morte.

Ffion jeta le bandage dans un seau.

— Vous étiez mal en point… Heureusement que j'avais eu le temps de préparer ma pommade, que je vous ai appliquée tout de suite. Elle a arrêté l'hémorragie.

Anwen porta la main à sa tempe.

— N'était-ce pas messire Teague qui se trouvait sous l'arbre quand j'en suis tombée ? N'est-ce pas lui qui m'a sauvée ?

Ffion saisit son poignet, et les doigts glacés de la religieuse pénétrèrent dans sa peau comme des serres.

— Le sire de Gwalchdu n'a jamais rien sauvé !

Anwen dégagea son poignet alors que la sœur se reprenait et remuait la tête en signe de dénégation.

— J'ai seulement voulu dire que ce serait mieux si vous ne touchiez pas à votre plaie… Vous risquez de gêner l'action de mon onguent.

— Ma blessure est très grave ? fit Anwen en se frottant le poignet.

— Vous garderez une cicatrice.

Ffion commença de lui laver la tempe, et le contact de l'eau lui apporta une sensation de soulagement, même si cela était accompagné d'une certaine douleur.

— Elle sera assez marquée pour éloigner tous les hommes. Aucun ne voudra de vous, mais ce sera pour votre bien.

La religieuse rinça le linge dans un bol tandis qu'Anwen réfléchissait aux gentilles paroles qu'elle venait de lui adresser. En dépit de son accent gallois, elle comprit que la vieille femme ne serait jamais son alliée.

— Malgré tout, certains ont l'air de ne pas être dissuadés par le fait que vous soyez défigurée, reprit Ffion en tamponnant la plaie avec un linge sec. C'est Dieu qui décidera de votre guérison… Je suppose que vous êtes restée chaste.

Anwen n'écoutait que d'une oreille les propos de la religieuse, mais elle avait besoin de tirer au clair certains aspects de ses commentaires.

— Ma blessure est vraiment en voie de guérison, n'est-ce pas ?

— Oui… Dans sa grande sagesse, Dieu m'a donné le don de guérir et la connaissance des plantes, assura Ffion en commençant d'enduire la plaie de son cataplasme. Je suppose qu'il faudra encore une quinzaine de jours avant que vous ne soyez complètement guérie.

— Cela ne sera pas aussi long !

— Quand vous êtes arrivée, nous ne pensions pas que vous vivriez. Vous resterez ici encore deux semaines et ne gâcherez pas tout mon travail.

Anwen se garda de répondre, mais elle n'avait aucune intention de rester aussi longtemps à Gwalchdu. On avait besoin d'elle à Brynmor. Elle se demandait si sa sœur, Aliénor, était toujours en vie. Son père, Urien, sire de Brynmor, l'avait-il encore frappée ? Et Melun ? Que devenait-il sans sa protection ? Elle brûlait d'envie de les rejoindre.

— Depuis combien de temps êtes-vous ici ? demanda-t-elle d'un air détaché.

— J'ai passé presque toute ma vie à Gwalchdu.

— Alors vous connaissez bien la famille.

— J'en fais partie. Je suis la tante de Teague et de Rhain. Leur mère était ma sœur.

Edith, à cet instant, ouvrit la porte et traversa la chambre de son pas claudicant en portant un plateau sur lequel se trouvaient un pain et un pichet de vin.

Ffion fronça les sourcils.

— J'avais demandé que ce soit Greta qui apporte à manger à la damoiselle !

Edith ne répondit rien et posa bruyamment son plateau sur la table à l'autre bout de la pièce.

Rassemblant le mortier, le pilon et la sacoche, Ffion se tourna une dernière fois vers Anwen :

— Vous ferez bien de vous souvenir du sixième commandement !

Sur ces mots, elle quitta la chambre.

— Ça alors ! s'exclama Edith quand la porte se fut refermée sur la religieuse. Elle vous met en garde contre le péché de chair alors que vous arrivez à peine à déglutir !

— Elle ne le dit pas pour être méchante.

— Oh ! ne vous en faites pas, ma petite, reprit Edith en ouvrant la porte.

Elle jeta un coup d'œil dans l'escalier à vis puis lui fit un sourire par-dessus son épaule.

— Ne faites pas attention à ce que je dis. Je suis une vieille femme qui parle un peu trop.

Anwen ouvrait la bouche pour répondre quand une bonne odeur de cuisine envahit la chambre. Edith recula pour laisser entrer Greta qui portait un grand plat de viandes séchées et de fromages accompagnés d'un bouillon et de pain.

— Merci, dit Anwen en souriant alors que la servante posait le plateau sur le lit.

— Ne vous fatiguez pas à parler avec Greta, dit Edith en tisonnant le feu dans la cheminée. Elle est muette comme une carpe, mais vous ne trouverez jamais une aussi belle âme…

Edith s'interrompit avant de reprendre d'un air pensif.

— À l'exception, peut-être, de messire Teague et de son frère, mais une plus gentille personne que Greta, il n'en existe pas. Elle n'a pas une trop mauvaise oreille mais quand même, lorsque vous lui parlerez, regardez-la bien en face pour qu'elle puisse lire sur vos lèvres.

Levant les yeux sur les deux servantes, Anwen se demanda quel genre de conversations elles avaient pu avoir au cours de toutes ces années où elles avaient vécu sous le même toit.

— Merci encore, fit-elle en s'adressant à Greta.

Un sourire éclaira les yeux bruns de cette dernière.

Anwen choisit un morceau de fromage dans le plat et mordit dedans. Quand elle tenta d'avaler la bouchée, elle eut l'agréable surprise de la déglutir sans effort. Capable de nouveau de s'alimenter, elle ne serait plus longue à se remettre complètement de sa blessure et elle pourrait retourner chez elle.

— Je pensais que je te trouverais ici, fit Rhain en montant les dernières marches de l'escalier donnant accès à la plate-forme de la tour de garde.

En dépit du froid, et afin de rester dans l'ombre, Teague se tenait au-delà de la chaleur diffusée par la flamme des torches. Il lui était plus aisé ainsi d'observer ses hommes sans être vu d'eux. Il ne trahissait pas non plus sa solitude. Les gardes, toujours au moins par deux, passaient la nuit en conversant et s'encourageant dans une joyeuse camaraderie alors que lui n'avait que ses douloureux souvenirs pour compagnons.

— Ffion m'a dit que l'état d'Anwen s'était nettement amélioré, reprit Rhain, mais qu'elle avait encore besoin d'une quinzaine de jours de repos avant d'être complètement remise.

Encore des nouvelles de cette femme aussi mystérieuse à ses yeux que la profonde forêt qui cernait le château. Ne serait-ce pas elle qui le rendait aussi douloureusement conscient de sa solitude ?

— Eh bien ? fit Rhain.

— Je m'en tiens à ce que dit Ffion.

— C'est la solution la plus facile, mais je me demande si c'est la bonne. Ffion n'est plus la même…

— Tu ne l'as pas beaucoup connue puisque tu as quitté Gwalchdu quand tu n'étais qu'un enfant.

— C'est vrai… Mais, dis-moi, l'incident qui a eu lieu pendant le dîner… Est-ce qu'il s'en est produit d'autres du même genre dans le passé ?

Teague avait constaté que depuis le retour de son frère le comportement de leur tante n'avait cessé de se dégrader. Ses colères, ses propos vindicatifs et incompréhensibles étaient de plus en plus fréquents, et il y avait de quoi s'en inquiéter.

— Oui… Ce soir, en comparaison, ce n'était pas trop grave.

Teague tira sur le col de son manteau. Le sol gelait déjà et son haleine fumait. Il n'avait pas pris conscience de l'intensité du froid avant l'arrivée de son frère.

— On aurait dit qu'elle était troublée par quelque chose.

— C'est peut-être l'approche de Noël ? Elle est toujours irritable à cette période de l'année car elle voudrait que les gens ne célèbrent que la naissance du Christ et oublient les traditions païennes. C'est chaque fois une âpre lutte et elle n'aime pas la perdre.

— Tu m'as écrit, un jour, au sujet de la tradition du Mari Lwyd, le crâne de cheval porté au bout d'une hampe cachée sous un drap. Se bat-elle toujours pour en interdire la présence avant Noël ?

— Oui, chaque année Ffion n'en démord pas. Selon elle le crâne de cheval habillé d'un linge blanc ne sert que pour célébrer la fuite en Egypte de la Sainte Famille et donc ne devrait être exposé qu'en janvier.

— Mais les villageois…

— Ils continuent de le sortir à la Saint-Martin. C'est l'époque où nous abattons les animaux pour l'hiver et, à cette occasion, nous faisons toujours la fête.

— Une beuverie ? Je suis sûr que cela ne doit pas arranger la santé mentale de notre tante.

— Non, en effet, reconnut Teague. Je suis heureux que

tu sois là pour assister à la prochaine Saint-Martin qui est toute proche.

— En tout cas, même si elle a plein de défauts, on ne peut pas reprocher à Ffion de ne pas avoir le sens de la famille.

Teague avait surtout fait l'expérience de l'entêtement et de l'animosité de leur tante. Même s'il ne doutait pas qu'elle eût l'esprit de famille, ce n'était pas la raison pour laquelle il l'avait protégée contre l'Église lorsque ses défaillances étaient devenues notoires.

— C'est assurément son obstination qui la rend forte, conclut-il.

— En tout cas, la dispute autour des traditions de Noël nous garantit une fête aussi palpitante que mouvementée.

Personne, jamais, ne sortait vraiment vainqueur de ces joutes verbales, mais Teague s'assurait que l'on s'accorde aux volontés de Ffion et que les villageois renoncent à leurs rituels païens. C'était le moins qu'il pût faire pour sa tante.

Il n'était qu'un petit garçon lorsque sa mère avait donné la vie à Rhain et, en conséquence, l'accès à la chambre où avait lieu l'accouchement lui avait été interdit. Ffion, elle, n'avait pas quitté le chevet de sa sœur. Or, connaissant maintenant les mérites de la religieuse, il était certain qu'elle avait fait tout ce qui était en son pouvoir pour sauver sa mère.

— On dirait que les troubles de notre tante s'aggravent, ajouta Rhain en soupirant rageusement. J'ai bien vu qu'elle n'était pas bien lorsqu'elle est arrivée à table. On voyait le blanc de ses yeux et elle suait anormalement.

Il se battit les flancs pour se réchauffer avant de reprendre :

— Mais c'est au moment où elle a béni le repas que j'ai pu vraiment me rendre compte de la situation. On ne comprenait pas un mot de ce qu'elle disait !

Lorsque Teague avait été autorisé, enfin, à entrer dans la chambre de sa mère, il savait, malgré ses cinq ans, à peu près à quoi s'attendre. En la voyant étendue, immobile, dans son lit, il avait compris qu'elle ne le serrerait plus jamais dans ses bras, mais il avait eu, du moins, le réconfort de la sentir en paix.

Ffion, à n'en point douter, avait su la rassurer aux derniers instants de sa vie.

— Tu as eu un effet bénéfique sur elle, ce soir, remarqua Teague. Tu as réussi à la calmer alors que moi, la dernière fois qu'elle a eu ce genre de crise, je l'ai rendue folle de rage en m'approchant d'elle et il a fallu la sortir de la grande salle.

Il y avait une part de lui-même qui continuait de croire que Ffion, pour transmettre la paix à sa sœur mourante, avait endossé sa souffrance, à la fois morale et physique. Après l'accouchement, en effet, Ffion n'avait plus jamais été la même. Elle était constamment habitée par une sorte de fureur vengeresse que Teague ne s'expliquait pas.

Il n'avait pas besoin, cependant, de tout comprendre du moment qu'il avait conscience du bien que sa tante avait fait à sa mère. Pour cette raison, il lui devait une éternelle reconnaissance et il aurait voulu soulager sa détresse.

— C'est insupportable de la voir aussi changée, dit Rhain.

Teague ne pouvait contredire son frère. Même si Ffion ne lui avait jamais manifesté aucune tendresse, elle était, en dehors de Rhain, sa seule famille. Au cours des années, ses crises n'avaient cessé de se succéder, ainsi que son besoin impérieux de tout contrôler et diriger.

Tout juste comme les exigences qu'elle avait à présent concernant Anwen de Brynmor !

Teague frappa du pied autant par énervement que pour lutter contre l'engourdissement qui gagnait ses membres inférieurs. Au lieu de ruminer sur le passé et se geler en restant ainsi figé dans ce lieu glacial, il eût mieux fait d'inspecter les remparts de Gwalchdu à la recherche d'une faille dans sa défense.

Il aurait dû également scruter la forêt qui les enserrait à la recherche d'un feu de camp. L'ennemi pouvait se trouver quelque part au pied des murs de la forteresse, prêt à passer à l'action. Si Anwen n'était pas l'ennemi, mais seulement une complice de ce dernier, il y avait tout lieu de penser que l'auteur des menaces se trouvait dans leur voisinage. Or, par une nuit aussi froide, il avait dû allumer un feu.

L'obscurité, cependant, était totale. Teague dirigea donc son attention vers la barbacane. Deux gardes étaient en faction au-dessus de la porte d'entrée tandis que deux autres se tenaient à côté de la herse qui avait été baissée. Il n'en fallait pas tant pour assurer la défense de Gwalchdu, mais il avait augmenté les effectifs des gardes dans l'espoir de mettre un terme aux menaces.

Même si la requête de Ffion en faveur d'Anwen pour qu'on la gardât deux semaines en convalescence avait été exprimée avec le plus grand dédain, il n'était pas difficile d'y accéder. Teague, d'ailleurs, n'aurait pu envisager d'autre solution.

— J'accepte qu'Anwen de Brynmor reste encore ici pendant quinze jours, mais j'exige qu'un garde soit placé en permanence devant sa porte.

Rhain lui lança un regard exaspéré.

— Quelle idée ! Pourquoi ne placerais-tu pas un homme d'armes devant chaque porte ?

Teague lui renvoya un regard courroucé.

— Cela ne lui plaira pas, fit Rhain en haussant les épaules. Mais je me range à l'avis de Ffion. Il est préférable qu'elle demeure quelque temps ici, même dans ces conditions, plutôt que de la transférer chez elle. Sa présence ne nous causera aucun préjudice.

— En es-tu certain ? Oublies-tu les menaces que nous avons reçues et le fait qu'elle vienne de Brynmor ?

— Nous n'avons été l'objet d'aucune menace depuis qu'elle est ici.

— Des semaines se sont écoulées entre les différentes manifestations de notre ennemi et il ne s'est pas pour autant montré à nous.

— Tout cela est étrange… Les menaces que nous recevons ne sont même jamais accompagnées d'une demande particulière… On pourrait nous réclamer de l'argent, des chevaux, du blé…

Teague se pencha au-dessus du rempart pour sentir le souffle froid de la nuit. Rhain avait raison. Leur ennemi n'était pas conventionnel. Comment lutter contre lui alors qu'il était indéfinissable ? Il fallait attendre qu'il se révélât avant de pouvoir le combattre sinon cela revenait à lutter contre un fantôme. Dans l'impossibilité d'user de son épée, Teague se sentait inutile et indigne de son titre de seigneur de Gwalchdu.

— Comment fait-il pour entrer ici ?

De rage, il frappa le rempart avant de reprendre :

— Comment peut-il se saisir de nos bêtes pour les éventrer, ou s'emparer de nos faucons ?

— Il n'a pas besoin d'entrer. Il est déjà dans la place.

Rhain fit un signe circulaire de la main.

— Regarde autour de toi. Les courtines sont éclairées avec des torches. Il n'y a pas un passage qui ne soit gardé et illuminé.

— Je ne peux pas croire qu'il s'agisse de l'un des nôtres. Nos gens sont loyaux.

— Je crois que nous devrions arrêter de nous demander comment l'ennemi parvient à nous frapper et nous interroger sur ses raisons d'agir ainsi.

— Je croyais que les messages qu'il nous laissait étaient suffisamment clairs, répondit Teague avec impatience.

— Quelqu'un ne nous aime pas, c'est assez évident, mais pourquoi le manifeste-t-il maintenant et pourquoi se contente-t-il de réitérer ses menaces au lieu de les exécuter ?

— Il veut nous pousser à l'erreur à force d'exaspération. Il cherche aussi à nous terrifier mais il n'y parviendra pas.

— C'est ce que je pense.

Rhain resta pensif un moment avant de reprendre :

— N'as-tu jamais eu l'impression qu'ils puissent être

deux vu le nombre et la variété des messages que nous avons reçus ?

— Je ne le crois pas… Pour qu'ils soient deux, il faudrait vraiment que la défense de Gwalchdu soit déficiente. Or, elle me semble assez efficace pour repérer deux intrus qui œuvreraient contre nous.

Teague se tut un instant avant de reprendre d'un ton menaçant :

— Mais que notre ennemi soit seul ou assisté de vingt acolytes, je vais mettre un terme à cette mascarade.

— Lorsque tu prends cette expression, je ne suis pas étonné qu'on te surnomme le diable de Gwalchdu et il n'est pas étonnant non plus que le roi t'accorde toute sa confiance en te laissant à la tête d'une forteresse d'une si grande importance stratégique.

— Gwalchdu était déjà dans notre famille longtemps avant que le roi eût fait campagne contre les Gallois et bien avant son intervention en Écosse.

— Lui as-tu parlé des menaces que tu avais reçues ? Je suis certain qu'il n'apprécierait pas ce genre de plaisanteries.

Teague fit non de la tête.

— Il est trop occupé par les Écossais. Il n'a guère le temps de se pencher sur la situation des Marches du pays de Galles et encore moins sur mes problèmes personnels.

— Il se pourrait, d'ailleurs, qu'il fût d'abord préoccupé par les problèmes de santé de la reine qui, aux dernières nouvelles, n'était pas très bien.

Teague ne comprenait pas que le roi fût aussi soucieux de l'état de santé de la reine. Le temps qu'il passait auprès d'elle aurait été mieux employé au service de l'Écosse ou du pays de Galles.

Son attitude lui faisait se souvenir à nouveau de la relation que ses parents entretenaient entre eux. Après avoir donné l'illusion d'un couple très amoureux, ils avaient révélé leur vrai visage. Son père avait abandonné son épouse enceinte pour s'unir à une autre. Bouleversée, la mère de Teague avait accouché prématurément de l'enfant qu'elle portait.

— L'affection que le roi porte à la reine le prive de ses forces et de sa détermination. Elle lui a déjà donné assez de fils pour assurer douze fois sa succession.

— C'est l'amour, Teague, répondit Rhain en lui tapant dans le dos. Certains diraient, au contraire, que les sentiments que le roi nourrit pour la reine lui donnent la force d'affronter les problèmes auxquels sa fonction le confronte.

Teague n'en croyait pas un mot. L'amour avait privé sa mère des forces nécessaires au moment où Rhain était venu au monde, et elle en était morte.

— L'amour ? fit-il d'un ton exaspéré. À quoi cela sert-il ?

Chapitre 5

— Vous vous sentez mieux, aujourd'hui, je suppose ? dit Ffion en entrant sans frapper dans la chambre.

Anwen, assise sur un coussiège dans l'embrasure de la fenêtre, ne prit pas la peine de tourner la tête vers la religieuse. La cour du château était en pleine effervescence. Il y avait là les lavandières, les bras chargés de linge propre, et les filles de cuisine, qui se procuraient des légumes et des volailles auprès des paysans venus les vendre au château, les charrettes de ces derniers encombrant l'espace.

— Ce n'est pas parce que vous ignorez votre état qu'il va s'améliorer, reprit Ffion.

— Je ne savais pas que l'on accordait tant d'attention aux prisonnières.

— Vous ne l'êtes en aucune façon, rétorqua Ffion en s'approchant de la table où elle préparait ses emplâtres.

— Cela fait déjà trois jours que je me sens mieux et certainement assez bien pour rentrer chez moi. Or, on a placé devant ma porte un garde qui m'interdit de la franchir.

Anwen défit le pansement autour de sa tête. Ffion avait retiré ses points de suture quelques jours plus tôt, mais elle continuait d'enduire sa plaie d'un onguent et de lui bander la tête.

— Comme vous le savez, les gardes ont été mis au courant que vous deviez rester ici une quinzaine de jours, et suivent les instructions. Faut-il que je vous rappelle que sans mes soins et l'hospitalité de Gwalchdu vous seriez morte ?

Anwen inclina la tête pour permettre à la vieille femme de lui enduire la tempe avec sa mixture.

— Si vous me donniez un miroir, ce dont, je suppose, vous devez disposer à Gwalchdu, je pourrais vous dispenser de me prodiguer ce soin.

— Bien sûr que nous avons des miroirs, mais j'estime que vous avez besoin de mes visites quotidiennes, au moins pour vous rappeler à vos devoirs. Le péché n'est que trop présent dans ce château. Il faut beaucoup prier pour se préserver des mauvaises pensées et de la luxure.

— Je le sais, ma sœur. J'ai reçu une éducation chrétienne. Je dis d'ailleurs chaque jour mes prières autant que ma situation le permet.

— À Gwalchdu, nous sommes invités à prier six fois par jour. Maintenant que vous allez mieux, vous pourriez peut-être vous joindre à nous à la chapelle ?

— Je ne souhaite pas rester plus longtemps ici, ma sœur.

Ffion ouvrit la porte de la chambre et en franchit le seuil avant de se retourner vers elle :

— C'est Dieu qui en décidera. En attendant, je compte sur vous pour vous unir à nos prières. Vous serez avertie des offices par la cloche.

Anwen reporta son attention vers l'animation qui avait cours sous sa fenêtre. Elle n'avait aucunement l'intention d'obéir à la religieuse et de rester à Gwalchdu.

Autant qu'elle pût le constater, sa chambre occupait un étage du donjon situé au cœur du château. C'était un univers minéral. Aucun jardin n'agrémentait l'espace enserré entre les murs des bâtiments et les remparts. On eût dit que la forteresse se méfiait de la végétation, à l'image de son maître qui ne faisait confiance à personne.

Anwen ne lui avait pas parlé depuis le jour où il lui avait demandé son nom. Mais il fallait bien avouer qu'elle était si faible qu'elle avait gardé les yeux presque toujours fermés et n'avait pu que ressentir la colère émanant de lui.

Elle ne pouvait croire qu'il la gardât ici parce qu'elle venait de Brynmor. S'il en avait été convaincu, il n'aurait eu qu'à entrer en relation avec messire Robert, auquel il aurait pu demander une faveur en compensation des soins qu'elle avait reçus ici. En qualité de seigneur des Marches, Teague avait autorité sur Brynmor et, par conséquent, sur elle-même.

Relevant les genoux sous le menton, Anwen s'y appuya en regardant par la fenêtre. Si elle ne se trompait pas, il y avait plus de quinze jours qu'elle était là. Suffisamment, en tout cas, pour qu'on la crût morte.

Or, elle se faisait du souci pour ceux qui, à Brynmor, avaient besoin d'elle. Melun, par exemple, qui l'avait élevée comme s'il eût été son propre père et qui, aujourd'hui, comme il perdait la vue, comptait sur elle pour s'occuper des faucons. Il avait dû, d'ailleurs, être déjà puni pour la perte de l'autour. Quant à Aliénor, il fallait que quelqu'un la protège contre les accès d'humeur de son père, le violent et irascible Urien, sire de Brynmor.

Habitée par le sentiment d'être prise au piège, Anwen dirigea son regard vers celui qu'elle tenait responsable de cette sorte d'incarcération et qui venait d'arriver dans la cour avec ses compagnons d'armes. Il lui était devenu familier avec sa haute stature, ses cheveux bruns et sa façon de marcher à la fois désinvolte et pleine d'assurance.

Il s'était placé aussi loin que possible des charrettes et s'entraînait à la lutte avec les chevaliers et sergents de son entourage. L'un d'eux, à la chevelure rousse, était en train de l'affronter alors que les autres hommes formaient un cercle autour d'eux.

Ramassés sur eux-mêmes, prêts à saisir l'adversaire ou à parer son assaut, les deux pugilistes gardaient les bras tendus devant eux. Malgré la brume glaciale du matin, ils étaient à demi vêtus et ne portaient que des braies serrées à la taille et descendant jusqu'aux genoux.

Anwen attachait son regard exclusivement à Teague, à ses larges épaules, ses pectoraux saillants et ses bras musclés. Il y avait dans sa beauté quelque chose de sauvage qui la fascinait.

Soudain, il bondit et, formant une clé avec le bras autour du cou de son adversaire, le coucha à terre.

Les deux hommes ensuite se relevèrent et le vaincu alla rejoindre les spectateurs tandis que Teague, un sourire de satisfaction aux lèvres, attendait l'entrée en lice d'un autre combattant.

Anwen s'aperçut avec étonnement qu'elle retenait son souffle. Or, ce n'était pas la première fois que cela lui arrivait depuis le premier jour où elle avait posé les yeux sur le sire de Gwalchdu. Son visage n'offrait pas la parfaite symétrie de celui de son frère à l'incontestable beauté, mais il y avait dans ses traits un caractère éminemment masculin qui s'accordait à merveille avec la puissante austérité des murs de la forteresse. On ne pouvait dire de lui qu'il était beau, de même que l'on n'aurait pas qualifié de ce terme des falaises abruptes tombant à pic dans les eaux bouillonnantes d'une mer en furie, mais l'un et l'autre présentaient une splendeur indéniable. Et lorsqu'il souriait, le regard triomphant, Teague était tout simplement magnifique.

Il venait d'ailleurs de renverser son second adversaire et, rejetant les boucles sombres de sa chevelure sur ses épaules, désignait déjà le suivant. Il continuerait à lutter ainsi jusqu'à ce que vînt la fatigue, mais il semblait de taille à défaire tous les hommes de la garnison avant de ressentir les premiers symptômes de l'épuisement.

Il entraînait ses compagnons comme aucun autre chef. Plus exigeant que quiconque, il poussait les hommes jusqu'à leurs dernières limites.

Il donnait l'impression d'être parfaitement obéi. Autant qu'elle pût en juger, il semblait à Anwen que son autorité était fondée sur sa compétence et son courage, qui forçaient l'admiration autant que le respect.

Depuis qu'elle avait commencé à l'observer, celui qu'elle désignait auparavant sous le nom de traître lui apparaissait de plus en plus comme un seigneur généreux et aimé de ses gens. Ce qu'elle savait de lui après tous ces jours de convalescence passés à Gwalchdu contrastait singulièrement avec son opinion initiale. Il était certes arrogant et autoritaire — elle avait pu constater que de nombreux serviteurs le craignaient —, mais était aussi un chef juste qui prenait manifestement soin des autres. Il n'était pas uniquement le traître qu'elle avait voulu voir en lui. Mais, quelles que fussent ses qualités, cette odieuse facette n'en demeurait pas moins un élément de sa personnalité.

Et à cause de cela, elle ne pouvait pas lui accorder sa confiance.

En fin de journée, Greta et Edith entrèrent bruyamment dans la chambre en transportant des seaux remplis d'une eau fumante. D'autres servantes suivirent, les unes apportant également des récipients d'eau chaude, les autres portant un grand baquet.

— Il vient de venir à l'esprit de la gentille sœur qu'il était temps de vous donner un bain, remarqua Edith en posant ses deux seaux devant l'âtre, où vint les rejoindre le baquet.

— Merci, Edith, répondit Anwen qui regardait avec envie les vapeurs s'élevant vers les poutres du plafond. N'en veuillez pas à sœur Ffion si elle a décidé de me faire prendre un bain.

— Je ne suis pas fâchée contre elle pour cela, répondit Edith en versant l'eau dans le baquet, imitée par Greta alors que les autres servantes se retiraient discrètement, mais pour avoir décidé du moment alors que j'avais suggéré, il y a plusieurs jours, que vous aviez besoin d'ablutions. J'aurais sans doute mieux fait de me taire. Je parle toujours trop et le résultat c'est qu'il vous a fallu attendre deux semaines pour avoir droit à ce bain.

Edith lui fit signe de s'approcher.

— Pourquoi ne venez-vous pas ici que je vous aide à vous déshabiller ?

Anwen obéit bien qu'elle ne fût pas habituée à ce qu'on prît ainsi soin d'elle. Quand elle fut débarrassée de son bandage et en chemise, elle s'approcha du baquet et se pencha au-dessus pour y voir son reflet. Comme elle s'y était attendue, c'était l'image d'une étrangère que lui renvoyait l'eau.

En plus de ses joues creuses et de ses pommettes saillantes, son visage présentait une protubérance au niveau de la tempe gauche. Elle toucha délicatement des doigts sa plaie qui, elle le redoutait, ne disparaîtrait jamais malgré les efforts de Ffion.

Elle voulut se convaincre, néanmoins, qu'elle ne lui laisserait aucune trace et, forte de cette certitude, entra dans le bain. Les vapeurs parfumées de lavande et de sauge l'enveloppèrent alors que, fermant les yeux, elle appuyait la nuque au bord du baquet.

Elle se serait endormie sans l'intervention d'Edith.

— Il n'est pas temps de dormir... Il faut que nous vous lavions d'abord.

Se tournant vers Greta, elle reprit :

— Peux-tu m'aider, Greta ? Il faudrait que tu protèges sa plaie pendant que je lui laverai les cheveux.

Au lieu de s'abandonner à la détente dans la chaleur bienfaisante du bain, Anwen dut se soumettre aux attentions des deux femmes qui la lavèrent avec une détermination inébranlable.

— Vous avez l'air d'un ange, à présent, dit triomphalement Edith alors que Greta épongeait le sol autour du baquet.

— Oui, répondit Anwen en faisant la grimace. Mais un ange déchu et dont la tempe gauche a été recousue.

Greta lui tapota amicalement le bras avant de verser un nouveau seau d'eau chaude dans le baquet.

— Soyez patiente, intervint Edith. Cela finira par ne plus se voir. Et maintenant, nous allons vous laisser vous délasser tranquillement dans votre bain.

Une pile de linge sale sous un bras, elle entraîna Greta avec elle.

— Nous reviendrons nous occuper de vous, ajouta Edith avant de sortir de la chambre. Ne vous fatiguez pas inutilement alors que vous êtes au bord de la guérison.

— Je ne ferai pas un geste, c'est promis, répondit Anwen en souriant.

Sachant que les deux femmes ne tarderaient pas à revenir, Anwen n'ouvrit même pas les yeux lorsque l'huis s'ouvrit de nouveau.

— Etes-vous en état de vous exprimer ?

Teague, qui arrivait tout juste de l'entraînement et était vêtu de ses seules braies, se tenait dans l'embrasure de la porte. Sa large poitrine musclée était sillonnée de plaies et d'ecchymoses. En son milieu descendait jusqu'au bas du ventre la ligne sombre d'un duvet soyeux. Sa peau brillait de sueur dont les gouttelettes, qui soulignaient le dessin sinueux de ses muscles, humidifiaient la ceinture qui lui enserrait la taille.

Des traces de sang frais sur ses bras croisés sur la poitrine indiquaient les emplacements où il avait été blessé pendant l'affrontement avec ses hommes.

Tout en lui trahissait la force et la domination.

Anwen sentit redoubler les battements de son cœur quand l'odeur mâle de Teague parvint jusqu'à elle. Son regard noir plongea dans le sien avant de descendre lentement et de s'arrêter sur sa poitrine à demi recouverte par l'eau fumante.

Retenant son souffle, Anwen se redressa et s'empara vivement d'une serviette dont elle se couvrit.

— Que faites-vous ici ? s'écria-t-elle. Je vous prie de sortir !

— Vous me donnez des ordres ?

— Oui… De quel droit me surprenez-vous dans mon bain ?

— Je vous ferai remarquer, ma damoiselle, que vous occupez ma chambre depuis maintenant trois semaines.

— Ce n'est pas une raison pour me manquer de respect.

— J'ignorais que vous preniez un bain.

— On frappe avant d'entrer lorsqu'on est éduqué.

— Jusqu'à preuve du contraire, je suis chez moi.

Sur ces mots, Teague avança d'un pas, le regard fixé sur ses épaules nues. S'il continuait de s'approcher d'elle, elle n'aurait aucun moyen de l'arrêter et si elle sortait du bain, elle ne serait que plus vulnérable encore. Elle était prise au piège. Une rage sourde, nourrie par l'impuissance, s'empara d'elle. Elle haïssait les hommes qui profitaient de la faiblesse des femmes.

— Alors non seulement vous me privez de liberté en plaçant un garde devant ma porte, mais en plus vous vous permettez de vous introduire dans ma chambre quand bon vous semble !

— Est-ce que cela vous offense vraiment ? demanda Teague en inclinant la tête de côté d'un air mi-amusé mi-dubitatif. Je ne suis pas certain que vous soyez aussi innocente que vous le prétendez. Lorsque je vous ai vue perchée sur votre arbre avec vos cheveux épars et votre chemise déchirée par endroits, qui me laissait voir des parties de votre corps, je ne pouvais plus détacher mes yeux de vous.

Il fit encore un pas en avant si bien qu'il touchait presque le baquet.

— Et puis vous êtes tombée… Vous étiez si mal en point que je vous ai confiée à ma tante Ffion. Aidée de nos fidèles servantes, elle vous a soignée de son mieux, mais moi-même, je n'ai pas cessé de vous veiller. Je ne pouvais pas m'éloigner de vous, Anwen.

Anwen ne pouvait ni réfléchir ni respirer, mais curieusement sa colère se transformait en un autre sentiment… C'était donc bien lui qui venait auprès d'elle dans la nuit. Elle n'avait ni rêvé ni imaginé sa présence.

— C'était vous, la nuit…, fit-elle alors qu'elle aurait dû lui faire le reproche d'avoir violé ainsi son intimité.

Comment avait-elle pu trouver du réconfort auprès de ce traître ?

— Oui… C'était ma main que vous preniez quand la douleur était trop forte. Mais lorsque vous avez commencé d'aller mieux, j'ai compris que je ne pourrais me contenter de vous regarder. C'est pourquoi j'ai cessé de venir auprès de vous.

Il promenait un regard si insistant sur son corps qu'Anwen se mit à rougir.

— Vous avez beau tenir cette serviette devant vous, reprit-il d'une voix douce comme le velours, dans mon esprit vous êtes toujours dénudée.

Anwen, qui baissait les yeux, ne savait comment réagir. Non seulement Teague la retenait en captivité, mais il lui parlait d'une manière qui la troublait tant qu'elle en était parcourue de frissons.

— Il ne vous sert à rien de la serrer sur votre poitrine en espérant qu'elle dissimulera vos charmes. C'est tout le contraire qui se passe. Loin de les cacher, elle ne fait que les mettre en évidence. Vos seins sont comme deux faons qui attendent les caresses de mes mains et de mes lèvres.

Anwen ne savait comment se défendre contre ces propos qui avaient pour effet de la paralyser. La colère l'avait quittée et elle n'éprouvait plus qu'une sensation d'impuissance. Elle pouvait, certes, se soustraire aux attentions de

Teague, mais pas aux réactions qu'il parvenait à susciter dans son corps.

Soudain il la regarda fixement dans les yeux. Son expression était devenue dure comme la pierre et toute sensualité s'était retirée de sa voix lorsqu'il reprit la parole :

— Habillez-vous et venez me rejoindre dans la grande salle. Je voudrais vous parler.

Il sortit de la chambre sans rien ajouter et il fallut un certain temps à Anwen avant de pouvoir réagir. Elle tremblait de tous ses membres, mais préférait ne pas savoir si c'était l'effet de la colère, de la gêne ou de l'émotion causée par les propos de son geôlier. Sortant brusquement du bain, elle s'essuya avec vivacité.

Pourquoi l'avait-elle défié ? C'était un homme habitué à donner des ordres et non à en recevoir. Il était vain de tenter un bras de fer avec lui. D'habitude elle ne manquait pas à ce point de jugement.

Elle prit les vêtements qu'Edith lui avait apportés et commença de s'habiller en ayant soin de bien se couvrir pour ne rien révéler de son anatomie à l'homme dont elle avait senti sur elle les regards insistants.

Elle avait été bouleversée par ses paroles crues. Elle n'était pas innocente, en effet, au point de ne pas les comprendre.

Teague ne l'avait pas touchée cependant, et assurément ne s'était adressée à elle en ces termes que pour la punir de la façon dont elle lui avait parlé. Il n'avait cherché qu'à l'embarrasser, et elle en avait tiré un sentiment d'humiliation avant qu'une vision troublante ne s'imposât à son esprit : celle de ses lèvres sur la pointe de ses seins et de ses longs cheveux bruns caressant sa peau…

Cette image, peut-être, n'aurait pas été aussi vivante si elle ne s'était pas aussi bien souvenue du contact de ses mains. Il l'avait touchée, la nuit, quand il n'y avait aucun témoin. Et elle avait tiré un réconfort de cette caresse qui parvenait à apaiser sa douleur. Elle revoyait à présent la façon dont il passait doucement le pouce sur l'envers de son poignet en décrivant des cercles…

La façon dont elle pouvait imaginer ses mains sur d'autres régions de son corps aurait dû la terrifier mais elle ne suscitait en elle aucune révolte ni aucune crainte. Les paroles de Teague avaient eu un effet radical sur elle en effaçant toutes les barrières qu'elle aurait pu ou dû ériger pour se protéger.

Elle devait fuir au plus vite si elle ne voulait pas tomber entre ses mains.

Chapitre 6

Surgissant dans la grande salle, Teague la traversa d'un pas rapide pour aller occuper l'un des deux sièges disposés devant la plus petite des cheminées. Après son entrevue avec Anwen, il avait besoin de solitude et de se réconforter avec un pichet de bon vin.

Il ignorait que la jeune fille était dans son bain, sinon il ne serait jamais entré dans sa chambre ! Mais… une fois à l'intérieur, il avait été captivé par sa beauté et n'avait pas trouvé la force de ressortir.

Lorsque, cédant à la colère, elle s'était dressée et drapée dans sa serviette, il avait été si ému qu'il n'avait pas su comment agir. Une seule chose était certaine : il avait eu le désir brûlant de la serrer dans ses bras et de s'emparer de ses lèvres.

L'envie de l'embrasser, pensa-t-il en changeant nerveusement de position, s'était imposée à lui et ne l'avait plus quitté depuis qu'il avait vu Anwen dans la forêt, aussi belle et désirable que le fruit défendu.

— Qu'est-ce que tu as ?

Reconnaissant la voix de son frère, Teague leva les yeux vers lui.

— Tiens ? fit-il. Tu es seul ? C'est surprenant.

— Contrairement à ce que tu crois, je ne suis pas toujours en bonne compagnie… As-tu reçu quelque nouvelle menace ?

— Non… J'attends Anwen. Je lui ai dit de descendre car j'avais à lui parler.

— Tu veux l'interroger ?

— Exactement.

Teague aperçut une servante et la pria de leur apporter du vin et une collation.

Rhain s'assit sur la chaise opposée à la sienne et étendit les jambes devant lui en croisant les chevilles. Teague revécut en pensée la scène où il avait surpris Anwen, mais dans son bain. Il était entré dans la chambre avec l'intention de se confronter à elle, mais il l'avait trouvée les yeux mi-clos, la tête renversée sur le bord du baquet, le bout de ses seins pointant à la surface d'une eau fumante, ainsi que ses jolis genoux.

Comme dans la forêt, elle ne révélait alors qu'une partie de ses charmes mais, cette fois, elle était dans sa chambre et il avait eu l'impression de sentir l'odeur de sa peau, de tenir entre ses bras son corps lisse et brillant dans la chaleur du bain. Son désir était monté si rapidement qu'il avait été sur le point de la sortir de l'eau et de la posséder sur-le-champ, mais elle avait ouvert les yeux et l'avait défié du regard.

Le sens du devoir et une certaine crainte qu'il avait lue dans les yeux d'Anwen l'avaient retenu de commettre un acte qu'il se serait reproché. À ce moment, il s'était décidé à sortir de cette chambre, mais non sans éprouver une douloureuse frustration.

— C'est sans doute parce que tu l'attends que tu es si nerveux, remarqua Rhain. Tu es très irritable depuis qu'elle est arrivée ici.

— Pas du tout, mais je ne sais pas qui elle est et cela me rend inquiet.

— Le sire de Gwalchdu est préoccupé par un petit bout de femme. Eh bien, on peut dire qu'on ne s'ennuie pas ici. Je vais attendre cette jeune fille en ta compagnie.

*
* *

Anwen descendait l'escalier en rasant les murs. Redoutant toute rencontre, elle se réjouit de ne croiser personne jusqu'à l'entrée de la grande salle dont la taille et l'opulence la laissèrent pantoise. Elle savait que le roi Edouard et Llewellyn, le prince de Galles, avaient déjà séjourné à Gwalchdu, mais le confort de ce château dépassait même le luxe de la Cour.

Plusieurs grandes tapisseries représentant des scènes de chasse pendaient aux murs. D'innombrables candélabres et flambeaux éclairaient la salle de la lumière mouvante de leurs chandelles. Une cheminée monumentale occupait tout un côté. Les flammes d'un grand feu y dansaient, répandant à la fois lumière et chaleur.

Au milieu de la salle s'alignaient trois rangées de tables sur tréteaux, bordées de bancs, et perpendiculairement à elles il s'en trouvait une quatrième, plus large, prête à accueillir le seigneur, ses proches et ses hôtes de marque. Elle se distinguait des autres tables, en outre, par les chaises tapissées disposées sur toute sa longueur, le dossier tourné vers la grande cheminée.

À l'autre extrémité de la vaste pièce il y avait une cheminée de plus petite dimension et deux sièges capitonnés, occupés pour l'heure par deux hommes, l'un blond, dont la chevelure réfléchissait la lumière du feu dans l'âtre, et l'autre brun.

Sans hésiter, Anwen se dirigea vers eux.

Teague fut le premier à entendre son pas et il se leva. Rhain l'imita aussitôt. Un rayon du soleil couchant pénétrait dans la salle par les hautes et étroites fenêtres, et créait un halo d'or dans la chevelure encore mouillée de la jeune fille. Avec la marche, la robe blanche qu'elle portait flottait autour de sa silhouette fine en lui donnant un aspect angélique.

— Mon Dieu, murmura Rhain.

— Que dis-tu ? fit Teague dont le regard ne quittait pas Anwen.

— Je t'ai pris pour un fou de l'avoir amenée ici, répondit Rhain à mi-voix, semblant suivre des yeux, tout comme lui, la jeune fille qui traversait la salle avec une grâce telle qu'on aurait cru une apparition. Mais maintenant que je la découvre comme tu as dû le faire dans la forêt, je crois que tu es l'homme le plus sensé de la terre.

En arrivant devant eux, Anwen se tint les yeux baissés et les mains jointes, ce qui ajoutait encore à son aspect séraphique. Elle tremblait et la pâleur de son teint montrait à quel point elle était encore faible.

Comme elle redressait la tête, Rhain, tout comme Teague, put voir la beauté de ses grands yeux bleus soulignés par des cils d'or.

— Vous voici, fit Teague d'un ton bourru.

— Comme vous me l'avez demandé, messire.

Teague n'avait plus rien à voir avec l'homme qui était entré un peu plus tôt dans sa chambre. Les cheveux fraîchement lavés et encore mouillés, il avait revêtu une tunique d'un bleu sombre qui lui seyait particulièrement en soulignant les formes athlétiques de son corps.

— Avez-vous l'habitude d'obéir ? demanda-t-il non sans une pointe d'ironie.

— Oui quand ce qui m'est demandé n'est pas injuste.

Elle considéra les deux frères avec insistance. Les couleurs qu'ils arboraient différaient, tout comme leurs personnalités. Le contraste entre eux était très fort. De grande taille tous les deux, ils présentaient l'un et l'autre une musculature puissante sous leurs vêtements qui, loin de cacher la splendeur de leur anatomie, la mettait plutôt en relief. Mais ce qui les distinguait, c'était les teintes qu'ils affichaient. L'un était blond comme les blés et l'autre brun. L'un lumineux et souriant, l'autre sombre et farouche. Rhain, en outre, était richement vêtu d'un pourpoint d'un rouge éclatant qui mettait en valeur sa blondeur. On aurait dit un ange descendu du ciel.

Considérant qu'il ne serait pas inutile de l'avoir pour soutien, Anwen lui adressa le plus charmant de ses sourires. Du coin de l'œil, elle remarqua que la mine de Teague s'assombrissait, mais elle n'en tint aucun compte.

— Vous me semblez aller mieux, remarqua Rhain. J'en suis très heureux pour vous.

— Je vous remercie, répondit-elle. Mes maux de tête se sont enfin arrêtés et j'ai retrouvé une grande partie de mes forces. Je ne pense pas que je me serais remise aussi bien si vous n'aviez pas tous pris autant soin de moi.

Rhain lui rendit son sourire et lui désigna le siège qu'il venait de quitter.

— Je vous en prie… Asseyez-vous.

Anwen le remercia d'une petite révérence et s'approcha de la chaise sans y prendre place. En restant debout, elle avait l'impression de dominer la situation. Même si elle allait mieux, elle était encore faible, cependant, et sentait qu'elle pouvait facilement perdre l'équilibre. La proximité du siège était rassurante.

— Peter a besoin de ton aide, Rhain, déclara Teague. Tu devrais aller le rejoindre aux écuries.

Une expression de colère contenue apparut sur le visage de Rhain quand il la salua.

— Je me retire si le devoir m'appelle, dit-il entre ses dents. Portez-vous bien, ma damoiselle.

La lueur mauvaise qui brilla, à cet instant, dans le regard de Rhain inquiéta davantage Anwen que l'air renfrogné de son frère. On eût dit qu'il avait connaissance de quelque secret, mais lequel ?

Anwen ne songeait déjà plus à solliciter l'aide du beau

blond, mais se sentit, malgré tout, soudain très seule en face de celui qui demeurait le traître à ses yeux.

Les propos qu'il lui avait tenus lui résonnaient encore dans la tête et elle craignait de lui avoir laissé voir qu'elle n'y était pas insensible.

Heureusement, cette fois, elle était habillée et préparée à toute éventualité. La même situation ne se reproduirait pas.

Teague gardait le silence alors qu'on entendait le pas de Rhain sur les grandes dalles de la salle. La porte donnant sur l'extérieur s'ouvrit et un courant d'air frais se faufila dans les jambes d'Anwen avant que l'huis ne se referme avec un bruit sourd.

— Vous sentez-vous assez bien pour répondre à quelques-unes de mes questions ? demanda Teague, rompant enfin le silence.

— Cela dépendra de vos propres réponses aux miennes.

Teague plissa les paupières d'un air suspicieux puis, changeant soudain d'expression, fit signe à une servante et la pria de leur apporter du vin et une corbeille de fruits, ainsi que du pain.

— Avant de nous questionner mutuellement, je suggère que nous prenions une collation, dit-il quand la servante revint avec un plateau qu'elle déposa sur une table entre eux deux.

Anwen, qui le regardait fixement, le soupçonnait de lire dans ses pensées et de la faire attendre pour le plaisir.

La collation, cependant, lui donnait l'opportunité de s'asseoir comme Teague, d'ailleurs, l'y invita d'un geste de la main. Elle éprouva un grand soulagement de pouvoir enfin se reposer alors qu'elle sentait qu'elle n'était pas loin de défaillir.

N'ayant plus à craindre de s'évanouir devant lui, elle serait à même de l'affronter et de soutenir son regard. Et comme elle s'était préparée à cette rencontre, elle ne serait pas aussi vulnérable que lorsqu'il l'avait surprise nue dans son bain. Au moment où Teague s'assit en face d'elle, cependant, tout devint différent…

La façon dont il scrutait la pomme qu'il avait à la main puis croquait dedans, ainsi que l'expression de son regard, quand il levait les yeux pour la fixer tout en déglutissant, avaient quelque chose de troublant.

Après avoir longuement baissé les yeux, Anwen osa, enfin, croiser le regard de Teague où brillait, à présent, une autre flamme. Elle semblait faire écho à l'intimité du feu et du repas qu'ils partageaient et prolonger le moment qu'ils avaient passé ensemble, un peu plus tôt, dans la chambre. Et malgré la robe qui la couvrait, Anwen se sentait à nouveau nue et vulnérable devant lui.

— Pourquoi me retenez-vous prisonnière ? demanda-t-elle enfin.

— Vous vous considérez comme telle ? fit Teague en mordant dans sa pomme.

Elle éprouvait cette sensation, en effet, même si elle n'était plus à ce moment enfermée dans sa chambre.

— Vous ne l'êtes en aucune manière, reprit-il. C'est pour votre protection que j'ai placé un garde devant votre porte. Considérez-vous que vous avez commis quelque mauvaise action pour vous croire en prison ?

— Comment aurais-je pu mal agir alors que voici trois semaines que je garde le lit ?

Teague lança le trognon de sa pomme dans le feu, et l'esquisse d'un sourire empreint d'ironie se dessina sur ses lèvres quand il répondit :

— Nous devrions peut-être parler de ce que vous faisiez avant de tomber de l'arbre.

— Que voulez-vous dire ?

Ce qu'elle faisait avant sa chute ne le regardait en rien. D'ailleurs, s'il ne voulait voir personne dans son village en dehors de ceux qui y habitaient déjà, il devait commencer par ne pas y faire venir le meilleur tanneur de la région.

— Vous venez de Brynmor, n'est-ce pas ?

— Oui... J'y suis née.

— Reconnaissez-vous vivre chez un prince gallois ?

— Je ne sais pas de quoi vous parlez. Il n'y a plus de princes gallois depuis que le roi Edouard a conquis notre pays. Nous sommes tous anglais à présent.

— Mais vous reconnaissez que le château de Brynmor, avant la conquête, était ennemi de la Couronne ?

— C'est une question de point de vue. On pourrait tout aussi bien qualifier Gwalchdu de château ennemi.

— Voulez-vous dire que nous sommes ennemis ? fit Teague en se levant brusquement et en joignant les mains dans le dos.

Anwen l'imita, s'écartant de son siège, de la chaleur du feu et du repas. Elle n'était pas dupe de son ton familier. Elle savait qu'il lui tendait un piège.

— Le roi Edouard a affirmé le contraire.

— Alors que faisiez-vous dans la forêt de Dameg, aussi près de Gwalchdu ?

Teague la fixait comme un faucon sa proie et, d'instinct, Anwen releva la tête pour lui faire face.

— J'habite en vis-à-vis de la forêt tout comme vous. Si nous ne sommes pas ennemis, il n'y a aucune interdiction de se trouver d'un côté ou de l'autre de celle-ci.

— Etes-vous proche d'Aliénor, la fille de messire Urien ?

— Oui, je la connais bien.

— Et Robert ?

— Qui pourrait vivre à Brynmor et ignorer son gouverneur désigné par les Anglais ?

— Quelle position y occupez-vous ?

C'était la question qu'Anwen redoutait. Elle en avait plusieurs des positions, à Brynmor. Il ne servait à rien d'ailleurs d'apprendre à Teague qu'elle était la fille bâtarde d'Urien de Brynmor et, donc, la demi-sœur d'Aliénor.

— Je m'occupe des faucons, répondit-elle après un

moment d'hésitation car il fallait bien évoquer l'une de ses occupations.

Autant choisir celle qui l'avait conduite là où elle était.

— Il n'est pas fréquent qu'une femme assume la tâche de fauconnier.

— C'est pourtant ce que je fais.

— Il y a d'autres occupations plus typiquement féminines comme…

— C'est bien là la façon de penser des hommes, que les femmes ne sont bonnes qu'à faire des enfants et tenir la maison !

— Ce n'est pas ce que j'avais en tête.

— De toute façon, je n'ai pas de réponse à vos questions et je vous soupçonne de ne chercher qu'à me mettre dans l'embarras. Je me moque d'ailleurs d'en connaître la raison. Tout ce que je sais, c'est que je suis retenue ici au mépris des règles les plus élémentaires de la courtoisie.

Anwen se tut un instant, s'étonnant de ne plus éprouver de vertiges. L'adversité, manifestement, la stimulait. Puis elle reprit :

— C'est à votre tour, maintenant, de répondre à mes questions. Est-ce que je suis libre de partir ?

Il la soupesa un certain temps du regard avant de répondre :

— Vous êtes libre, bien sûr, de faire demi-tour et de sortir de cette salle, mais pas de quitter Gwalchdu.

— Vous ne pouvez pas me garder enfermée ici !

— Détrompez-vous. J'ai besoin, justement, d'un fauconnier. Cela m'arrange que vous soyez là.

Il la fixait de ses yeux noirs pénétrants comme dans l'attente d'un signe de faiblesse de sa part, mais, dommage pour lui, elle n'était pas du genre à s'avouer vaincue.

— Je ne suis pas très douée pour le dressage des rapaces.

— Je ne vous demande pas d'être très douée.

— La preuve que je ne suis pas bonne, c'est que j'ai perdu un autour dans la forêt. Vous ne voudriez pas d'un fauconnier qui perd ses oiseaux.

— Vous dressiez un oiseau à une époque aussi tardive ?

Le doute audible dans le ton de sa voix piqua Anwen au vif. La saison était très avancée, en effet, pour entraîner Gully, mais elle n'avait pas pu le faire plus tôt en raison de la blessure qu'il s'était faite à l'aile. La seule raison pour laquelle elle se rendait à Gwalchdu, d'ailleurs, c'était pour y acheter de nouveaux jets.

— Eh oui, fit-elle, se gardant de lui répondre qu'elle était parfaitement capable de dresser un rapace tard dans la saison. Vous voyez bien que ce ne serait pas une bonne idée de me garder pour m'occuper de vos faucons. Vous feriez bien mieux de me laisser partir.

— Vous ne craignez pas d'avoir quelques ennuis ? Perdre un rapace n'est pas anodin.

— Non, en effet. Or, celui-ci a une assez grande valeur. Je ne crains pas tant pour moi, d'ailleurs, que pour certaines autres personnes si je ne le rapporte pas à Brynmor.

— Qui sont-elles ?

— Le maître fauconnier en particulier.

— Que vous importe ? Un fauconnier n'est pas irremplaçable.

Seul un homme qui méprisait son prochain pouvait parler ainsi. Melun était tout pour elle. Il l'avait recueillie et traitée comme sa propre fille.

— En tout cas, reprit Teague, que vous vous sentiez liée à Brynmor ou non, cela ne change rien. Vos devoirs sont ici maintenant.

— Pardon ? Je vous ai déjà dit que je ne vous serais d'aucune aide. D'ailleurs, je n'ai aucun devoir envers vous.

— Vous vous trompez. Vous avez contracté une dette auprès de moi. Vous me devez la vie.

Chapitre 7

— Une dette ? fit Rhain d'un ton amusé après que Teague lui eut rapporté sa conversation avec Anwen.

Cette dernière venait tout juste de sortir de la grande salle quand Rhain y avait surgi de nouveau, si bien que Teague l'avait soupçonné d'avoir espionné son entrevue avec elle.

— Il semblerait que cet argument eût été efficace.

— Pas autant que ne l'aurait été la question. Tu aurais pu l'y soumettre.

— Certes mais elle n'est pas encore en état de la supporter.

— Je n'en suis pas certain…

Rhain s'approcha de la table et remplit leurs coupes de vin.

— Finalement, il y a du bon en toi.

Teague but une longue gorgée du vin que lui avait servi son frère.

— Bien sûr, reprit Rhain, la meilleure solution eût été de lui dire simplement la vérité.

Il s'adossa au mur chauffé par le feu et resta un instant pensif, penché sur son verre de vin, avant de poursuivre :

— Tu aurais pu lui dire, par exemple, que tu as reçu des menaces et que tu crains qu'elle ne soit en relation avec celui ou ceux qui te les ont proférées.

— Pour lui donner l'occasion de me mentir ? Non. Nous allons attendre de voir ce qu'elle fait. Si elle est impliquée dans cette opération, comme je le crois, elle ne sera pas longue à se trahir. Surveille-la. Au fil des jours, nous lui donnerons un peu plus d'autonomie, comme avec un émerillon au dressage et, brusquement, nous resserrons la créance.

— Tu es donc déjà convaincu qu'elle te ment, alors que tu n'en as aucune preuve ?

Teague se représenta le regard d'Anwen qui le défiait plutôt que de le fuir comme en avaient l'habitude les menteurs, mais il était cependant sûr qu'elle lui cachait quelque chose.

— Je ne veux prendre aucun risque.

— D'habitude tu ne juges pas les gens aussi vite.

Teague prit une poignée de noisettes qu'il engloutit nerveusement.

— Nous sommes dans une situation particulière.

— Pourquoi ne lui as-tu pas dit que nous avions son oiseau ? Elle aurait voulu le rapporter au plus vite à son maître fauconnier.

— Certes mais qui est-il et où réside-t-il ? Je n'ai pas l'assurance que ce soit à Brynmor, ni qu'Anwen soit vraiment l'assistante de ce fauconnier. Dans sa missive, Robert n'évoque pas cette fonction. Peut-être entraînait-elle l'oiseau à porter des messages. Je ne puis m'empêcher de trouver très étrange qu'une femme s'occupe de rapaces… Quel sire permettrait cela ?

— Nous savons qu'Urien règne difficilement sur son précieux Brynmor.

Rhain but une gorgée de vin avant de reprendre :

— Robert a la réputation d'être indulgent. Il n'est pas impossible qu'il laisse Anwen dresser les faucons si elle vit vraiment à Brynmor. Et même si elle prétend n'être pas très compétente, elle n'en est pas moins fière de sa position.

Rhain haussa les épaules et but une nouvelle gorgée.

— C'est une fille intéressante, ne trouves-tu pas ?

Las de l'attitude adoptée par son frère, Teague examinait maintenant chacune des noisettes avant de les manger. La trahison pouvait survenir au moment et dans le lieu où on l'attendait le moins.

— Elle ne nous dit pas tout. J'en suis certain.

— Nous n'avons pas reçu de messages depuis plusieurs semaines. Ils t'étaient peut-être adressés par un désœuvré qui n'avait rien trouvé d'autre pour s'occuper ?

— Je n'en crois rien. Je sais que nous n'en avons pas fini avec ces menaces.

— Elles ne viennent pas d'elle.

— Possible.

Rhain laissa échapper un soupir avant de s'écarter du mur.

— Tu sais que j'ai raison. Tu l'as blessée, c'est pour cela qu'elle est agressive avec toi.

— Et toi tu lui fais beaucoup trop confiance. N'oublie pas que c'est une étrangère. Tu deviens tendre comme un agneau en sa présence.

Rhain posa sa coupe sur la table.

— Je ne suis pas sûr de me reconnaître dans cette description. C'est toi, plutôt, qui me sembles t'être attendri à son contact. Il faut voir ton expression quand tu la regardes.

Teague se contenta de hausser les épaules.

— Je ne doute pas qu'il serait merveilleux d'avoir Anwen dans son lit, reprit Rhain, mais aussi charmante soit-elle, nous ne connaissons pas ses intentions. Je ne crois pas qu'elle soit notre ennemi, mais je crains qu'elle n'occupe un peu trop tes pensées et ne détourne ton attention du véritable danger.

— Tu te fais du souci pour moi ?

Rhain acquiesça de la tête.

— Prends garde, Teague. Je ne serai pas toujours là pour veiller sur toi.

L'esprit embrumé par le vin et peuplé de formes féminines, Teague regarda son frère s'éloigner. Rhain avait raison, le danger se rapprochait de lui à son insu. Il ne pouvait visiblement rien contre cette menace et, maintenant, il avait aggravé sa situation en amenant Anwen ici.

La jeune femme était affaiblie par son accident, mais n'en restait pas moins fière et indomptable. Elle n'hésitait pas à le braver alors qu'elle souffrait encore de sa chute et qu'il la retenait prisonnière dans son château. Or, c'était ce qui le rendait le plus perplexe. Non qu'il se crût invincible, mais c'était ainsi que le considéraient ses gens. Il en connaissait la raison, qui n'était pas fondée seulement sur son habileté à manier l'épée.

On disait de lui, depuis sa tendre enfance, que le sang du démon coulait dans ses veines.

C'était sa tante qui avait souffert la première de ces terribles accusations. Teague, qui avait voulu la protéger de la vindicte populaire, lui avait trouvé une place dans un couvent où, moyennant monnaie, elle avait été acceptée. Les rumeurs qui l'accablaient s'étaient tues comme par miracle mais, à partir de ce jour, elles s'étaient dirigées vers lui. Il ne s'en était pas offensé et en avait fait, au contraire, bon usage, ses adversaires tremblant de peur devant lui avant même qu'il n'eût brandi son épée.

Au fond, il se moquait que l'on dît de lui qu'il avait vendu son âme au diable. Il n'avait besoin de personne pour se défendre et, au cours des années, il s'était habitué à ce que d'aucuns se signent en croisant son chemin. Toute cette superstition le laissait indifférent.

Son jeune frère, au moins, n'était pas traité de la même façon. Peut-être était-ce lié au physique moins sombre de Rhain, à son caractère plus doux ou, encore, au fait qu'il l'avait éloigné de Gwalchdu dans son enfance. Quelle qu'en fût la raison, les habitants du village et les hommes de la garnison rendaient à son frère les sourires qu'il leur adressait et se conformaient à ses manières joviales.

Il semblait, d'ailleurs, qu'Anwen ne fût pas insensible à l'amabilité de Rhain. Elle faisait manifestement la distinction entre eux deux.

Or, autant pouvait-il écarter d'un haussement d'épaules les préjugés à son égard de la part de ses gens, qui le haïssaient et ne voyaient qu'un traître en lui, autant ne les supportait-il pas venant d'Anwen. Quelque chose au fond de lui voulait que cela fût différent avec elle.

Mais il avait conscience que ces pensées pouvaient lui être préjudiciables. Il ne savait rien d'Anwen. Elle lui cachait certaines informations alors que l'ennemi était aux portes de Gwalchdu. Quoi qu'en dît Rhain, elle pouvait, d'ailleurs, fort bien être elle-même cet ennemi. Un ennemi qui menaçait tout ce pour quoi il s'était battu.

Il ne permettrait pas qu'une simple femme, même si elle le touchait plus qu'aucune autre, le conduisît à faillir dans sa mission de protection de Gwalchdu et de ceux qui y vivaient. Mais il avait beau se raisonner et se répéter que cette forteresse était tout ce qu'il avait en ce monde, il ne pouvait s'empêcher d'éprouver de l'amertume qu'Anwen échangeât des sourires avec son frère. Particulièrement dans la mesure où elle ne lui réservait, à lui, que des regards méfiants... À l'exception, peut-être, du moment où il avait croqué dans cette pomme... Il avait cru lire dans ses yeux, à cet instant, une expression qui semblait faire écho à son propre désir.

Refoulant les sentiments que cette pensée faisait naître, Teague leva sa coupe et but une longue gorgée de vin. En qualité de sire de Gwalchdu, il ne pouvait pas se permettre d'éprouver du désir pour Anwen.

Peu importait qu'elle fût tout sourires avec Rhain. C'était un gentil garçon, courageux et il n'était que le cadet. Ce n'était pas à lui qu'incombait la responsabilité de cette place forte et de ses habitants. Mais Teague ne se plaignait pas d'être le chef de famille. Pour rien au monde il n'aurait échangé sa situation avec son frère. S'il portait une lourde charge, il en tirait en contrepartie une grande satisfaction. C'était à la fois un motif d'orgueil et de réjouissance de connaître la force et l'efficacité de cet ensemble de dispositifs de défense. Ses hommes comme ses ennemis pouvaient continuer à le redouter. Leur crainte lui avait toujours été salutaire et elle continuerait de l'être une fois qu'il aurait résolu le mystère entourant Anwen, et éliminé son ennemi.

Au fond, s'il était sincère avec lui-même, il devait reconnaître qu'il refusait d'établir un lien entre la jeune fille et la menace qui pesait sur sa vie. Quand bien même, d'ailleurs, fût-elle l'ennemi qu'il ne parvenait pas à identifier, il ne pouvait ignorer qu'au moment où elle était tombée dans ses bras, il avait été saisi par une émotion telle qu'il n'en avait pas éprouvée depuis l'enfance.

C'était un mélange d'espoir, de crainte, d'orgueil et de désir de possession… Il ne réagissait pas à son égard comme avec les autres femmes qu'il avait connues et, ce qui était peut-être encore plus étonnant, elle, de son côté, ne se comportait pas avec lui comme il était en droit de l'attendre.

Au lieu de le craindre, Anwen lui avait accordé sa confiance, au lieu de détourner le regard devant lui comme le faisaient ses gens, elle lui avait pris la main. Loin de se signer en sa présence, elle le défiait. Si elle était son ennemie, elle l'était de la façon la plus étonnamment honnête. Il avait vu se succéder dans son expression des émotions aussi diverses que la colère, la frustration et le désir…

Teague sourit pour lui-même. Non, il n'avait pas lu pour la première fois le désir sur le visage d'Anwen quand il avait croqué dans la pomme. Il avait déjà vu son regard exprimer ce sentiment lorsqu'elle s'était levée dans son bain, lui arrachant des lèvres des paroles de convoitise.

Ses mots l'avaient touchée et bien qu'elle se fût empressée de dissimuler son émotion, il avait eu le temps de déceler dans son regard l'éclat de l'innocence suivi d'un trouble où se mêlait du désir. Et il n'avait pas eu de peine à deviner où cette amorce de désir aurait pu les conduire.

Il respira profondément alors que ses oreilles bourdonnaient et que son cœur tambourinait. Ses pensées étaient trop confuses et insolubles quand elles se tournaient vers Anwen. La nuit serait longue.

Anwen arpentait sa chambre… La chambre de Teague ! songea-t-elle. Avec son grand lit à baldaquin tendu de riches tissus !

Non seulement elle vivait chez lui, mais elle lui devait cette vie qu'elle n'avait conservée que grâce à lui !

Elle ignorait la raison pour laquelle il la retenait prisonnière, mais il était incontestable qu'il lui avait sauvé la vie et qu'elle avait de ce fait contracté une dette auprès de lui.

Ce n'était pourtant pas le genre du traître de Gwalchdu de sauver des vies. Ce n'était pas la vocation du diable de venir en aide aux autres. Or, elle ne doutait pas qu'il fût l'incarnation du démon.

Elle rêvait de liberté, de champs à perte de vue, de courses à travers la forêt, et aussi de revoir le gentil fauconnier qui, elle en était certaine, avait besoin d'elle. Elle pensait à Aliénor qui n'avait personne pour la défendre contre sa brute de père et qui, en ce moment même, portait peut-être les traces de ses coups. Elle n'avait cessé de protéger sa sœur et, pour la première fois, elle lui faisait défaut.

Elle était prête à payer n'importe quelle dette que lui réclamerait Teague de Gwalchdu mais, à la première occasion, elle se sauverait. Elle se moquait de la puissance du sire de ce lieu. Des vies, qui comptaient plus que la sienne, dépendaient d'elle.

Chapitre 8

— Que fait-elle selon toi ? demanda Rhain en maintenant fermement le destrier par la bride.

Teague examinait le sabot du cheval avec, à son côté, Henry, le maître des écuries, dont le visage exprimait une vive inquiétude.

Teague n'avait pas besoin de demander à son frère de qui il parlait. D'ailleurs, du coin de l'œil, il remarqua au même moment Anwen qui traversait la cour avant de disparaître à l'angle d'un bâtiment.

Dirigeant de nouveau son attention sur l'animal, dont l'extrémité de la jambe présentait des lésions inquiétantes, il interrogea Henry :

— Quels soins a-t-il reçus jusqu'à présent ?

— Nous lui nettoyons les sabots deux fois par jour et changeons à chaque fois sa litière. Les manifestations de la maladie étaient presque invisibles au début. Aussi ai-je considéré qu'il fallait garder le cheval en observation pendant quelques jours avant de vous en parler.

— Ton attitude est compréhensible, mais le mal s'est développé plus vite que prévu, fit Teague en caressant le chanfrein du destrier. Envoie-moi le maréchal-ferrant et va quérir sœur Ffion. Ils auront sans doute quelques suggestions à nous faire.

Henry s'inclina et partit aussitôt.

Teague se retourna et chercha des yeux Anwen dans la cour du château, où régnait une grande animation.

— Voilà plusieurs jours qu'elle tente de nous échapper, remarqua-t-il.

— J'ai l'impression qu'elle t'intéresse un peu plus d'instant en instant, dit Rhain. En tout cas, si telle est son intention, tu avoueras qu'elle ne manque pas de bravoure. Elle a bien dû remarquer que la garnison était sur le qui-vive. Croit-elle vraiment réussir à déjouer notre vigilance ?

— Elle espère se fondre dans la foule et, s'étant soustraite aux regards, trouver une occasion de sortir d'ici.

— Avec la couleur de ses cheveux, c'est impensable. Même soigneusement tressés, ils présentent des boucles dorées enchanteresses qui forment un halo autour de son visage. Ils sont si clairs, on dirait le premier rayon de soleil après l'obscurité de la nuit.

Teague fut sur le point d'exprimer son impatience. Pourquoi ne supportait-il pas que son frère fît cas des cheveux d'Anwen ?

Apparemment indifférent à son air courroucé, Rhain poursuivit :

— Elle n'est peut-être pas aussi honnête que je le pensais. Elle a accepté de payer la dette qu'elle te devait et, maintenant, elle ne cherche plus qu'à s'échapper. À ta place, je serais déçu par elle.

Un sourire aux lèvres et croisant les bras sur la poitrine, Rhain ajouta :

— Mais elle n'en est pas moins ravissante.

Teague sentit son visage s'assombrir encore.

— Tu fais trop cas de ses attributs.

— Cela ne te plaît pas que je fasse état de sa beauté et de son intelligence ?

— Ce n'est pas ce que j'ai dit.

— Oh ! je te connais bien. C'est curieux. Tu n'étais pas jaloux autrefois.

— Je ne le suis pas. Si je te parais mécontent c'est

seulement parce que c'est une inconnue. Il serait imprudent d'avoir une liaison avec elle. Cela ne ferait que servir ses projets.

— Cela aurait au moins le mérite de te rendre plus aimable, rétorqua Rhain. Si tu lui montrais les messages qui sont arrivés pour elle, peut-être n'éprouverait-elle pas le besoin de s'enfuir.

Teague aperçut Anwen, qui était revenue dans son champ de vision mais qui disparut de nouveau presque aussitôt derrière l'une des tours.

— Nous y avons répondu à sa place.

— Ne crois-tu pas que tu devrais la laisser le faire elle-même ? Et ne trouves-tu pas étrange de ta part de la tenir enfermée dans sa chambre comme une prisonnière la moitié du temps ?

— Elle est mon fauconnier et non ma prisonnière.

— Tu plaisantes ? Lui as-tu seulement montré où était la volière ?

— Non. Mais c'est sans importance. Elle a contracté une dette auprès de moi.

— Et comment envisages-tu qu'elle t'en dédommage ?

— De la seule façon que je connaisse.

Sur ces mots, Teague tourna le dos à son frère et s'en fut à la recherche de celle dont il n'aurait jamais dû s'approcher.

Anwen, découragée, s'appuya contre le mur intérieur du château. Il était vain de chercher une issue dans cette redoutable forteresse qui ne ressemblait en rien à Brynmor.

Le château de son enfance présentait de nombreux jardins où potagers et fleurs d'ornement se partageaient l'espace et où des bancs confortables se trouvaient à l'ombre des arbres fruitiers. Les enfants jouaient en toute liberté dans les cours au milieu des adultes qui s'affairaient. Dans la basse-cour, où volailles et bétail faisaient bon ménage, régnait un chaos coloré.

Il y avait, certes, un potager et un jardin d'agrément à Gwalchdu mais aucune herbe ou fleur sauvage n'était autorisée à y pousser. Tout était planté et aligné au cordeau et dans les diverses cours, toute végétation était proscrite : pas un merisier ou un poirier sauvage.

Le seul espoir de quitter cet édifice de granit et autres pierres austères était de trouver une défaillance dans le système de surveillance de ses gardes. C'était la raison pour laquelle, d'ailleurs, elle se tenait près de la petite ouverture orientale où elle observait les entrées et les sorties. S'il existait une chance pour elle de s'échapper de Gwalchdu, c'était par ce corps de garde. Cependant, à mesure que le temps passait, aucune occasion ne se présentait.

— Vous ne pourrez pas vous enfuir par cette porte.

Anwen fit volte-face pour se trouver nez à nez avec Teague.

— Je n'avais pas l'intention de m'évader.

— Vous me décevez.

— Eh bien, nous sommes à égalité.

— Vous voulez dire que je vous déçois ?

Teague porta distraitement le regard sur les tonneaux de vin derrière lesquels elle s'était dissimulée.

— Ah ! reprit-il. Vous faites allusion aux guerres avec l'Angleterre…

— Je préfère ne pas parler de cette période avec vous.

— Parce que vous me tenez pour un lâche et un traître ?

Anwen resta un instant interloquée. Considérait-il que ce jugement fût fondé ? De la part d'un homme à la réputation d'arrogance et de vaillance guerrière, c'était étonnant. Connaissait-il les autres rumeurs qui circulaient à son sujet ? Le fait, en particulier, qu'il eût signé un pacte avec le diable ?

— Oui, entre autres, répondit-elle enfin.

— Vous me jugez bien sévèrement et pourtant vous me connaissez à peine.

— Peut-être mais la première fois que vous m'avez

vue, vous m'avez enlevée puis gardée prisonnière. Que puis-je penser d'autre de vous ?

— Vous vous dites prisonnière et voulez me faire accroire que vous n'avez pas l'intention de vous enfuir ?

Teague inclina la tête de côté à sa manière avant de joindre les mains dans son dos. Il voulait donner, par son attitude, l'illusion qu'il abordait ces questions avec détachement, mais son expression s'assombrit avant même qu'il ne détournât le regard.

Anwen haussa les épaules. Elle ne se sentait aucunement obligée de lui donner une réponse et tant qu'elle se trouvait près du corps de garde, elle poursuivrait son observation. Si elle l'ignorait, peut-être se retirerait-il.

— Avez-vous entendu parler de Jacques de Saint-Georges, l'architecte savoyard, qui a fait les plans de ce château ? demanda Teague. C'est lui qui a eu l'idée des tours rondes pour atténuer l'impact des boulets.

Visiblement, il n'avait aucune intention de se retirer et elle non plus, mais il fallait mettre un terme à cette conversation absurde. Elle n'avait pas besoin d'un cours sur la supériorité défensive de Gwalchdu.

— Gwalchdu est trop grand et trop sombre… Il fait tache au milieu des autres châteaux des Marches.

— Il s'en distingue, en effet, mais il représente l'exemple des forteresses qui seront bâties à l'avenir. Avez-vous remarqué qu'il n'est pas seulement protégé par une première ligne de remparts mais aussi par la rivière à l'ouest et un large fossé en eau le long de ses autres faces ?

Anwen détourna son attention de la porte pour jeter un regard noir à son interlocuteur.

— Je n'ai pas eu l'occasion de marcher en dehors des murs de cette prison.

Teague haussa les épaules à son tour.

— La défense de Gwalchdu ne se limite pas à ses murs et ses douves. La garnison est composée essentiellement d'hommes qui sont nés ici. Ils connaissent chaque recoin du château et sont prêts à mourir pour sa défense.

Montrant avec ostentation son désintérêt pour la conversation, Anwen dirigea son regard vers le parapet sur lequel six gardes marchaient en direction d'une barbacane. Les énormes portes du corps de garde, qui avaient été ouvertes pour leur laisser le passage, révélaient deux herses solidement ancrées dans le sol.

— Mes hommes reçoivent une bonne solde, mais ce n'est pas pour elle qu'ils sont disposés à verser leur sang. Ils placent leur honneur au-dessus de tout et sont fiers de servir la Couronne d'Angleterre.

— Je ne vois pas en quoi ils accompliraient leur idéal en s'évertuant à empêcher une simple femme de fuir ce château dont elle est étrangère.

Une lueur ironique brilla dans le regard de Teague.

— Ah ! Vous reconnaissez que vous cherchez à vous échapper. Mais, voyez-vous, ils engageraient leur honneur s'ils fermaient les yeux pour vous permettre de vous évader alors que je leur ai demandé expressément de ne vous laisser sortir à aucun prix.

— Pourquoi me persécutez-vous ainsi ? demanda Anwen, exaspérée.

— Persécuteur, traître, lâche… Vous êtes prompte à juger de mes intentions.

— Il y a déjà quinze jours que vous avez évoqué la dette que j'avais contractée envers vous et que vous avez insisté pour que je vous serve de fauconnier. Or, vous ne m'avez confié aucun oiseau. Permettez-moi de penser que vous vous jouez de moi. Or, j'aimerais en connaître la raison.

Elle était lasse de tous ces non-dits, de même qu'elle ne supportait plus que sa seule présence eût un tel effet sur elle. Elle se sentait auprès de lui impatiente et consciente d'elle-même comme elle ne l'avait jamais été.

— N'oubliez pas que je vous ai sauvé la vie, répondit-il. N'ai-je pas, à ce titre, un droit d'expression au sujet de la façon dont vous vous acquitterez de votre dette, et du moment où vous le ferez ?

— Si vous ne connaissez que la loi du Talion, je crains qu'il ne me faille sauver à mon tour votre vie pour m'estimer libérée. Or, étant donné votre aptitude légendaire à éviter la mort, il y a très peu de chance que cette occasion me soit donnée.

— Je ne pourrai pas m'y soustraire éternellement.

Elle aurait aimé être celle qui détournerait le coup fatal...

— Pourquoi ne me dites-vous pas quel paiement vous attendez de ma part pour qu'enfin je recouvre ma liberté ?

— Vous voulez connaître la vérité... Permettez-moi de vous demander, d'abord, ce que vous faisiez dans la forêt de Dameg ?

Anwen leva les bras d'un air exaspéré. Ils étaient de retour dans la forêt !

— Je vous l'ai déjà dit. J'essayais de récupérer l'un de mes rapaces avant de reprendre ma route vers Brynmor.

— D'où veniez-vous ?

— De votre village... J'étais venue trouver Bleddyn, le tanneur, pour lui acheter des jets.

— Ah ! C'est vrai... Bleddyn est originaire de Brynmor. Mais que faisiez-vous avec un autour à cette époque de l'année ?

— Je le dressais.

— Personne ne dresse un oiseau aussi tard dans la saison. Si vous ne me mentiez pas ce serait préférable. J'ai besoin de votre pleine coopération. Vous me donnez des petits bouts d'information alors que je ne veux entendre que toute la vérité.

— J'ai déjà amplement coopéré et je crains, si je continue, que vous ne m'en demandiez toujours davantage.

— Et maintenant, vous me reprochez d'être trop gourmand.

Il ne recula pas d'un seul pas et pourtant Anwen le sentit

s'éloigner d'elle alors qu'il lançait un regard au-dessus de son épaule. Son expression, d'ailleurs, s'assombrit.

Jetant un coup d'œil derrière elle, elle vit Rhain approcher.

— Puisque ma compagnie vous pèse tant, reprit Teague, je vais me retirer.

Anwen vit autant qu'elle le sentit l'échange muet entre les deux frères, et elle ne le comprit pas davantage que la conversation qu'elle venait d'avoir avec l'aîné.

— Vous parliez avec mon frère, on dirait..., commença Rhain d'une voix presque riante.

— Pas vraiment.

— Allons... Ne le niez pas. Il n'y a pas de quoi en rougir. Vous devriez d'ailleurs lui en dire un peu plus. Il cesserait peut-être d'être aussi désagréable.

— Pourquoi lui dirais-je tout de ma vie quand il ne me dit rien de la sienne ?

— C'est donc une question de confiance ? Il semblerait que cette qualité fasse défaut à Teague, mais il n'est pas impossible d'y remédier.

— Vraiment ?

Il la regarda avec une expression qui donna à ses yeux une couleur ambre en parfaite harmonie avec sa chevelure d'or. Il usait manifestement de sa beauté pour l'émouvoir, mais son charme n'agissait pas sur elle comme celui de son frère.

— Il faudra que nous passions plus de temps ensemble pour permettre à notre amitié d'éclore.

Anwen resta muette. Comment pourrait-elle envisager de se lier d'amitié avec le frère du traître de Gwalchdu ? C'était impossible. Et, de toute façon, elle savait que Teague ne supporterait pas qu'une relation amicale s'établît entre Rhain et elle. Cela aurait été, certes, une raison supplémentaire pour elle de contrevenir à sa volonté, mais tout rapprochement avec Rhain était impossible dans la mesure où elle ne pouvait pas plus lui faire confiance qu'à son frère.

— Vous me semblez dubitative... Posez-moi une

question. Vous comprendrez à ma réponse que je veux sincèrement gagner votre confiance.

Elle aurait été idiote de ne pas saisir cette occasion. Elle voulait retourner à Brynmor. Or, elle pouvait obtenir du frère de Teague des réponses qui lui permettraient d'atteindre son but.

— Alors ? Vous n'avez rien à me demander ?

— Si… Est-ce vrai qu'ici l'on prie à la chapelle six fois par jour ? Je n'ai vu personne montrer cette assiduité…

— Oh ! Je comprends… Vous avez parlé avec ma tante…

Il lui offrit son bras.

— Je crains que vous ne preniez froid… Voulez-vous retourner à votre chambre ?

Elle avait froid, en effet, mais ne voulait pas rentrer dans le donjon où elle n'avait déjà passé que trop de temps.

Au lieu de lui prendre le bras, elle souleva ostensiblement sa jupe.

— Je dois avouer, étant donné les circonstances, que je suis quelque peu surpris par votre question.

Rhain se mit à marcher autour du mur d'enceinte.

— Je ne suis pas assez idiote pour vous demander les faiblesses dans la défense de Gwalchdu, reprit Anwen en lui emboîtant le pas, ni la raison pour laquelle messire Teague me garde prisonnière ici. Je ne m'attends pas à ce que vous me fassiez confiance, de même que je ne vous accorde pas la mienne.

Rhain esquissa un sourire mais l'éclat dans ses yeux diminua.

— Je vois que je devrai faire quelque effort pour l'obtenir, dit-il en hochant la tête.

— Parlez-moi de votre tante.

— Personne ne prie avec autant de régularité qu'elle, mais quand elle ne peut pas aller à la chapelle, elle s'assure que le chapelain n'y soit pas seul. Comme les hommes de garde s'y rendent à des heures différentes, il y a des participants à chaque service. Cet arrangement convient à Ffion.

Anwen ne pouvait se convaincre que la religieuse pût être satisfaite d'une manière ou d'une autre.

— A-t-elle toujours été aussi fervente ?

— Non… Du moins autant que je sache. J'avais à peu près dix ans lorsque je suis parti vivre à la cour du roi Edouard, mais depuis mon retour, je trouve notre tante bien changée. Elle n'était pas aussi amère autrefois.

Anwen avait ressenti également cet aspect du caractère de Ffion et elle avait aussi décelé les moments où elle luttait contre ce sentiment d'amertume. On aurait dit qu'elle cherchait à le cacher, en particulier en présence de ses neveux.

— Elle parle gentiment de vous, dit Anwen à contrecœur. Pour elle, vous êtes un modèle de perfection alors qu'elle ne pose pas ce regard sur messire Teague.

En fait, la religieuse semblait même haïr Teague, mais cela, Anwen ne crut pas nécessaire de le dire à Rhain.

Ce dernier, qui poursuivait sa marche, ne lui proposa pas son bras une nouvelle fois.

— Je sais, dit-il. Je crois que c'est dû au fait que Teague ressemble trop à notre mère, c'est-à-dire à sa sœur. Elle l'aimait beaucoup. Sa mort a dû la plonger dans une profonde détresse et Teague en la lui rappelant entretient ce sentiment.

— Est-ce la raison pour laquelle elle est entrée en religion ?

— Je l'ignore… Elle est partie chez les Dominicaines à côté de Londres, ce qui lui permettait d'être près de moi. Elle n'est revenue vivre à Gwalchdu que lorsque j'ai été armé chevalier. Mais je suppose qu'elle est devenue maussade dès qu'elle a pris le voile.

Rhain haussa légèrement les épaules avant de reprendre :

— Teague m'a dit qu'avant la mort de notre mère Ffion avait du succès, en particulier auprès du capitaine des gardes. Mais il n'était pas le seul à l'admirer. Autant que je sache, notre mère était brune et taciturne comme Teague alors que Ffion qui aimait danser, rire et chanter, était lumineuse. Et elle avait déjà, à cette époque, la passion de la culture des plantes.

Anwen ne pouvait se représenter Ffion en train de danser en laissant éclater sa joie. Elle n'avait interrogé Rhain à son sujet que pour oublier l'échange qu'elle venait d'avoir avec Teague, mais, en fin de compte, elle trouvait cette conversation très intéressante.

— J'ai toujours eu l'impression qu'elle avait vécu un événement grave qui avait laissé des traces en elle, reprit Rhain, étendant le bras pour écarter trois destriers conduits par des palefreniers qui venaient dans leur direction. Elle me semble tourmentée et cela s'aggrave d'année en année. Heureusement, Greta prend soin d'elle depuis longtemps. Je n'étais pas né qu'elle veillait déjà sur elle.

— Je ne puis le croire. Greta ne me paraît pas si âgée. Quand je la vois à côté d'Edith, elle me semble sa cadette.

— Non, c'est le contraire. Greta est la plus vieille. Pour moi elle n'a jamais été jeune. Elle me fait penser à un chêne centenaire.

Rhain laissa échapper un petit rire en prononçant ces derniers mots.

Ils avaient fait le tour des remparts et arrivaient à l'endroit d'où ils étaient partis. Cette promenade aurait été l'occasion rêvée pour Anwen de repérer sans être inquiétée quelque faiblesse dans la défense de Gwalchdu, mais elle avait été si intéressée par les propos de Rhain qu'elle en avait oublié d'inspecter la forteresse.

— Vous allez continuer d'espionner le corps de garde pour voir si vous avez une chance de vous échapper ? demanda celui-ci.

Elle aurait dû être troublée qu'il pût lire aussi aisément dans ses pensées, mais il n'en fut rien. Pourtant elle ne lui faisait pas plus confiance qu'à Teague.

De toute façon, elle ne renoncerait pas à essayer de saisir une occasion de s'enfuir. Des personnes, en effet, dépendaient d'elle à Brynmor. Des personnes qui devaient se demander où elle se trouvait. Peut-être même la recherchaient-elles déjà. Il était de son devoir de revenir au plus vite auprès d'elles.

Chapitre 9

Teague entendit un rire féminin avant même qu'il n'en vît la source, mais il avait compris qu'il s'agissait d'Anwen.

Le soleil se couchait ; l'on allumait les torches. En dépit du froid piquant, c'était le moment où Rhain et Anwen accomplissaient leur promenade à l'intérieur des remparts de Gwalchdu.

Teague les observait depuis trois jours. Chaque fois qu'il avait questionné son frère au sujet de la jeune fille, celui-ci lui avait souri d'une étrange manière. S'il n'avait pas eu un lien de sang avec lui, il lui aurait passé l'épée au travers du corps.

Le rire d'Anwen, porté par la brise nocturne, venait jusqu'à lui. Il fit le tour d'un bâtiment et les aperçut. Ils se tenaient l'un près de l'autre, presque bras dessus, bras dessous. Les longs cheveux blonds d'Anwen étaient rassemblés en une lourde tresse, mais de petites boucles folles, qui brillaient comme des flammes, s'en échappaient, encadrant son visage charmant. Il aurait voulu la voir, les reins cambrés sous ses caresses, la poitrine exposée, ses grands yeux bleus révulsés de désir et ses lèvres rouges gonflées par ses baisers… Il voulait savoir si elle rirait au lit et quels autres petits cris elle pousserait aussi.

Rhain dit quelque chose à Anwen qui partit d'un nouvel éclat de rire.

Teague vibra à l'écoute de ce son riche et mélodieux

qu'il aurait voulu être le seul à entendre. Oui, c'était cela, il la voulait pour lui seul… Sans même qu'il s'en rendît compte, ses jambes l'entraînèrent jusqu'au couple dont les rires cessèrent immédiatement.

— Ne devais-tu pas retrouver Peter ?

— Ah ! oui, fit Rhain. Il doit penser que je n'accorde pas beaucoup de prix à notre amitié puisque je ne cesse d'oublier nos rendez-vous.

Il s'inclina devant Anwen et s'éloigna.

Tout signe de gaieté s'effaça du visage de la jeune fille. Son regard devint froid.

Tant mieux, pensa Teague. C'était préférable ainsi. Il valait mieux qu'il gardât ses distances.

— Que faisiez-vous avec mon frère ? demanda-t-il sans autre préambule.

Il avait le regard sombre et menaçant, mais ce ne fut pas son expression qui émut Anwen, dont l'estomac se noua. Elle fut surtout troublée par la façon dont sa tunique rouge et ses braies grises épousaient les formes musculeuses de son corps.

Irritée contre elle-même d'être aussi sensible à la séduction de Teague, elle concentra son attention sur la façon dont il croisait les bras sur la poitrine en la considérant avec sévérité. Mais son air rébarbatif ne diminuait en rien son pouvoir d'attraction. Qu'elle le voulût ou non, elle lui était attachée et elle s'en voulait.

— Nous parlions, rien de plus, répondit-elle.

C'était la stricte vérité, mais il lui plaisait que Teague fût mécontent de la voir en compagnie de son frère.

— Veillez à ce que vos relations se limitent à la conversation car, sinon, vous vous verrez interdire l'accès à la cour.

— Vous voudriez réduire encore ma liberté ?

— Vous savez ce qu'il vous reste à faire pour mettre un terme à votre séjour ici.

— Donnez-m'en les moyens…

Comme il ne répondait pas, elle reprit :

— Si pour vous être agréable il ne s'agit que de vous servir en qualité de fauconnier, conduisez-moi auprès de vos rapaces. D'ailleurs, vous ne m'avez même pas montré où était la fauconnerie.

— Je ne vous laisserai approcher mes oiseaux que le jour où je serai rassuré sur vos intentions.

— Qu'est-ce que cela signifie ? Précisez votre pensée, messire. Je crains de comprendre que loin de me vouloir dans la fauconnerie, ce soit dans votre lit que vous vouliez me faire entrer.

Pour prononcer ces derniers mots, Anwen s'appliqua à mettre dans sa voix tout ce qu'elle était capable de produire de venin.

Teague parut déconcerté et mit un certain temps avant de réussir à masquer son désarroi. Elle avait parlé d'une manière un peu trop abrupte, mais elle n'en avait cure. L'attitude de Teague ne pouvait s'expliquer que par la convoitise sinon il n'aurait eu aucune raison de la retenir ici. D'ailleurs, la façon dont il la regardait et son comportement le confirmaient. Elle sentait le désir dans ses yeux et dans sa voix… Et, pire, elle avait conscience d'y répondre !

Comme si elle avait eu le droit de se rabaisser encore, et que Brynmor et tous ses habitants n'eussent pas déjà assez perdu…

Devant le mutisme de Teague, Anwen reprit avec plus de virulence encore :

— C'est bien ce que vous souhaitez, n'est-ce pas ? Vous voulez me pousser au désespoir jusqu'à ce que je vous cède ?

Elle avait été, hélas, trop souvent témoin du vil traitement que les hommes faisaient subir aux femmes, en particulier messire Urien de Brynmor qui abusait du droit de cuissage.

Elle ne supportait pas d'être forcée de rester à Gwalchdu

contre sa volonté, et plus sa captivité se prolongeait, plus sa haine pour le traître grandissait.

— Vous ne répondez rien ! C'était pour abuser de moi que vous entriez dans ma chambre quand j'étais à demi consciente ? Vous me teniez la main mais ne pensiez qu'à une chose ! Et c'était toujours avec la même intention que vous m'avez surprise dans mon bain !

— Vous croyez que ce n'est que le désir qui me pousse vers vous ?

Il la considérait avec froideur, un léger sourire ironique aux lèvres.

— Vous oubliez que c'est vous qui m'avez demandé de vous récupérer dans mes bras quand vous étiez au sommet de votre arbre ! C'est vous qui avez déclenché tout cela mais ce n'est peut-être pas le bon moment pour en parler...

Il venait comme elle d'apercevoir Greta qui sortait de la chapelle et se dirigeait vers eux.

— C'est vous qui avez lancé cette conversation. Si vous ne m'aviez pas épiée avec votre frère... D'ailleurs, j'en ai par-dessus la tête de votre petit jeu !

Elle sentait peser son regard sur elle, mais elle s'en moquait. Elle en avait assez d'attendre qu'il prît une décision à son égard.

— Prévenez au moins les gens de Brynmor que je suis ici ! Ils me croient sans doute morte !

Elle était follement inquiète pour Melun à qui on devait reprocher la disparition de Gully. Et dans quel état retrouverait-elle Aliénor ? Elle craignait qu'elle ne fût couverte de bleus après tant de semaines sans elle à ses côtés pour la protéger. Son père l'aurait-il encore une fois jetée au bas de l'escalier ?

— Pourquoi me retenez-vous ainsi ? Vous n'avez pas besoin de moi. Laissez-moi partir. Des vies sont en jeu !

Le visage de Teague pâlit alors qu'une lueur de fureur brillait dans son regard. Anwen eut l'impression qu'il se transformait devant elle et devenait aussi redoutable que la forteresse de Gwalchdu.

— Que venez-vous de dire ? fit-il, exaspéré.

Elle eut l'impression qu'il allait la frapper, aussi leva-t-elle les bras pour se protéger, mais aucun coup ne tomba. Et elle n'obtint aucune réponse à sa question, car Rhain et Ffion venaient d'arriver à cet instant dans la cour et s'apprêtaient à les rejoindre.

Teague tourna les yeux vers son frère et sa tante puis, le regard impénétrable, s'adressant à elle, il reprit entre ses dents :

— Retournez dans votre chambre et n'en sortez pas.

Elle était priée de se retirer tout comme une domestique mais se garda de s'insurger. Elle savait qu'elle n'obtiendrait aucune clémence de la part du sire de Gwalchdu.

Rhain attendit qu'Anwen ne fût plus à portée de voix pour prendre la parole :

— Nous avons reçu un nouveau message.

D'un signe de tête, Teague invita son frère et sa tante à s'écarter avec lui de l'activité qui régnait dans la cour.

— Répète-moi ce que tu viens de me dire.

Les pensées tournaient dans la tête de Teague qui se demandait si Anwen n'avait pas formulé indirectement une menace en évoquant les vies en jeu. S'agissait-il de la sienne ?

— Il y a un message, reprit Rhain. Tout récent…

— Sous quelle forme ? demanda Teague en s'adressant à sa tante.

— C'est moi qui l'ai vu la première, répondit cette dernière d'une voix étranglée par l'émotion. Heureusement, j'ai trouvé Rhain en sortant de la chapelle… Sinon, je ne sais pas ce que j'aurais fait. C'est tellement horrible.

— Le message était pendu à la patte arrière d'un lièvre fraîchement égorgé.

— Où était l'animal ?

— Dans la chapelle, répondit Ffion. Je crois être la seule à l'avoir vu.

— À l'exception de celui qui l'a déposé là, remarqua Teague.

Rhain tira un parchemin de dessous son pourpoint.

— Le message est toujours écrit de la même main. Il n'y a rien de changé à l'exception du…

Teague lui prit des mains le parchemin qu'il consulta d'un regard.

— À l'exception de son contenu, reprit Ffion d'une voix tremblante.

— Vous n'avez vu personne ? demanda Teague à sa tante.

— Non et je n'ai rien entendu non plus. Lorsque j'ai découvert la chose, je me suis mise aussitôt en quête de Rhain…

— Vous n'avez parlé à personne d'autre ?

— Non, je te l'affirme…

Ffion, qui avait les mains jointes, se tordit les doigts en reprenant :

— Je crains, Teague, que le malheur ne s'abatte sur nous.

— Vraiment ? demanda Teague ironiquement.

— Oui… Et je crois que tu devrais ramener Anwen au plus vite à Brynmor.

Étant donné que le message avait été déposé au moment même où elle était en sa compagnie, Teague avait maintenant l'assurance qu'elle n'en était pas l'auteur, mais cela ne signifiait pas qu'elle n'eût aucun lien avec ce dernier. Elle lui avait témoigné tant de méfiance et de haine qu'il était en droit de la soupçonner. Ne lui avait-elle pas dit que des vies étaient en jeu ? Il n'était pas impossible qu'elle en sût plus sur cette affaire qu'elle n'était prête à le reconnaître.

— Ne vous souciez pas d'Anwen, ma tante, répondit Teague. Elle est et reste sous ma protection. Je compte sur vous pour ne parler à personne de ce message.

— Il me semble que tu t'es attaché à cette gamine, fit

la sœur en se tournant vers Rhain et en relevant la lèvre supérieure d'un air dégoûté.

— Ma chère tante, dit Rhain en prenant cette dernière par le bras, ce n'est peut-être pas le meilleur moment pour me donner une leçon de morale. Mais je vous pardonne car je me doute que vous avez été bouleversée par la scène dont vous venez d'être le témoin. Pourquoi n'allez-vous pas vous reposer ?

Ffion marqua un temps d'hésitation avant que son regard ne s'arrête sur Rhain.

— Bien sûr, dit-elle en lui tapotant la main. Tu as raison.

Elle croisa le regard de Teague qui dissimula difficilement son impatience.

— Je suis désolée, Teague, reprit-elle. J'ai encore réagi avec trop d'émotivité.

Teague hocha la tête d'un air compréhensif.

— Nous ne sommes pas aussi éloignés de Dieu que vous semblez le penser, ma tante. Il n'est pas nécessaire de nous rappeler toujours à nos devoirs religieux.

— Bien sûr, Teague. Je n'ai jamais douté que tu sois sous le regard de Dieu. Maintenant, je vais vous quitter et me reposer jusqu'à l'heure des matines.

En effleurant le sol, le manteau noir de Ffion souleva de petits nuages de poussière alors qu'elle s'éloignait.

— Tiendra-t-elle sa langue ? fit Teague.

— Je n'en sais rien, répondit Rhain. De toute façon presque tout le monde au château est au courant de ces messages et les recherche plus ou moins consciemment.

— Pourtant tous en ignorent les termes, répondit Teague en lisant le dernier qui venait d'arriver.

Répare l'injustice et cesse de nous traiter comme des bêtes !

— Quelle injustice ai-je commise ?

— Laquelle n'as-tu pas commise ? Sans compter les erreurs du passé… En ce moment, tu défies Edouard en restant ici au lieu de lui apporter ton soutien dans sa campagne en Écosse. Et tu continues d'améliorer les défenses de Gwalchdu alors que le roi a besoin d'argent.

— Je suis un seigneur des Marches et, à ce titre, je ne pense pas outrepasser mes droits.

— C'est ce qu'il te semble, mais il s'avère que si tu ne rétablis pas une certaine injustice, tu auras la gorge tranchée comme ce lièvre.

Rhain eut un rire cassant avant de reprendre :

— Je suppose que c'est la première fois que tu es comparé à ce genre d'animal. Le petit Teague de Gwalchdu tout doux et tout chaud comme une boule de poil. Cela ne sonne pas comme « le diable de Gwalchdu », n'est-ce pas ?

Teague lança un regard furieux à son frère.

— L'erreur pourrait être de me rendre auprès du roi.

Rhain s'appuya de l'épaule au rempart.

— Ton soutien à Edouard remonte à plusieurs années et quiconque connaît la situation ne te reprocherait pas ton empressement.

— Mais il y en a beaucoup qui ne la connaissent pas.

— Comme Anwen ?

— Oui, répondit Teague, le souffle court, soudain. Elle, en particulier.

Peut-être savait-elle tout de même quelque chose concernant les menaces qu'il recevait. Il fallait se montrer prudent à son sujet.

— En outre, elle n'est pas la seule à Brynmor.

— Tu penses à Urien ?

— Pas seulement à lui…

Le sire de Brynmor avait toutes les raisons de le haïr après qu'il avait accordé son soutien au roi d'Angleterre, et à cause de cela aurait pu fort bien être derrière toute cette mise en scène. Il était, cependant, surtout une brute et un ivrogne…

— Depuis plusieurs années, nous avons pris nos distances vis-à-vis des seigneurs gallois. Il ne serait pas étonnant qu'ils nous adressent à présent ce genre de menaces.

— Mais pourquoi menaceraient-ils ceux qui leur apportent la prospérité ? fit Teague, las de soupeser toutes ces questions.

— Ils auraient fait le vœu de t'abattre ?

Teague haussa les épaules.

— Crois-tu qu'il faille rechercher un sens au fait que le lièvre ait été jeté dans la chapelle ?

— J'en doute… Les autres messages ont été placés n'importe où.

— Je ne puis m'empêcher de penser que quelque chose nous échappe, dit Teague en se frottant le menton d'un air pensif. Il est temps que nous nous rendions à Brynmor.

— Anwen est innocente… J'en suis certain. Le levraut vient tout juste d'être tué et nous avons tenu compagnie à Anwen au moment précis où l'animal a été jeté dans la chapelle avec son message. C'est une preuve suffisante pour se convaincre qu'elle n'en est pas l'auteur.

Rhain avait raison. Elle ne pouvait être l'ennemi…

Un sentiment de soulagement s'empara de Teague… Et, aussitôt, il fut gagné par le désir… Mais cela ne suffit pas à lui donner une totale confiance en elle. Il avait trop d'expérience pour se reposer uniquement sur ses sentiments. Il avait appris cette leçon dans son enfance. Il ne pouvait entièrement exclure l'implication d'Anwen dans le stratagème mis en place contre lui, mais peut-être pouvait-il lui accorder assez de confiance pour tenter de savoir pourquoi elle l'intriguait autant. Pour quelle raison, en vérité, il la voulait dans son lit plus que toutes les femmes qu'il avait rencontrées jusqu'alors.

Avant toute chose, cependant, il avait besoin de réponses à ses questions.

— Cela n'écarte pas la possibilité qu'elle soit mêlée à cette affaire. Je vais lui parler…

Chapitre 10

Anwen, qui allait et venait dans la grande chambre, se prit le pied dans la peau de daim et trébucha. Relevant ses jupons, elle reprit sa marche. Elle était trop impatiente et fâchée pour rester assise.

Elle ne savait pas pourquoi elle avait obéi à Teague et était revenue dans ses quartiers. Elle l'avait déjà vu cassant et autoritaire mais, cette fois, on eût dit qu'elle n'était pas capable de supporter sa colère.

Elle avait été encore plus sensible à son attitude quand Ffion et Rhain s'étaient approchés d'eux. Il s'était alors montré d'une froideur qui l'avait encore plus alarmée que son courroux. Quelque chose s'était passé, assurément, dont elle ignorait tout, mais les expressions de la religieuse et de son neveu ne laissaient rien présager de bon.

La porte s'ouvrit toute grande… Anwen se retourna trop vivement, sa robe longue s'accrochant à une desserte alors qu'elle heurtait le pied d'une chaise. Elle perdit l'équilibre et plongea vers le sol…

Teague lui saisit les bras pour prévenir sa chute. Elle resta appuyée un instant contre sa poitrine alors qu'elle recouvrait son souffle, puis le repoussa des deux mains.

— Pourquoi m'avez-vous obligée à repartir dans votre chambre ?

— Votre présence rend la situation plus compliquée.

— Cela ne répond pas à ma question, mais si c'est le cas qu'attendez-vous pour me raccompagner chez moi ?

La fureur de Teague avait l'air d'être passée, mais d'autres émotions dansaient si vivement dans son regard qu'il était impossible à Anwen de les décrypter.

— Il ne s'agit pas de mes désirs ni de ce que vous voulez.

— Mais alors qu'y a-t-il ? Je suis lasse d'être retenue prisonnière. Quelle est la dette que vous exigez que je paye ?

— Il y a certaines questions…

Teague s'interrompit. L'expression de son regard venait de changer. Il la considérait comme pour la première fois, et semblait voir en elle quelque chose dont elle n'avait même pas conscience.

Anwen ravala sa salive et le vit baisser les yeux sur la partie exposée de sa gorge avant de les laisser descendre le long de son surcot jusqu'à ses pieds nus que sa jupe relevée dévoilait.

Elle ouvrit la main pour laisser retomber le tissu.

— Enfilez vos chaussures et suivez-moi, fit Teague en se retournant.

— Pourquoi ?

Il lui lança un regard par-dessus son épaule.

— Je vais vous faire une faveur, Anwen, et vous donner quelques éléments de réponse. N'êtes-vous pas curieuse ?

Lorsqu'ils traversèrent la cour, le soleil hivernal déclinait déjà et ne chauffait presque plus. Il ne tarderait pas à faire nuit et les rayons pâlissants de l'astre ne devaient déjà plus pénétrer, ou à peine, dans la fauconnerie. Anwen ne comprit pas pourquoi Teague la faisait entrer dans le grand bâtiment où elle s'aperçut qu'ils étaient seuls.

— Pourquoi ici et pourquoi maintenant ? Je sais que vous n'avez pas besoin de moi comme fauconnier.

Teague eut un petit rire et avança de quelques pas à l'intérieur de l'édifice.

Son rire avait fait naître un frisson le long des bras d'Anwen alors qu'elle ajustait sa vue à l'obscurité régnant dans le vaste espace. Comme elle s'y était attendue, la fauconnerie était organisée à la perfection. Les plafonds, très hauts, étaient percés de petites ouvertures laissant entrer un air pur tout en protégeant les oiseaux contre le vent du nord. Le foin bruissait sous les pieds en dégageant une odeur douce et agréable de prairie.

— Qu'en pensez-vous ? demanda Teague.

— Je n'ai jamais rien vu de semblable, répondit Anwen, le regard attaché aux perches dont la conception différait de tout ce qu'elle connaissait.

— Je me suis un peu inspiré de la fauconnerie du roi, mais ceci est surtout le résultat de mon observation des nids confectionnés par les rapaces et de la façon dont ils se tiennent sur le gant du chasseur.

Anwen ne savait ce qui l'étonnait le plus. Qu'une telle fauconnerie eût été créée ou que Teague eût pris le temps de s'y intéresser et d'en superviser la construction ? En pénétrant plus profondément dans le bâtiment, elle fut surprise par la façon dont les poutres, disposées en diagonale, s'entrecroisaient. Cette conception permettait à une pièce de bois de servir de perchoir pour plusieurs oiseaux tout en leur laissant l'illusion de disposer d'un endroit bien à eux.

Anwen s'efforçait d'ignorer qu'elle était seule avec Teague, mais c'était impossible. Chaque fois qu'elle faisait un pas, il en faisait un dans la même direction.

— C'est beau, dit-elle enfin en se retournant vers lui.

— Le critère esthétique n'a pas été pris en compte mais je reconnais que le résultat est agréable à regarder... J'avais acquis trop d'oiseaux et il a fallu trouver le moyen de les faire cohabiter sans leur créer de désagrément.

Anwen ne prit conscience qu'à ce moment de l'importance du nombre de pensionnaires que contenait le lieu et elle en eut le souffle coupé. Seul le roi aurait pu avoir une fauconnerie surpassant celle-ci.

Tendant le doigt vers le mur le plus éloigné d'eux, au fond du bâtiment, elle demanda :

— Est-ce un faucon pèlerin ?

Teague eut un sourire malicieux.

— Oui et de plus, c'est une femelle.

— Comment est-ce possible ?

— Le roi m'a posé la même question, mais il oublie que c'est lui qui me l'a offerte.

Fascinée, Anwen s'avança au milieu des oiseaux. Ils étaient, heureusement, attachés à leur perche car les serres de n'importe lequel de ces rapaces pouvaient mettre en lambeaux le bras d'un homme.

Le faucon pèlerin semblait une statue dans les rayons du soleil qui s'insinuaient entre les chevrons du toit. En s'en rapprochant, Anwen put apprécier à sa juste mesure sa taille, qui faisait de lui un chasseur incomparable. C'était un honneur réservé aux souverains de posséder un faucon pèlerin femelle. Or, elle était si proche de celui-ci qu'elle aurait presque pu le toucher.

— J'ai quelque chose à vous montrer, dit Teague en la rejoignant.

Elle savait de quoi il s'agissait. Elle l'avait compris dès l'instant où ils étaient entrés dans la fauconnerie.

— Vous avez Gully ? fit-elle d'une voix qui s'estompait.

Il acquiesça d'un signe de tête.

— Oui, depuis le premier jour où vous êtes arrivée ici. Il n'a pas été difficile de le faire descendre sur le gantelet. Vous l'avez bien dressé. Il nous a suivis jusqu'à Gwalchdu.

Anwen se représenta son oiseau se portant de cime d'arbre en cime d'arbre alors que Teague, qui l'avait prise sur son cheval, progressait sous les branches dénudées de ces mêmes arbres. Gully avait répété de lui-même ce qu'elle lui avait appris à l'entraînement, les rapaces étant dressés pour se déplacer ainsi afin d'effaroucher les volatiles réfugiés dans les arbres.

Maintenant qu'elle savait qu'il était vraiment là, Anwen ne fut pas longue à reconnaître son oiseau. À proximité du mur gauche, il était en train de nettoyer son bec contre la perche à laquelle le reliait sa filière. Elle n'avait jamais eu conscience avant aujourd'hui à quel point il était petit, mais après avoir vu le faucon pèlerin, elle ne pouvait se dispenser d'établir une comparaison entre leurs tailles.

Gully cependant, même petit, était à elle, et cela faisait la différence.

Elle s'approcha de la perche qui le portait et souffla doucement sur sa tête. Le soulagement qu'elle éprouvait à le revoir égalait la colère qui grondait en elle contre Teague pour lui avoir caché aussi longtemps qu'il était en possession de son oiseau.

— Pourquoi ne m'en avez-vous rien dit ?

— Je ne vous faisais pas confiance, pas plus, d'ailleurs, que je ne vous croyais.

— Je vous avais dit, pourtant, que je devais retrouver un autour… Or, je suis certaine que vous saviez qu'il était à moi.

— J'en étais à peu près sûr, en effet, mais je n'en ai la certitude absolue que maintenant.

Quand Anwen s'était déplacée vers l'oiseau, Teague l'avait suivie des yeux avec émerveillement. Il ne pensait pas qu'il pût la trouver plus belle que le jour où il l'avait vue pour la première fois dans la forêt. Or, là, avec sa marche rythmée qui faisait onduler sa chevelure blonde et qui soulignait le galbe de ses hanches, elle était plus séduisante que jamais. Dans l'obscurité de la fauconnerie, elle semblait être devenue plus mystérieuse… Il brûlait d'envie de glisser les doigts entre ses boucles soyeuses, de la serrer dans ses bras et de…

Il était tout près d'elle, à présent, et il dut détourner les yeux pour ne pas se laisser emporter par le désir.

Anwen caressait son autour en lui parlant doucement et Teague remarqua que l'oiseau frottait sa tête contre les doigts de la jeune fille. Elle avait le geste doux et ferme à la fois, comme un fauconnier expérimenté.

En se penchant vers elle, il vit, malgré la pénombre, que des larmes coulaient sur ses joues. Il avança la main pour les essuyer mais, au dernier moment, suspendit son geste.

— Vous pleurez à cause de cet oiseau ?

— Oui… Euh…

Anwen remua la tête et s'essuya les yeux dans une manche en reprenant :

— Non, mais il tient sa place dans notre fauconnerie et ce qu'il capture est précieux pour notre table. Quant à mes pleurs, Gully n'en est pas la seule cause.

Elle prit une grande inspiration et resta un moment sans parler avant d'ajouter :

— Il y a des gens qui ont besoin de moi à Brynmor. Le fauconnier, Melun, est âgé et sa vue n'est plus ce qu'elle était. J'avais pris l'habitude de lui venir en aide mais en mon absence, je crains que messire Urien ne l'ait jeté dehors ou pire encore en raison de la perte de l'oiseau.

— Robert est là pour s'assurer que tout se déroule selon les règles du royaume. Je ne vois pas comment sire Urien pourrait y déroger.

— Messire Robert est généralement de bon conseil…

Anwen s'interrompit, l'air interloqué :

— Qu'est-ce que j'ai dit ?

— Vous avez parlé en bien d'un Anglais.

Elle ne lui rendit pas son sourire.

— Je ne suis pas assez bête pour croire que tous les hommes se ressemblent. Cependant, je ne peux pas compter sur messire Robert pour prendre la défense de Melun… Cela a toujours été ma responsabilité. C'est pourquoi il faut que je rapporte Gully au plus vite à messire Urien.

— Vous pensez que votre fauconnier sera sévèrement puni pour la disparition de l'oiseau ? Croyez-vous que sa vie même soit en jeu ?

— Oui, je le crains et…

— Je vous écoute ?

— Il y a aussi une jeune fille qui est en danger.

Teague considéra Anwen d'un air perplexe. Elle ne lui disait pas tout et il aurait eu beaucoup d'autres questions à lui poser mais, tout de même, il la croyait sincère. Le ton de sa voix, son expression laissaient entendre qu'elle était réellement préoccupée par ceux qu'elle évoquait.

Il avait acquis, maintenant, la certitude que la menace qui pesait sur lui n'émanait pas d'elle. Depuis qu'Anwen était à Gwalchdu, il avait eu trop souvent l'occasion d'apprécier sa manière directe de parler pour la soupçonner de duplicité. Mais il n'en éprouvait pas moins le sentiment qu'elle lui cachait certaines facettes d'elle-même. Il ne croyait pas, par exemple, qu'elle fût la simple assistante d'un fauconnier et elle n'avait pas précisé le lien qui l'unissait à la jeune fille dont elle se sentait responsable.

Qui qu'elle fût, toutefois, il avait la conviction qu'elle n'était ni son ennemi ni la complice de ce dernier.

Sans aucun doute, elle était innocente…

Or, il l'avait gardée ici de force, lui avait menti, et peut-être même l'avait-il mise en danger ! Elle méritait de savoir pourquoi il agissait ainsi avec elle.

Cependant, même si ce n'était pas elle, l'ennemi qu'il recherchait courait toujours. La prudence était donc requise, mais peut-être pas autant en ce qui la concernait. Alors que cette pensée s'ancrait en lui, son sang se mit à bouillonner et battre dans certaines régions de son corps…

Peut-être était-il temps de découvrir ce qu'ils avaient en commun…

— Me laisserez-vous partir maintenant ?

À peine eut-elle posé sa question qu'Anwen reporta son attention vers le petit rapace comme si elle avait craint d'entendre sa réponse. Tant mieux, pensa Teague, cela était préférable car elle aurait peut-être détecté dans les traits de son visage les bouleversements qu'elle provoquait en lui.

— J'aurais été déçu si vous ne m'aviez pas posé cette question.

Anwen se retourna vers lui, cette fois, et le regarda droit dans les yeux.

— Vraiment ?

— Non.

Elle dirigea de nouveau son attention vers Gully et se mit à murmurer cinq notes qui semblaient un langage entre eux.

— Ma réponse ne suscite pas de réaction de votre part ? Je vous ai connue plus querelleuse.

— J'ai beau vous dire la vérité, vous ne me croyez pas. Je sais, à présent, que je ne peux pas changer votre opinion avec des arguments.

Elle se tut avant de reprendre :

— Me direz-vous, au moins, la raison pour laquelle vous me retenez ici ?

— Parliez-vous aussi franchement avant votre chute ?

Une lueur d'impatience brilla dans le regard d'Anwen.

— Je ne supporte pas qu'on me dissimule sa pensée et qu'on coupe les mots en quatre. Je veux seulement savoir pourquoi vous me gardez prisonnière de ces murs.

Il sourit. Il aimait la voir aussi ouverte, spontanée et tellement présente…

Anwen remarqua aussitôt le changement d'attitude de Teague. C'était pourtant très subtil, comme de ressentir l'appui d'un faucon passant d'une patte sur l'autre sur le gantelet. Elle n'avait cependant pas l'impression d'être le maître de cet oiseau-là, mais plutôt sa proie.

— Vous vous demandez pourquoi je vous garde ici ? Je croyais que vous le saviez.

Il avança d'un pas et la moitié de son visage réfléchit le clair de lune qui pénétrait par les fenêtres. Cela lui ressemblait de n'avoir qu'une part de lui-même éclairée alors que l'autre restait dans l'ombre. Son pied froissait le foin qui couvrait le sol, faisant s'en dégager une odeur âcre.

— Non, murmura-t-elle en levant les yeux sur lui.

— Vous niez l'évidence ? Je sais que vous ressentez la même chose que moi.

— Vous voulez parler du désir, ou plutôt de la convoitise ? Vos besoins ne diffèrent pas de ceux des autres hommes.

Il fit non de la tête.

— C'est bien plus fort que cela… Vous ne pouvez vous représenter ce que j'ai éprouvé quand je vous ai vue perchée sur votre branche ni ce que j'imagine maintenant. Votre poitrine, tendue sous vos vêtements, attend mes mains. Elle aspire à être cueillie, caressée…

Il avança encore d'un pas si bien qu'Anwen sentait son souffle sur son visage.

— Et le galbe de vos hanches n'attend lui aussi que mes mains… J'ai envie de vous serrer contre moi…

Anwen voulait reculer, s'éloigner de lui, mais quelque chose de plus fort la retenait là, à sa merci. Il avait raison. Elle le désirait aussi. Elle en avait pris conscience le jour où elle l'avait vu s'entraîner avec ses hommes. Et, maintenant, ses paroles tissaient autour d'elle un lien invisible qui l'attachait à lui et faisait naître dans son esprit des images dont elle ne savait rien, mais qui jetaient un grand trouble dans son corps.

Il se tenait devant elle, si grand, si large d'épaules… Elle ne le touchait pas mais sentait sa chaleur, son odeur, sa puissance. Elle savait ce qu'il voulait, elle devinait la force de son désir, mais il ne faisait pas un geste vers elle. Il attendait…

Anwen avait les yeux baissés sur les grandes mains de Teague, qui portaient les traces des combats et qu'il avait posées sur ses hanches. Elle les avait regardées manier les armes et avait apprécié leur contact quand, la nuit, il venait à son chevet et prenait les siennes. Elle les connaissait bien. C'était peut-être la raison pour laquelle elle réagissait comme si elles étaient réellement sur sa poitrine.

— Je vous ai déjà dit que je ne voulais pas…, fit-elle en essayant de donner de la force à ses mots, mais ils restaient chuchotés, et sa voix mal assurée.

— Je ne vous crois pas, répondit-il en plissant les yeux. Il y a un lien tangible entre nous que vous ne pouvez ignorer.

— Eh bien, moi je n'éprouve pour vous que de l'animosité.

— Pourquoi niez-vous l'évidence ? En ce moment même je lis dans votre regard le contraire de ce que vous exprimez. Vous ne voulez peut-être pas le reconnaître, mais le désir vous transfigure tout autant que moi.

Furieuse qu'il la devinât avec autant de facilité, Anwen s'écarta de lui. Oui, il avait raison. Elle avait envie de lui. Son corps, à l'opposé de son esprit, se refusait à faire la distinction entre le traître et l'homme qui lui avait sauvé la vie. Il était attiré vers cet homme d'une manière qu'elle ne comprenait pas.

— Je ne veux qu'une chose, rentrer à Brynmor, répondit-elle. Vous m'avez menti… Vous n'avez depuis le début qu'une intention, faire de moi votre maîtresse, mais moi ce n'est pas ce que je souhaite. Ramenez-moi chez moi.

Il fit non de la tête.

— Vous oubliez que vous ne lâchiez pas ma main, la nuit, quand j'étais à votre chevet. J'ai l'impression que vous ignorez ce que vous voulez.

Comme elle restait muette, ne sachant plus comment argumenter, Teague s'écarta brusquement d'elle.

— Quoi que vous pensiez, il y a bien autre chose entre nous que le seul désir, mais vous êtes si obstinée que vous ne voulez rien entendre.

— Je ne dis que la vérité. J'ai vu et entendu comment Urien et ses hommes d'armes traitaient les femmes. J'ai été témoin de la débauche qui régnait dans la grande salle après les banquets. Il n'y a rien d'autre entre l'homme et la femme que cet acte… Et, de surcroît, il soumet encore un peu plus la femme à l'homme.

Elle l'entendit prendre une grande inspiration, et il déclara laconiquement :

— Je vais vous ramener dans votre précieux Brynmor.

Anwen, étonnée de ce qu'elle venait d'entendre, fut transportée de joie.

— Vraiment ? fit-elle, prise de vertige tant le torrent d'émotions qui la submergeait était violent.

Un sourire rusé s'esquissa sur les lèvres de Teague.

— Vous avez une si piètre opinion des hommes qu'il me revient de remédier à votre jugement. Je vais donc vous raccompagner chez vous, mais sous certaines conditions. Je vous conseille de vous en souvenir.

Sur ces mots, il tourna les talons et se dirigea vers la sortie de la fauconnerie.

La gaieté qu'avait éprouvée Anwen s'évanouit d'un coup. Elle avait oublié, momentanément, le caractère de cet homme, mi-clair, mi-obscur. Il eût été plus prudent de ne retenir que ce second aspect de sa personne et de rester à distance de lui.

Teague s'arrêta devant la porte et, sans se retourner, demanda :

— Ces gens de Brynmor ont tant d'importance pour vous ?

Anwen observait la largeur de ses épaules et sa main arrêtée sur le loquet. Elle était proche d'imaginer la chaleur de son corps sur elle… Si proche… Elle savait qu'elle désirait davantage… Elle devait s'éloigner de lui si elle ne voulait pas courir à sa perte.

— Oui… Ils sont tout ce que j'ai.

— Nous partirons demain.

Lorsque la porte de la fauconnerie se referma derrière lui, Anwen se retrouva étrangement seule. Tant que Teague était avec elle, elle se sentait comme un oiseau entravé par sa créance. Or, maintenant qu'il était parti, elle éprouvait la même sensation, lui semblait-il, que les oiseaux lorsqu'ils étaient au repos et qu'ils savaient que leur maître serait, tôt ou tard, de retour.

Il lui faudrait toute une vie pour comprendre les changements qui s'étaient opérés chez l'homme qui venait de lui faire enfin cette faveur. Heureusement, elle ne se voyait pas condamnée à rester à Gwalchdu pour tenter de les élucider.

Une heure ne s'était pas écoulée que Teague demandait à une servante de lui apporter une autre cruche de vin. Il avait suivi des yeux Anwen lorsqu'elle était revenue de la fauconnerie et avait gravi le grand escalier. Mais il avait résisté à l'envie de l'y suivre.

Le feu dans l'âtre était trop pauvre pour lui procurer une quelconque chaleur, mais il n'en avait pas besoin. Il était suffisamment échauffé comme cela par l'alcool et le désir qui le taraudait. Il devait être fou pour avoir gardé Anwen aussi longtemps sous son toit. Trouvait-il du plaisir dans un tel inconfort ?

Teague leva sa coupe et fit la grimace en constatant qu'elle était vide. Il fit signe qu'on lui apportât de nouveau du vin et continua de boire, mais sans réussir à se calmer. Après tous ces verres, il était toujours aussi nerveux que lorsqu'il avait quitté Anwen. Certes, en la voyant caresser son oiseau de sa jolie main fine et délicate, il s'était pris à rêver de cette même main sur son corps.

— Je me doutais que je te trouverais en train de noyer ton chagrin dans le vin.

— Je ne suis pas triste, répondit Teague sans lever les yeux sur son frère.

Rhain laissa échapper un petit rire et s'assit en face de lui.

— Je ne te crois pas, dit-il.

— Que fais-tu ici à cette heure ? Il est tard.

— Je te surveille. Tout le château sait que, ce soir, tu étais seul avec Anwen dans la fauconnerie.

— Rappelle-moi de me débarrasser de tous les habitants de Gwalchdu.

— Même de Ffion ?

Teague fit un petit sourire désabusé.

— Elle, en particulier.

— Tu perdrais ton secours spirituel, fit Rhain en s'adossant à son siège tandis qu'il étendait les jambes devant lui en croisant les chevilles.

— Nous partons demain pour Brynmor, dit Teague, changeant brusquement de sujet.

— Avec Anwen ? Je suis surpris que tu la laisses partir.

— Ce n'est pas elle l'ennemi.

— Tu en conviens enfin… Mais pourquoi la ramener chez elle précisément maintenant ?

— Parce que je ne puis exclure le rôle de Brynmor dans cette affaire. De toute façon, je suis sûr qu'elle me cache quelque chose.

— Tu l'as blessée et elle te frappe en retour… Est-elle satisfaite de retourner là-bas ?

— Oui, mais elle le sera moins lorsqu'elle saura que je l'accompagne et que j'ai l'intention de séjourner moi aussi à Brynmor.

— Au fond, tu la laisses partir mais pas complètement. As-tu réfléchi à tes motivations ?

Comme il restait muet, Rhain reprit :

— Qu'importe… Un petit tour à Brynmor devrait se révéler très instructif. Ffion voudra certainement y aller aussi. Pour te surveiller. C'est une véritable idée fixe chez elle.

— Elle pourra venir, mais d'ici là occupe-toi bien d'elle.

— C'est ce que je fais scrupuleusement, mais elle me semble de jour en jour un peu plus inquiète.

— Je me passerais bien de son mysticisme, mais c'est notre tante. Sa place est ici.

— Elle est un peu encombrante, en effet, surtout lorsque l'on cherche à mettre dans son lit une femme à laquelle on n'est pas marié.

Teague terrassa son frère du regard.

— À quelle heure est fixé le départ, demain ? demanda celui-ci.

— Ce ne sera pas avant l'aube. La route n'est pas très longue et comme j'ai l'intention de rester quelques jours à Brynmor, nous prendrons notre temps.

— Je croyais que tu n'avais aucun soupçon en ce qui concernait Urien.

— Il a beau être un bon-à-rien, il pourrait fomenter quelque chose… Dans la mesure où je n'ai aucune piste, celle-ci en vaut bien une autre. Je suis las d'encaisser les coups sans en rendre.

Rhain se leva de son siège.

— Puisque demain sera une journée décisive, je ferais mieux d'aller dormir pour être en forme.

— Tu restes ici.

— Pardon ?

— Tu gardes Gwalchdu en mon absence. Je ne voudrais pas que le roi en profite pour faire main basse sur le château ou qu'Urien ne délègue l'un de ses alliés pour qu'il s'en empare pendant que nous n'y sommes pas.

Teague eut l'impression que son frère allait se rebeller, mais il finit par sourire et s'éloigner non sans conclure avec une certaine ironie :

— Ah ! ton précieux Gwalchdu. Nous ne voudrions pas qu'il t'échappe, n'est-ce pas ?

Chapitre 11

Ils ne sortirent de la forêt qu'en fin d'après-midi et Anwen aperçut, enfin, Brynmor. Elle n'en était partie qu'un mois plus tôt et pourtant il lui semblait que des années s'étaient écoulées. Le donjon, carré et massif, se dressait toujours sur sa motte protégée par un long mur de pieux de douze pieds de haut dans lequel on avait édifié une barbacane servant de porte d'entrée. Tout autour les champs et les prés étaient blanchis par le gel.

En comparaison avec Gwalchdu, Brynmor paraissait petit et mal défendu. Il n'était pas étonnant que les Anglais eussent vaincu les Gallois.

Anwen caressa Gully perché sur son bras. Avait-elle perdu la tête ? Elle était enfin de retour chez elle et n'avait aucune raison de comparer les deux forteresses. Brynmor ne lui aurait d'ailleurs pas paru aussi vulnérable s'il avait encore bénéficié de la protection de Gwalchdu comme c'était le cas autrefois, avant que Teague trahît et apportât son soutien à la Couronne d'Angleterre. Elle aurait dû simplement être contente d'avoir quitté cette grande prison de pierres et de se retrouver devant la motte féodale de son enfance avec son donjon et ses logis de bois.

— Vous êtes heureuse de rentrer chez vous ? demanda Teague en resserrant le bras qu'il avait placé autour de sa taille.

En sentant la chaleur de son souffle lui caresser l'oreille, Anwen eut un frisson.

— Bien sûr.

— Mais on ne dirait pas qu'on est heureux de vous y revoir.

Les portes de Brynmor, en effet, restaient fermées. Or, d'habitude, elles étaient ouvertes jusqu'à la tombée de la nuit. Que se passait-il ?

Les gardes, sur le chemin de ronde, observaient les visiteurs qui attendaient patiemment sous leurs murs. Ils pouvaient aisément les identifier grâce à leur bannière qui claquait dans le vent en se déployant pour mieux montrer son faucon noir sur fond de gueule. Teague étant un seigneur des Marches, Brynmor avait le devoir de l'accueillir. Garder les portes fermées devant son étendard était, pour le moins, un affront et pouvait même être considéré comme une trahison.

Anwen sentait la tension monter quand un nouveau visage parut au-dessus des portes. Elle reconnut Robert de Dent, le gouverneur anglais du château.

— Robert ! lança Teague dans son dos.

— T'attendais-tu à voir quelqu'un d'autre ?

— Avec cet accueil, je commençais à avoir des doutes.

— Et moi, en dépit des couleurs que ta troupe arbore, je doutais que ce fût toi dans la mesure où tu ne nous as jamais honorés de ta présence. Je voulais constater de mes propres yeux quels étaient nos visiteurs avant d'ordonner l'ouverture des portes.

Anwen vit celles-ci s'ouvrir enfin sur un geste de Robert, et Teague fit avancer son cheval pour pénétrer dans la forteresse où elle avait grandi.

Elle avait perçu une certaine familiarité entre le Gallois et l'Anglais et en fut troublée car depuis que ce dernier avait été nommé gouverneur de Brynmor, elle ne se souvenait pas d'y avoir vu Teague une seule fois. Quant à Robert de Dent il ne s'était rendu que très rarement à Gwalchdu.

Pourtant, les deux hommes semblaient en termes amicaux. Or, ceci ne laissait rien présager de bon. Anwen avait l'impression, soudain, d'être un pion dans un jeu dont elle ne connaissait pas les règles.

S'efforçant d'oublier son malaise, elle promena son regard sur les visages familiers des habitants du château qui lui avaient tant manqué. Elle ne s'était pas préparée à la réception visiblement très froide qu'on lui réservait.

Certes, elle n'était jamais entrée à Brynmor à cheval et encore moins accompagnée du sire de Gwalchdu, mais elle n'aurait jamais cru possible d'y revenir pour découvrir ainsi les expressions hostiles de gens qu'elle avait toujours pris pour des amis. Devant cet accueil glacial, elle tourna son attention vers Robert de Dent, sachant que lui au moins ne pourrait lui reprocher de se trouver en compagnie de Teague.

Elle n'était qu'une enfant lorsqu'elle avait vu pour la première fois Robert de Dent. C'était au cours de la première guerre menée par l'Angleterre contre le pays de Galles. Il faisait partie de la troupe qui avait donné l'assaut à Brynmor et y avait pénétré. Plusieurs années s'étaient écoulées, cependant, avant qu'elle ne le revît. La deuxième fois, il était à cheval, ayant été entre-temps armé chevalier, et elle avait éprouvé un fort ressentiment contre lui pour avoir été désigné gouverneur de Brynmor.

Il s'était rapidement révélé compétent, toutefois, et avait œuvré pour le bien des habitants du château. Il avait même su se montrer déférent à l'égard de sire Urien, ivrogne et propre à rien certes, mais tout de même prince gallois. Et, en outre, il l'avait laissée, elle, s'occuper de la fauconnerie. Cependant, en dépit de toutes les années passées ici et de l'œuvre salutaire qu'il y avait accomplie, il n'en demeurait pas moins un Anglais aux yeux d'Anwen et, à ce titre, un étranger.

Après un mois d'absence, Anwen constata donc que l'ambiance avait changé à Brynmor, en partie bien sûr en raison de la saison hivernale qui s'y était vraiment installée mais aussi, et surtout, de cette attitude des habitants de la forteresse qui lui lançaient des regards en biais et évitaient de croiser ses yeux.

Après tout, leur méfiance lui importait peu. Lorsqu'elle reprendrait son travail, ils verraient qu'elle était toujours la même. De toute façon, les seules personnes envers qui elle se devait d'être fidèle et loyale, c'était Aliénor et Melun qui, d'ailleurs, restaient invisibles.

Cela était bizarre… Pourquoi n'avaient-ils pas rejoint les autres pour l'accueillir ?

Déçue, Anwen tourna son attention vers Gully, toujours sagement posté sur son avant-bras.

La légère pression de la main de Teague sur sa taille, au moment où il descendait de cheval, la ramena à la réalité. Servant de perchoir à l'oiseau, elle ne pouvait sauter à terre à son tour, mais alors qu'elle allait requérir son aide, Teague s'avança vers Robert de Dent.

Anwen était de retour chez elle et brûlait d'impatience de retrouver sa liberté, mais restait immobile et silencieuse tant elle était absorbée par l'observation des deux hommes en train de converser. Teague lui tournait le dos si bien que Robert était face à elle. Un peu plus tôt elle avait eu l'impression qu'une amitié réunissait l'Anglais et le Gallois, mais à présent elle voyait que l'expression du premier était très réservée et laissait même voir un certain agacement. Or, Robert de Dent ne se fâchait jamais. Quelque chose, assurément, s'était passé…

Teague fixait le gouverneur de Brynmor qu'il n'avait guère vu depuis cinq ans et qui n'avait pas changé pour ainsi dire. À cela près qu'il semblait plus à l'aise qu'autrefois et avait retrouvé un air de jeunesse que Teague ne lui connaissait pas. Cette nouvelle attitude le rendait perplexe d'autant plus que l'accueil qui leur avait été réservé était surprenant. Les conditions n'étaient plus les mêmes à

Brynmor. Il lui restait à découvrir si ce changement s'était fait au détriment de Gwalchdu ou de ceux qui vivaient ici. Après tout, n'était-il pas là pour tirer la situation au clair ?

— Sois le bienvenu, Teague, dit Robert de Dent en s'approchant de lui.

— Je ne m'attendais pas à te voir ici.

— Je ne passe pas mon temps sur les routes.

Teague laissa échapper un petit rire en soupesant la réponse du gouverneur. Ils se connaissaient bien pour avoir été formés l'un et l'autre à la cour du roi Edouard.

— Toujours un homme de réflexion, Robert, n'est-ce pas ? ironisa Teague qui se sentait, soudain, plus détendu, comme s'il retrouvait le compagnon du passé.

— J'ai toujours préféré utiliser ma tête plutôt que mon bras.

— C'est parce que ton bras n'est ni très solide ni très efficace.

Robert écarquilla les yeux de surprise, puis renversa la tête en arrière en partant d'un énorme éclat de rire.

— Si nous en avons le temps, je te ferai regretter cette remarque.

— Si ton bras n'est pas plus ferme qu'autrefois, il ne nous faudra pas longtemps pour régler cette question.

Robert partit d'un autre éclat de rire, mais Teague lut simultanément dans son regard une expression pensive.

— Il y a longtemps, n'est-ce pas, lui fit-il observer.

C'était cette fois une constatation et non une interrogation.

— Oui, mais j'y pense souvent…

Teague hocha la tête avant de reprendre :

— Urien de Brynmor a fait le choix involontaire de se soumettre à la Couronne d'Angleterre quand il a décidé de s'opposer à Edouard.

— Je suis bien placé pour le savoir, répondit Robert sur un ton rempli de sous-entendus.

— Je n'arrive toujours pas à comprendre ce que tu fais ici alors que tu pourrais avoir ta propre forteresse.

— Comme je te l'ai déjà dit, je suis un sédentaire qui préfère réfléchir que se lancer dans la course aux honneurs. Mais dis-moi, Teague… Que fais-tu là ? Tu sais que tu n'es toléré ici que sur décret royal.

— Je vous ramène quelqu'un de cette maison.

Robert leva les yeux sur Anwen toujours juchée sur le cheval.

— Tu m'as dit, en effet, dans ta dernière missive que tu la renverrais ici, mais cela n'explique pas ta présence. Tu n'ignores pas comment Urien va réagir.

— Je me moque éperdument de lui. C'est mon droit de venir à Brynmor et de compter sur l'hospitalité de ses habitants. N'oublie pas, Robert, que je suis encore et toujours un seigneur des Marches.

Robert plissa les paupières mais, après un moment, il acquiesça d'un signe de tête et lui posa la main sur l'épaule.

— Viens… Allons boire ensemble.

Trahie ! Elle avait été trahie à la fois par le diable de Gwalchdu et par les gens de sa maison. Elle suivait distraitement du regard Teague qui donnait des ordres à ses hommes, mais sa pensée était ailleurs. Elle reprenait mot à mot dans sa tête la conversation que le Gallois venait d'avoir avec l'Anglais.

Robert de Dent venait de mentionner la dernière missive qui la concernait et qu'il avait reçue de Teague. Cela signifiait qu'il y en avait eu d'autres. Robert savait qu'elle était retenue à Gwalchdu et il n'avait rien fait pour venir l'y chercher. Personne à Brynmor ne s'était enquis d'elle et n'avait fait le moindre effort pour la libérer.

Ce qui l'avait surprise aussi, c'était d'entendre de la bouche des deux hommes qu'au cours des dernières années Robert s'était rendu plusieurs fois à Gwalchdu — pour verser la dîme — mais que Teague n'était jamais venu à Brynmor. Pourquoi ?

Anwen sentit qu'on la pinçait doucement à la taille.

— Est-ce que vous allez bien ? demanda Teague qui était revenu près d'elle sans qu'elle le remarquât tant elle était absorbée dans ses pensées.

— Je n'ai pas l'habitude de monter à cheval, répondit-elle en posant les mains sur ses épaules alors qu'il la soulevait de la selle.

Quand elle fut à terre, il garda un moment les mains sur sa taille puis il la lâcha et elle recula d'un pas.

— Portez votre oiseau dans la fauconnerie puis nous aurons un entretien.

Anwen s'empressa de gagner la fauconnerie. Son pas rapide provoqua la réaction de Gully qui se mit à battre des ailes comme pour prendre son envol, mais cela ne la fit pas ralentir. Elle avait besoin de retrouver au plus vite le sanctuaire que représentait à ses yeux son lieu favori.

Lorsqu'elle pénétra dans le bâtiment, son cœur se remit à battre normalement. Elle respira profondément, se délectant de l'odeur de renfermé si familière qui régnait dans la fauconnerie, et se dirigea vers la perche réservée à Gully.

Pourquoi Teague avait-il tenu à la raccompagner ? Il aurait pu la confier à un chaperon, Ffion, par exemple, qui d'ailleurs était venue avec eux. Mais il avait voulu absolument être du voyage et il avait pris avec lui certains de ses meilleurs gens d'armes. N'aurait-il pas l'intention de séjourner à Brynmor, par hasard ? Elle aurait dû l'interroger à ce sujet dès le départ de Gwalchdu.

En défaisant l'un des jets de son gantelet, elle s'avisa de la raison pour laquelle elle n'avait pas pris cette précaution : elle faisait confiance à Teague. Elle était assez bête pour cela. Elle était si heureuse à la pensée de retourner chez elle qu'elle avait cru tout ce que lui disait le traître de Gwalchdu et était tombée dans le piège qu'il lui tendait. Il était évident qu'il n'était pas venu à Brynmor uniquement pour l'escorter. Il avait des intentions bien particulières et elle avait l'impression que Robert le soupçonnait de la même chose.

Il lui fallait faire face donc d'un côté aux projets secrets de Teague et de l'autre à la trahison. En effet, ceux qu'elle croyait être ses amis, sa famille, même, ne s'étaient pas dérangés pour voir où elle se trouvait et la ramener à la maison. Pourquoi Robert n'était-il pas venu la chercher ou n'avait-il pas envoyé quelqu'un à sa place ? Et que faisaient Aliénor et Melun ? Ils n'étaient même pas dans la cour pour lui souhaiter la bienvenue. Il y avait des années qu'elle veillait sur eux et ils ne lui témoignaient aucun signe d'amitié. On aurait dit qu'elle comptait pour rien à leurs yeux.

Luttant contre les larmes, Anwen acheva de libérer Gully.

— Si vous aviez été mienne, je me serais déplacé pour venir vous sauver.

Anwen sursauta en reconnaissant la voix de Teague. Elle ne l'avait pas entendu ouvrir la porte ni marcher sur la paille.

— Je serais allé vous chercher, reprit-il d'une voix douce derrière elle.

Elle ne se retourna pas… Il était si près qu'elle sentait presque son souffle sur sa nuque.

Comment avait-il pu deviner ses pensées ? Elle lui avait accordé trop d'intimité à Gwalchdu. C'était sans doute pour cette raison que ses propos, la veille, dans une autre fauconnerie, l'avaient tant affectée. Il ne l'avait pas touchée de ses mains, mais c'était comme si cela s'était passé. Son corps répondait au sien de la même manière que s'il l'avait prise dans ses bras.

Elle ne savait comment contrôler ses émotions ni comment le chasser de son esprit. Elle craignait, si elle le laissait approcher davantage, de perdre quelque chose d'elle-même, tout comme le faucon en laissant l'homme venir trop près de lui perdait la liberté. Elle sentait se former de nouveau ce lien invisible entre eux mais bien présent, comme la filière joignant le gantelet à la patte de l'oiseau.

Elle caressa Gully qui n'avait toujours pas quitté son poignet. En l'absence de Teague, l'atmosphère de la fauconnerie l'avait calmée mais, maintenant, elle mesurait l'erreur qu'elle avait commise en venant s'y réfugier. Elle y avait baissé spontanément la garde et se trouvait à nouveau vulnérable devant lui.

Si vous aviez été mienne…

Elle ne pouvait s'empêcher de s'imaginer la femme de cet homme. Cette pensée l'inquiétait autant qu'elle l'intriguait mais, bien vite, elle l'écarta. Si elle lui appartenait, elle ne doutait pas qu'il ne resterait plus rien d'elle. Il ne la laisserait pas respirer…

— Vous avez échangé une correspondance avec Robert de Dent, fit-elle à mi-voix en se retournant enfin, et ne m'en avez rien dit.

— Était-ce nécessaire ? demanda-t-il en inclinant la tête de côté.

— Bien sûr ! Ces messages m'étaient indirectement adressés. Vous n'aviez pas le droit de me les cacher.

— Mes raisons pour ne pas le faire étaient fondées.

— Parce que vous m'avez sauvé la vie et que je dois vous être infiniment redevable ? Vous avez acquis un tel droit sur moi que vous n'hésiteriez pas à faire de moi votre putain ! Vos raisons selon moi sont curieusement fondées.

— Je n'ai jamais dit que je ne vous voulais que pour mon plaisir.

Anwen agita sa main libre.

— Vous n'avez jamais rien évoqué d'autre que votre désir charnel. Depuis le début vous ne parlez que de ça.

Elle le vit ouvrir la bouche pour répondre, mais il se ravisa et se contenta de la fixer dans les yeux.

Après un moment de silence, il reprit enfin la parole :

— Vous parlez de désir, vous craignez que je ne veuille

de vous que pour satisfaire mes vices, mais que savez-vous de l'amour charnel, Anwen ?

— J'ai vu comment faisaient les chiens et les chevaux. Je suppose que ce n'est pas différent chez les hommes.

Il fit énergiquement non de la tête comme pour en chasser d'odieuses visions.

— Vous ne savez rien du désir entre l'homme et la femme ?

— Pourquoi me posez-vous cette question ? Cela ne nous conduira nulle part.

— Je veux savoir la vérité et vous, vous biaisez pour ne pas me la révéler. Je crois, pourtant, que cette conversation serait riche d'enseignement.

De nouveau, il inclina la tête de côté de cette façon qui la fascinait.

— D'habitude vous avez votre franc-parler et aucun sujet ne vous rebute. Je crains, en l'occurrence, que vous ne cherchiez à me cacher votre innocence. Je me demande pourquoi vous ne voulez pas parler de ces choses-là avec moi.

— Si vous m'écoutiez, vous sauriez qu'il n'y a aucun sujet que j'ai envie d'aborder avec vous.

— Vous savez donc mentir... Je ne m'attendais pas à cette réponse.

Elle croisa de nouveau son regard et le regretta aussitôt. Ses yeux noirs la fixaient avec une telle intensité qu'elle dut fermer les siens pour faire cesser les battements soudains dans ses tempes.

— Je ne suis pas d'une nature patiente, Anwen, et je ne nie pas que je vous désire. Ce sentiment s'est emparé de moi au premier moment où je vous ai vue. Mais si je vous ai parlé parfois d'une manière un peu crue, mes actes ne vous ont-ils pas donné la preuve du respect que j'ai pour vous ?

Anwen écarquilla les yeux, prenant un air stupéfait.

— Votre respect ? Vous plaisantez ! Vous m'avez retenue prisonnière pendant un mois. Quant à votre désir...

Elle ne termina pas sa phrase. Teague restait immobile, mais elle le sentait tendu.

— Encore une fois, répondit-il, j'ai de bonnes raisons de vous cacher certaines vérités, mais en dehors de cela, j'ai été parfaitement honnête avec vous. Et je suis particulièrement sincère lorsque je vous dis que je n'ai jamais autant désiré une femme que vous. À cet instant même, mes mains brûlent du désir de vous toucher… Mais en dépit de la force de cette attirance, je ne vous ai témoigné que ma retenue.

— Retenue ? C'est comme cela que vous qualifiez la convoitise et le mensonge ?

— Connaissez-vous si bien ces deux vices pour être certaine de ne voir qu'eux en moi ? Vous ne manquez pas d'audace, mais dans d'autres domaines vous êtes étrangement déficiente.

Elle n'aurait pas dû être surprise qu'il déformât ses propos, mais s'il la trouvait si dépourvue de charmes, pourquoi la poursuivait-il de ses assiduités ?

Détachant le dernier des jets, elle déposa Gully sur sa perche où elle l'attacha.

C'était une erreur… Tant qu'elle tenait le rapace sur son poignet, elle pouvait s'en servir comme d'un bouclier contre Teague qui maintenant, elle le sentait, s'approchait dans son dos. Il aurait suffi qu'elle s'inclinât un peu en arrière pour se coller à sa poitrine. D'ailleurs, elle n'eut pas le temps de s'écarter que déjà il lui enlaçait la taille.

— Je vous ai blessée ? fit-il. Dites-moi comment ?

Anwen sentait son souffle lui caresser les cheveux.

— En quoi m'auriez-vous blessée ?

Gully ne tenait pas en place. Elle savait qu'elle n'avait pas été assez douce avec lui, mais elle n'avait pas eu le choix. Son seul souhait, maintenant, était de sortir du bâtiment après s'être assurée que l'oiseau fût bien relié à son perchoir.

Teague, cependant, la tenait serrée contre lui et elle avait la main tremblante quand elle défit les boucles retenant le gantelet à son bras pour s'en débarrasser.

— Laissez-moi faire…

Teague saisit le gantelet et le lui retira du bras avant de le poser sur un établi près d'eux.

Elle s'attendait à ce qu'il s'éloignât d'elle, mais comme il ne bougeait pas, elle se retourna vers lui.

— Laissez-moi passer, fit-elle.

— Regardez-moi d'abord, Anwen, répondit-il en lui opposant le mur de sa poitrine.

Elle consentit à lever les yeux sur lui et, plongeant son regard brun et profond dans le sien, Teague reprit :

— Par ma remarque, j'ai seulement voulu dire que vous me sembliez manquer de connaissance des choses de la chair, ce qui est curieux étant donné vos façons très directes.

Il lui caressa la joue avant de prendre une mèche de ses cheveux entre le pouce et l'index. Anwen ressentit ce geste jusqu'au plus profond d'elle-même.

— Saviez-vous que lorsque votre chevelure capte un rayon de soleil, elle fait pâlir l'astre lui-même ?

La respiration d'Anwen s'était accélérée alors que Teague glissait les doigts dans l'épaisseur de ses cheveux. Et elle avait envie de sentir ses mains contre sa peau…

— Etes-vous vraiment courroucée que je ne vous aie pas montré les missives que j'avais reçues ou l'êtes-vous parce que vous en avez conclu que personne ne s'intéressait plus à vous ?

— Est-ce important ?

Teague laissa tomber la mèche de cheveux qu'il avait emprisonnée entre ses doigts et lui caressa à nouveau la joue.

— Je crois que ça l'est pour vous, mais je tiens à ce que vous sachiez que je leur ai écrit qu'il n'était pas nécessaire qu'ils viennent car nous nous occupions bien de vous et que nous vous ramènerions à Brynmor quand vous iriez mieux.

Anwen inclina la tête de côté pour se soustraire aux

caresses de Teague, mais le mouvement eut pour effet de lui donner libre accès à sa poitrine.

— Vous les avez délibérément écartés de moi pendant toutes ces semaines.

— Peut-être… Mais je les tiens tous pour des idiots. Si je vous avais sue blessée, je n'aurais été satisfait que lorsque je vous aurais vue de mes propres yeux. Je serais venu vous trouver, Anwen.

Elle ferma les yeux comme pour ne plus entendre ses paroles, mais il était trop tard. Elles avaient pénétré jusqu'à son cœur où elles venaient de faire tomber une barrière.

— Je savais que votre peau serait aussi douce sous mes doigts…

Consciente, soudain, du dangereux tournant que prenait leur conversation, Anwen redressa brusquement la tête.

— Vous m'avez bien assez touchée quand j'étais alitée.

Teague fit non de la tête d'un air grave.

— Non… J'étais surtout très inquiet pour vous.

Anwen ne pouvait croire que le diable de Gwalchdu pût éprouver la moindre inquiétude pour autrui.

— Ne me faites pas croire que vous n'étiez pas surtout préoccupé de me toucher… Vous veniez aussi la nuit… Et vous n'attendiez pas que je fusse éveillée pour me caresser. Ma peau est toujours la même aujourd'hui, et elle n'est pas différente non plus, d'ailleurs, de celle des autres femmes que vous avez dû tenir dans vos bras.

La main de Teague hésita alors et Anwen reprit :

— Vous êtes un puissant seigneur des Marches. Je me doute que le corps de la femme n'a pas de mystère pour vous, mais êtes-vous capable de distinguer entre vos diverses conquêtes ? Je ne le crois pas.

— Vous vous trompez, Anwen, répondit-il en laissant descendre sa main le long de son bras, jusqu'à son poignet dont il caressa doucement l'intérieur avec son pouce. Toutes les femmes n'ont pas la même douceur, mais puisqu'il est question de vous, sachez que celle que vous êtes en ce moment, toute vibrante au contact de ma main, n'est pas la même que la convalescente endolorie et plongée dans un demi-sommeil que vous étiez il y a peu. Vous êtes douce comme le duvet d'un émerillon qui vient de naître.

— Je me passerai de vos comparaisons, fit Anwen. Je ne me reconnais pas dans un oisillon.

— Je ne parlais que de la douceur… Il va sans dire que vous êtes une femme… une vraie femme.

Elle avait les yeux mi-clos et buvait involontairement ses paroles. Ce ne fut que lorsqu'elle sentit la main de Teague sur sa nuque qu'elle comprit qu'elle s'était laissé prendre à son piège. Alors qu'elle allait protester, il s'empara de ses lèvres…

Son odeur, sa chaleur l'enveloppaient et, d'instinct, elle noua les mains derrière la nuque de Teague avant de glisser les doigts dans ses cheveux. Il lui sembla que le temps s'arrêtait et elle restait vibrante, éperdue de désir, ne sachant si elle pouvait prendre son envol ou si une filière invisible la retenait attachée aux bras de Teague.

Les mains sur sa taille, il la tenait contre lui et, en même temps, à une certaine distance comme s'il voulait l'empêcher d'approcher alors que tout son corps se tendait vers lui dans l'irrépressible besoin de rompre une indescriptible tension qui ne cessait d'augmenter au fur et à mesure qu'elle pressait sa poitrine contre la sienne et frottait ses hanches aux siennes…

Soudain, Teague détacha les lèvres des siennes. Leurs regards se croisèrent, mais Anwen, haletante, détourna les yeux de crainte qu'il ne pût y lire trop aisément.

— Anwen, murmura-t-il.

Elle resta silencieuse.

— Mes hommes vont me chercher, fit-il en lui caressant la joue. Il faut que je les rejoigne.

Furieuse contre elle-même de s'être laissée aller ainsi, elle s'écarta de lui.

— Eh bien, allez-y.

— Nous partagerons le même tranchoir, ce soir.

— Non… Pourquoi ? Cela ne sera pas possible.

— Je le veux. Or, je suis un hôte d'honneur.

— Vous êtes bien plus encore ici, mais quoi exactement, je l'ignore. De toute façon, messire Urien ne m'acceptera jamais à la table d'honneur.

— Urien fera ce que je veux.

— Que je suis bête… Vous êtes le sire de Gwalchdu, l'agent gallois du roi Edouard, mais vous êtes bien plus encore et je n'aime pas qu'on me cache la vérité.

— Ne vous prenez pas pour un faucon dont on a recouvert la tête d'un capuchon.

— Cette conversation a assez duré, dit soudain Anwen en croisant les bras sur la poitrine. Il faut que je trouve Melun.

— Vous prendrez place à table à côté de moi, ce soir, même si je dois vous attacher à votre siège.

Une vision de gantelet, de jets et de filières s'imposa à elle…

— Je n'ai été absente que trop longtemps, dit-elle en jetant un regard autour d'elle. Il y a beaucoup à faire ici.

— Il faut surtout que vous choisissiez le bon combat.

— C'est donc une lutte entre vous et moi ? Et si je la perds, le sire de Gwalchdu me jettera-t-il en prison ?

Teague laissa échapper un soupir.

— C'est exaspérant que les circonstances ne me laissent vous montrer que les traits les plus rébarbatifs de ma personne.

— Seriez-vous capable d'autre chose que de trahir vos compatriotes et d'exercer votre domination sur eux ?

Un pli amer se dessina au coin de la bouche de Teague.

— Ma trahison ? Comment pourrais-je l'oublier ?

Il tourna les talons et se dirigea vers la sortie, mais avant de franchir la porte de la fauconnerie, il prononça d'une voix vibrante d'émotion :

— Bientôt, Anwen, vous connaîtrez la vérité.

Elle ne comprendrait jamais cet homme… Heureusement, maintenant qu'elle était de retour chez elle, elle en serait affranchie. Cependant, il tenait à partager un tranchoir avec elle…

C'était incompréhensible. Il l'avait ramenée à Brynmor, mais ne voulait pas la laisser tranquille. On eût dit qu'il étudiait ses réactions à son égard. Il la laissait libre de s'envoler puis, soudain, la retenait attachée à sa créance.

Et ce baiser, dont elle gardait la trace sur les lèvres et qui la laissait le corps tout vibrant d'impatience… Si Teague avait confectionné un leurre, il n'aurait pu en concevoir un plus attrayant, mais la tentation n'était pas le seul sentiment laissé par leur baiser…

Encore tout émue de cette expérience inédite, Anwen porta son attention sur les oiseaux et les rayons du soleil couchant qui pénétraient dans la fauconnerie par les interstices des colombages. Gully était en paix sur sa perche, qu'il connaissait bien. Il était à nouveau chez lui à la différence d'elle qui n'éprouverait plus jamais les mêmes impressions en ce lieu où, jadis, elle trouvait spontanément la paix.

Elle aurait donné sans hésiter un faucon pèlerin pour n'avoir pas fait l'expérience d'un baiser du traître de Gwalchdu.

Elle savait au plus profond d'elle-même qu'il y avait bien plus que le désir et le mensonge dans Teague. Ce n'était pas la passion qu'elle avait sentie en lui et qu'il avait fait naître chez elle qui la poussait vers lui, mais le don de soi tangible, parfaitement sensible dans son baiser.

Et elle sentait que ce don était issu d'un douloureux sentiment de solitude. Toute sa vie, elle n'avait vu dans le château de Gwalchdu qu'arrogance et domination, et elle avait toujours cru que son sire en était le reflet, mais elle s'était trompée.

De même que la forteresse s'élevait seule au-dessus de la cime des arbres, lui se tenait seul sur son haut donjon, mais ce n'était pas par choix qu'il vivait au milieu de ces pierres glaciales. Son cœur brûlait du désir d'autre chose.

Si vous aviez été mienne…

Chapitre 12

Anwen trouva Melun assis dans son fauteuil dans la pièce voisine de la fauconnerie. Il était plus maigre que jamais et avait le teint pâle. Quand il tourna la tête vers elle, Anwen constata qu'il avait pleuré et elle se jeta à ses pieds.

— Tu es de retour, ma petite.

Il donnait l'impression d'avoir pris vingt ans depuis la dernière fois qu'elle l'avait vu. Ses yeux gris avaient encore perdu de leur éclat et étaient comme recouverts d'un voile, mais du moins était-il en vie et cela suffisait à réjouir Anwen.

— Je suis désolé mais je n'étais pas dans la cour pour t'accueillir, dit-il en lui tapotant l'épaule. J'ai entendu le bruit des sabots des chevaux et le cri d'un autour. Alors j'ai pensé que tu étais peut-être de retour. J'aurais été très chagriné si cela n'avait pas été le cas. Je suis resté ici à attendre, sachant que si c'était bien toi tu viendrais me voir.

Anwen réprima un sanglot. Comment avait-elle pu perdre du temps avec Robert de Dent et Teague alors que Melun se morfondait en croyant s'être trompé sur sa venue ?

— J'avais peur que tu n'aies eu des ennuis, dit-elle. Je n'ai pas pu rentrer plus tôt…

— C'est bien toi de t'inquiéter des autres plus que de toi-même, répondit Melun en souriant. J'aurais supporté n'importe quel châtiment que m'aurait infligé messire Urien, mais c'est à messire Robert que j'ai signalé la disparition de l'autour. Or, il a compris quel était l'objet réel de mon inquiétude. Je ne me souciais guère de l'oiseau mais de toi.

Repoussant les cheveux d'Anwen, il effleura sa cicatrice de sa main fine.

— Tu as été blessée.

— Oui, j'ai fait une chute d'un arbre en essayant de récupérer Gully. Messire de Gwalchdu, qui a été témoin de la scène, m'a emmenée chez lui et soignée jusqu'à ce que je retrouve mes forces.

— Ce que j'ai entendu dire est donc vrai…

Melun releva ses sourcils broussailleux en demandant :

— T'a-t-il ramenée sur son cheval ?

Anwen rougit.

— Dans la mesure où j'étais encore faible, il a insisté pour que je ne monte pas seule.

Melun esquissa un sourire.

— Et il a considéré qu'il était le seul à pouvoir te prendre en croupe.

— Je renonce à essayer d'élucider ses intentions… Comment va Aliénor ?

— Mieux… Je ne peux pas en dire plus.

— Que dois-je comprendre ?

— Elle va mieux, fit Melun en haussant les épaules. Ses joues ont repris un peu de couleur.

— Elle n'est pas malade ou fiévreuse ?

— Non, pas du tout. Occasionnellement, elle prend même ses repas à notre table plutôt que dans sa chambre.

— Ah ! fit Anwen avec enthousiasme. C'est bon signe.

Elle était heureuse d'apprendre qu'Aliénor en fin de compte se portait plutôt bien, mais alors, pourquoi ne s'était-elle pas trouvée avec les autres pour lui souhaiter la bienvenue… ?

— Tu m'as manqué, dit-elle en pressant la main du fauconnier.

Il lui sourit et, à son tour, pressa sa main dans la sienne.

— Je suppose que l'autour avec lequel tu es revenue est Gully ?

Anwen lui sourit et se pencha sur sa jupe pour en faire tomber la poussière accumulée pendant le trajet à cheval. Elle conta ensuite à Melun tout ce qui lui était arrivé depuis le jour où elle avait repris conscience dans le château de Gwalchdu. Tout en parlant, elle se mit à balayer la chambre du fauconnier comme elle en avait l'habitude. En raison de sa faible vue et de son âge certain, Melun n'était pas en état d'entretenir convenablement son logement. Anwen avait endossé spontanément cette responsabilité depuis déjà quelques années.

Retrouver ces gestes familiers tout en s'entretenant avec son cher ami apaisait son âme mieux que n'importe quoi. Lorsqu'elle eut terminé sa tâche, elle s'agenouilla de nouveau devant le vieux fauconnier.

— Le traître veut souper avec moi, ce soir.

— Il pourrait t'arriver pire que cela.

Anwen leva la main comme pour se défendre de la remarque de Melun.

— Tu ne vas pas te transformer en marieur.

— Non, mais j'insiste : il y a de pires circonstances dans la vie.

— Parce que tu crois que ce ne serait pas la plus odieuse condition que d'être la maîtresse d'un seigneur des Marches à la solde de l'Angleterre ?

Melun remua la tête en fronçant les sourcils.

— Je ne comprends pas… D'après les nouvelles que l'on m'a fait parvenir, tu faisais l'objet de beaucoup d'attention…

— Des nouvelles… Tu as lu les messages qui étaient adressés à messire Urien ?

— Bien sûr… Mais tu devais bien t'en douter puisque je t'ai écrit. Je crois que damoiselle Aliénor aussi t'a écrit.

Devant son air interloqué, Melun hocha la tête pour montrer qu'il avait saisi.

— Alors, il continue d'agir en traître ?

— Hélas… Je n'ai rien reçu de toi ni d'Aliénor. De personne, d'ailleurs, pas plus de messire Urien que de messire Robert de Dent. Je n'ai pas entendu parler de Brynmor pendant un mois et j'ignorais que Teague de Gwalchdu répondait à vos missives.

Melun prit sa main dans la sienne.

— Lorsque j'ai vu que tu restais à Gwalchdu, j'ai compris qu'il s'intéressait à toi.

Le goût du baiser que Teague lui avait donné était encore sur les lèvres d'Anwen… Ce baiser signifiait-il qu'elle avait du prix à ses yeux ? Non. Elle ne pourrait jamais avoir confiance en lui.

— Je suis simplement une femme… Je suis certaine que le roi attend du sire de Gwalchdu qu'il épouse une fille bien dotée.

Un petit sourire énigmatique se dessina sur les lèvres de Melun qui gardait le silence.

— Pourquoi souris-tu ?

— Parce que tu invoques une raison extérieure pour expliquer qu'il ne puisse s'intéresser sincèrement à toi, mais toi, qu'en penses-tu ? Il s'est montré bon et généreux avec toi, n'est-ce pas ?

Ce fut au tour d'Anwen de froncer les sourcils. Qu'avait-elle laissé entrevoir à Melun en contant ses aventures ? Beaucoup apparemment. Car il était peut-être à moitié aveugle, mais personne ne la connaissait mieux que lui.

— Oui…

C'était la gentillesse que Teague lui avait témoignée qui la troublait le plus. Mais comment pourrait-elle concilier en elle-même les deux Teague : le traître et l'homme doux ? Le mieux était qu'il retournât au plus vite à Gwalchdu.

Convaincue qu'il n'y avait pas d'autre moyen pour elle de retrouver la paix de l'âme, Anwen se releva et sortit de la pièce, suivie par Melun.

*
* *

La grande salle était bondée quand ils y pénétrèrent. Les hommes, échauffés par la bière, parlaient à haute voix tandis que les femmes allaient et venaient d'un banc à l'autre. Les sauces, qui coulaient des plats pendant le service, disparaissaient sous la langue des chiens dès qu'elles atteignaient les dalles. Cette salle à manger ne ressemblait en rien à celle de Gwalchdu où régnait un ordre impeccable, mais elle reflétait l'esprit de Brynmor, qu'Anwen était heureuse de retrouver inchangé.

Elle se dirigea avec Melun vers l'une des deux tables perpendiculaires à la table d'honneur, où le fauconnier avait sa place. Elle sentait sur elle le regard de Teague qui, tout en conversant avec Robert de Dent, ne l'avait pas quittée des yeux depuis qu'elle était entrée dans la salle.

— Va le rejoindre, dit Melun. Il croit que tu vas t'asseoir près de moi.

— Qu'en sais-tu ? fit-elle en invitant ceux qui étaient déjà attablés à s'écarter pour permettre à son protégé de s'installer. Tu ne vois rien.

— Je vois mieux que toi avec ta vision parfaite et je sais qu'il est en train d'exprimer son insatisfaction.

Anwen risqua un œil vers la table d'honneur. Melun avait raison. Même Ffion lui faisait les gros yeux.

— Je vais y aller, dit-elle à regret, mais seulement pour ne pas provoquer une scène.

Placée sur une estrade, la table d'honneur et ses hôtes étaient visibles de tous les côtés de la salle. Ainsi, Anwen avait une vue parfaite sur Teague.

Il continuait de parler avec Robert, mais ne cessait de la regarder. Vêtu d'une tunique rouge bordeaux, fraîchement rasé et les cheveux attachés sur la nuque, il était aussi raffiné que les hommes les mieux nés qu'elle eût rencontrés.

Et, pourtant, il y avait quelque chose de rude et de

barbare en lui qui s'apparentait à la force et à la majesté de Gwalchdu. Il semblait que seule sa grande salle lui convînt.

Gwalchdu… Le faucon noir…

Teague croisa son regard et elle s'empressa de le diriger vers les autres hôtes présents à cette table. Urien la présidait. Il était assis sur le plus haut siège, son grand corps avachi. Les coudes sur la table, il tenait son gobelet de bière à deux mains. Personne ne lui adressait la parole.

Anwen n'en avait pas plus envie que les autres. Elle aurait même souhaité ne plus jamais le revoir. Elle était révoltée de le voir s'engraisser grâce au gibier qu'elle capturait avec ses faucons et par le fait qu'il boive autant de bière. Et elle était enragée de le voir présider la table d'honneur où Aliénor redoutait de s'asseoir par crainte de ses humeurs.

Elle était censée prendre place près du sire de Gwalchdu… Elle ne pouvait remettre indéfiniment ce moment.

Elle se décida, enfin, à porter son attention vers le voisin de Teague, Robert de Dent qui portait une tunique vert sapin seyant à ses cheveux brun foncé. Elle l'avait toujours considéré comme un bel homme, mais il n'avait pas le pouvoir de séduction de Teague. Ses traits étaient réguliers et bien dessinés, mais ils n'avaient pas la force de ceux de Teague qu'elle trouvait beaucoup plus attirants…

Teague, Robert ; Gwalchdu, Brynmor…

Elle ne pouvait s'empêcher d'établir des comparaisons. Lassée par ses préoccupations, elle posa les yeux sur la chaise restée libre pour elle.

— Sois la bienvenue, Anwen, dit Urien. Nous t'attendions.

Anwen fit mine de ne pas entendre et prit place. Aussitôt, sur un geste du sire de Brynmor, les serviteurs commencèrent d'apporter de grands plats chargés de mets divers. Anwen eut l'eau à la bouche en apercevant de la soupe, enrichie de croûtons de pain et sentant bon le miel et les épices, des jattes de haricots blancs, du poisson accompagné d'une sauce à l'ale et du lièvre servi avec une sauce aux amandes. On n'avait reculé devant aucun frais pour régaler le seigneur de Gwalchdu.

Elle baissait les yeux sur le tranchoir disposé entre elle et Teague quand ce dernier s'adressa à elle :

— Je craignais que vous ne teniez pas compte de ma requête.

— Je ne veux pas me battre avec vous.

— Ah, bon ? Mais alors, qu'attendez-vous de moi ?

Avant qu'elle n'eût eu le temps de répondre, Robert intervint :

— Laisse-la souper, Teague. La journée a été longue et elle n'avalera rien aussi longtemps que tu seras sur son dos.

S'adressant à elle, il reprit :

— Comment allez-vous, Anwen ?

— Très bien, messire Robert. Messire de Gwalchdu s'est montré très généreux envers moi en me soignant pendant plusieurs semaines.

— Vous avez dû être surprise… Je suppose que vous n'attendiez rien de bon de la part d'un homme qui a pris le parti des Anglais.

Teague se tourna vers Robert :

— Alors elle est aussi acharnée contre toi ?

— Oui, malgré toutes ces années.

— Il est vrai, Robert, qu'il ne doit pas être facile d'oublier pour tous ces gens, quand ta seule présence ici rappelle des événements dont on préférerait ne plus se souvenir.

Robert laissa son regard errer sur la salle.

— Moi je n'ai pas oublié pourquoi j'étais ici.

Les deux hommes poursuivirent leur conversation mais sur d'autres sujets. Anwen était trop fatiguée et affamée pour s'y joindre, mais elle avait beau concentrer son attention sur les aliments, il lui était impossible d'ignorer complètement celui avec lequel elle partageait un tranchoir.

Cet objet qu'ils avaient en commun offrait à Teague une trop grande proximité dont il avait tendance à abuser. Il en profitait pour lui effleurer le bras ou la main, saisissait le gobelet d'ale en même temps qu'elle, recouvrant entièrement sa main de la sienne. À d'autres moments, il se penchait vers elle et son épaule s'appuyait à la sienne, ou son genou venait au contact du sien. Et, chaque fois, la rencontre éphémère de leurs membres faisait naître un frisson chez elle.

Elle retenait alors son souffle, les battements de son cœur redoublaient et une douce chaleur l'envahissait. Elle se remémorait les lèvres de Teague quand elles avaient recouvert les siennes, ses doigts jouant dans sa chevelure, son corps viril pressé contre le sien…

Elle s'arrêta de manger… Elle éprouvait une sorte de malaise ou, plutôt, de ravissement, ou les deux mêlés…

— Cela ne va pas ?

— Je crois que je n'ai plus faim.

— Vraiment ?

— Je ne sais pas…

Le tranchoir encore rempli de victuailles excitait sa faim, mais elle avait la gorge si serrée qu'elle n'était pas certaine de pouvoir avaler une bouchée de plus.

Elle sentait sur elle le regard insistant de Teague.

— Moi, plus je reste à cette table près de vous, plus la faim me tiraille, dit-il d'une voix grave et chaude.

Inclinant la tête de côté, il scruta son visage comme s'il cherchait à lire dans ses pensées.

— Etes-vous de nouveau en train de me mentir, Anwen ? J'ai l'impression que vous avez très faim, tout comme moi, et pourtant, je ne crois pas que ce soit par ces plats que nous serons rassasiés.

Il approcha son visage du sien.

— Pas plus que vous, je n'arrive à manger car je ne rêve que de sentir vos lèvres sous les miennes.

Anwen leva le gobelet et s'efforça de boire une gorgée d'ale. Que lui arrivait-il ?

Elle ouvrait la bouche pour répondre à Teague quand un cri déchirant résonna sous le plafond de la salle.

Ffion, renversée sur les dalles, remuait les bras et les jambes en tous sens en crachant.

Teague, suivi de Robert, courut vers elle tandis qu'Urien soupirait d'un air exaspéré. Anwen s'approcha à son tour et vit Teague introduire une cuillère en bois entre les dents de la sœur pendant que Robert lui maintenait les bras. Tout le monde dans la grande salle retenait son souffle et regardait la scène avec effroi.

— Que peut-on faire pour elle ? demanda Anwen en s'agenouillant près de Ffion dont elle saisit les bras tandis que Robert se chargeait des jambes.

— Il faut la tenir ainsi jusqu'à ce que la crise soit terminée, répondit Teague qui avait pris la tête de sa tante entre ses mains.

Lorsque les tremblements de Ffion enfin diminuèrent, Teague la souleva dans ses bras.

— Je vais la porter dans sa chambre. Elle ne voudrait pas revenir à elle ici.

— Je te conduis, offrit spontanément Robert.

Anwen croisa le regard inquiet de Melun et emboîta le pas aux deux hommes.

Une heure plus tard, Teague était toujours posté devant la chambre de Ffion en compagnie de Robert. Sa tante dormait plus calmement mais son teint restait gris.

Anwen, qui était assise au chevet de Ffion, se leva et s'adressa à eux :

— Je vais aller chercher de l'eau chaude et du linge propre, dit-elle. Et de quoi la nourrir. Elle aura faim peut-être en s'éveillant.

— Merci, fit Teague, les yeux battus de fatigue.

Anwen sortit et referma la porte derrière elle.

— Est-elle possédée ? demanda Robert en désignant Ffion.

— Non, elle présente ces symptômes depuis l'enfance.

— Comme le gamin de Cilmari ?

— Oui, en un peu moins spectaculaire. J'aimerais que mes fidèles servantes, Greta et Edith, soient là. Elles connaissent bien ma tante et savent comment agir en cas de crise.

— Elle dort, remarqua Robert en croisant les bras sur la poitrine. Cela lui suffira peut-être pour se remettre… L'Eglise a-t-elle connaissance de son état ?

— Oui, mais nous évitons d'en parler.

— C'est un miracle qu'elle n'ait pas fini sur un bûcher.

À ces paroles, l'humeur de Teague s'assombrit.

— J'ai les moyens de soudoyer qui je veux.

— Tant mieux pour toi. Mais ne t'en fais pas… Je te promets de garder le silence au sujet de ce que j'ai vu.

— Je t'en remercie, répondit Teague en posant la main sur l'épaule de Robert.

— Ce qui m'inquiète, reprit ce dernier, c'est la réaction que pourrait avoir Edouard s'il découvrait que ta tante est comme possédée.

— Il le sait.

Stupéfait, l'Anglais resta un moment silencieux avant de poursuivre :

— C'est vrai que l'on dit que le sang du démon coule dans tes veines. D'où ton surnom : le diable de Gwalchdu.

— Au début les soupçons ne concernaient que Ffion jusqu'au jour où…

— Tu en as tiré parti à ton avantage.

— Cela n'a pas été sans contrecoup…

Teague désigna sa tante du menton.

— Elle a payé le prix fort. Il est vrai que la rumeur a commencé avant ma naissance. Je regrette de ne pas avoir réussi à la faire taire plus tôt, dans l'intérêt de Ffion.

— Mais tu aurais perdu le pouvoir que cette réputation t'a donné. Il suffisait que tu entres en lice pour que ton adversaire s'estime perdu.

— Je n'avais pas besoin de cela. Je manie assez bien

l'épée pour me passer de ma réputation diabolique. Ce qui a fait que l'on me redoutait, c'est sans doute la fureur dans laquelle ces racontars me plongeaient. À certains moments, j'étais prêt à trancher la tête du premier qui s'aventurait sur ce terrain.

— Je crois que tout le monde en avait conscience.

Robert décroisa les bras avant de changer complètement de sujet.

— Quelles sont tes intentions avec Anwen ?

Depuis le moment où il avait exprimé le désir de partager un tranchoir avec la jeune fille, Teague s'était attendu à ce genre d'interrogation de la part du gouverneur de Brynmor. Mais il avait beau y avoir pensé, il ne savait quelle réponse donner. Il n'était qu'impulsivité dès qu'il s'agissait d'Anwen. Comme il s'était senti incapable de s'éloigner d'elle dans la fauconnerie, il avait eu l'idée de partager un tranchoir avec elle pour s'assurer qu'il la reverrait dans la soirée. Mais quelles étaient vraiment ses intentions ? Il n'avait aucune certitude à ce sujet. Ses émotions, en effet, quand cela concernait Anwen, lui échappaient complètement.

— Pourquoi me poses-tu cette question ? demanda-t-il, enfin, d'un ton détaché.

— Anwen est très aimée à Brynmor. Nos gens ont besoin d'elle. Ils la respectent et suivent ses conseils. C'est son travail qui lui a valu une telle estime. De plus, elle partage les joies et les peines de tous. Si elle devait être blessée, les relations entre Brynmor et Gwalchdu en seraient très sérieusement détériorées.

— Le peuple seul serait-il affecté par cette situation ?

— Non, je le serais également.

Teague garda un instant le silence avant d'utiliser à son tour un langage direct avec Robert :

— Qu'est-ce qu'elle est pour toi ?

— Je la connais depuis longtemps, maintenant. Je crois que je peux dire que je l'aime et la respecte comme une sœur. Rien de plus, mais c'est assez. Je n'accepterais pas qu'elle soit blessée par quiconque.

— Je ne lui veux aucun mal.

Robert acquiesça en silence.

— Me crois-tu ? fit Teague avec un petit rictus.

— J'ai toujours eu foi dans ta parole.

— Mais il y a longtemps que nous ne nous sommes pas affrontés. Or la situation a beaucoup changé en dix ans.

— Ma confiance en toi est immuable.

— Tu n'es plus le même, Robert, fit Teague en riant.

— Oui, je me suis adouci, reconnut l'Anglais. Mes besoins sont différents de ceux de l'époque des guerres et des conquêtes. J'ai beaucoup évolué. Je mesure, par exemple, l'importance d'avoir un foyer, de vivre chez soi.

— Cependant ce n'est pas ton cas. Tant qu'Urien reste ici, tu n'es pas chez toi. Pourquoi, d'ailleurs, est-il encore là ? Si Brynmor a tant de valeur à tes yeux, je suis certain que tu n'aurais qu'à le demander à Edouard pour qu'il te le donne.

— Il y a en ce lieu quelque chose qui a plus de valeur à mes yeux que la terre.

— S'agit-il d'Anwen ?

Robert esquissa un sourire discret.

— Non, mais je trouve intéressant que tu me poses cette question.

Teague, qui n'aimait pas les secrets, garda le silence un certain temps avant de déclarer d'un ton détaché :

— Je vais rester ici quelques jours.

— Pourquoi ?

— Je dois tirer au clair une affaire qui me concerne.

— Ce que tu fais à Brynmor me concerne également, Teague. J'ai le droit de savoir de quoi il retourne.

— Non, c'est un sujet qui ne te regarde pas.

— Et s'il a trait à Anwen ou quelqu'un d'autre qui réside ici ?

— Encore Anwen… Dis-moi, Robert… Quel est

précisément son statut ici ? Tu ne m'en as rien dit et, pourtant, il est clair qu'elle n'est pas une simple assistante du fauconnier ni une servante.

Robert se tourna vers la porte.

— Il semblerait que nous ayons tous nos secrets, n'est-ce pas ?

— Je trouverai les réponses à mes interrogations. Je voudrais seulement être assuré de ton aide.

Robert s'arrêta sur le seuil.

— Aussi longtemps que ce sera dans l'intérêt de Brynmor, je coopérerai, mais il vaut mieux que tu te souviennes que je ne suis pas sous ton autorité.

Anwen s'approcha en s'étirant de la fenêtre de sa chambre. Le ciel matinal était d'un bleu éthéré comme les jours de froid sec. À son grand étonnement, elle avait dormi tout son soûl alors qu'elle avait craint de ne pas trouver le sommeil, la chambre occupée par Teague étant voisine de la sienne. Plusieurs fois, avant de s'endormir, elle avait regardé vers la porte de communication entre leurs chambres en pensant qu'à un moment ou un autre elle s'ouvrirait, mais Teague ne l'avait jamais poussée.

Passant les mains sur sa jupe, elle laissa échapper un soupir d'exaspération. Qu'elle eût ou non désiré cette visite, elle ne voulait plus y penser. Elle était de retour à Brynmor et n'avait plus aucune raison de se préoccuper du traître de Gwalchdu.

Elle venait de sortir de sa chambre quand elle vit s'approcher Ffion.

— Bonjour, ma sœur, dit-elle, ignorant délibérément l'épisode de la veille comme il en avait été convenu avec Teague.

— Bonjour, répondit froidement Ffion. Avez-vous bien dormi ?

— Très bien, je vous remercie.

— Vous étiez seule ?

De toute évidence la religieuse était remise de sa crise.

— Oui, ma sœur.

— Vous ne le serez pas longtemps, mon enfant. Vos manières sont bien trop hardies. Messire Teague est loin d'y être insensible. Si vous êtes encore jeune fille, vous ne tarderez pas à perdre votre virginité.

— Je ne comprends pas vos insinuations.

Ffion fit la moue.

— Je me demande si vous êtes vraiment aussi naïve. Je vous ai observée pendant le souper, hier soir. Dès que vous êtes entrée dans la salle, il ne vous a plus quittée des yeux. Il est vrai que votre façon de vous déplacer avait quelque chose d'effronté… J'ai l'impression qu'il est maintenant encore plus toqué de vous. Si c'est là ce que vous recherchiez, vous avez atteint votre objectif. Mais prenez garde. Vous ne perdrez pas que votre liberté, vous commettrez un péché capital.

Le voyage à Brynmor n'avait pas mis un terme aux obsessions de la sœur. Si elle n'avait pas eu de tels cernes sous les yeux, Anwen, cette fois, ne l'aurait pas épargnée.

— Merci, ma sœur, répondit-elle, jugulant son courroux. Je vous suis reconnaissante de vous inquiéter ainsi à mon sujet.

Ffion se rapprocha d'elle et reprit dans un murmure :

— Soyez prudente. Vous ne savez pas ce qui est en jeu. Vous pourriez y perdre des plumes.

Anwen ne prit pas la peine de frapper à la porte avant d'entrer dans la chambre d'Aliénor. Comme elle s'y était attendue, à cette heure matinale, elle trouva sa sœur à genoux et en prière, les premiers rayons du soleil transformant sa chevelure blonde en un halo d'or.

— Combien de temps te reste-t-il avant la fin de tes dévotions ? demanda Anwen en ouvrant grand les bras.

— Je t'attendais ! répondit Aliénor en se levant d'un bond pour se jeter dans ses bras.

Anwen ferma les yeux pour mieux jouir de la douce étreinte des bras de la jeune fille.

— Asseyons-nous, fit-elle. Nous avons tant à nous dire.

Anwen s'assit à la tête du lit tandis qu'Aliénor, selon son habitude, se blottissait contre elle. Elles avaient toujours agi ainsi, et de retrouver spontanément ces gestes remplit le cœur d'Anwen de joie. Cependant, ces moments d'intimité étaient aussi ceux où Anwen découvrait les sévices dont sa sœur avait été victime…

— Cette fois, tu ne trouveras pas de traces de coups sur moi, fit Aliénor comme si elle avait deviné ses pensées.

Anwen s'arrêta de scruter les bras de sa sœur.

— Est-ce que je suis si peu discrète ?

La jeune fille eut un petit rire nerveux.

— Oui… Tu sais, tu n'as plus de raison de t'inquiéter. Robert me protège. Il a été récemment très assidu auprès de moi.

Certes, mais il arrivait qu'Urien fût sujet à un accès de colère incontrôlable ou qu'il oubliât que Robert était le vrai maître de Brynmor.

— Quand je pense qu'il faut qu'un étranger te protège contre ton propre père ! Je n'arrive pas à comprendre comment tu peux garder des sentiments pour lui alors qu'il ne sait que hurler après toi ou te frapper.

— Patience, Anwen. Je l'aime tout simplement parce que c'est notre père et que Dieu nous commande de l'honorer. Tu devrais en faire autant. Tu oublies trop souvent qu'il est aussi ton père.

Anwen savait qu'Urien ne la reconnaîtrait jamais comme sa fille légitime. Il avait complètement cessé d'être son père, d'ailleurs, à partir de la naissance d'Aliénor.

Cette dernière agita la main pour dissiper ses pensées sombres, que trahissaient certainement son froncement de sourcils et l'expression de son regard.

— Je t'en prie, Anwen. Ni colère ni pleurs. Tu sais que je ne ressens pas les choses comme toi.

Aliénor levait sur elle ses grands yeux sincères et pleins de douceur.

— Je suis désolée d'avoir été aussi longtemps absente, fit Anwen. Je ne pouvais rien pour toi…

— Tu ne peux pas me protéger contre tous les dangers, répondit Aliénor avec un petit sourire moqueur. Même si tu as toujours essayé de le faire.

— C'est plus fort que moi. Tu m'es si chère…

Sa sœur prit sa main dans la sienne et la serra.

— Je le sais… Je t'aime aussi même si je vois que tu es toujours aussi entêtée.

Aliénor retira sa main en ajoutant :

— En vérité, Père ne m'a ni frappée ni querellée depuis des semaines.

— Je suis heureuse d'apprendre qu'il a compris, enfin, qui régnait sur Brynmor.

— Non, il ne s'agit pas de cela… Robert n'a pas eu à exercer une quelconque autorité sur lui.

— Que s'est-il passé alors ?

— Tout est devenu différent après ton départ. Robert m'a appris l'art et la manière d'éviter les coups.

— Mais tu as toujours su les esquiver, répondit Anwen avec plus de mordant qu'elle ne l'aurait voulu.

Aliénor fit non de la tête.

— Ce n'est pas pareil qu'avant. J'évite ses coups non pas en me cachant comme une enfant mais par mes paroles et mes actes. En fait, Père est bien plus facile à diriger que je ne l'aurais cru !

Anwen resta tout interdite. Elle savait depuis longtemps comment contrôler et éviter son père, mais elle avait toujours considéré Aliénor trop fragile pour en faire autant. Or, maintenant, grâce au soutien de Robert, il semblait qu'elle eût acquis assez de confiance en elle-même pour y parvenir.

Devant son expression, Aliénor laissa échapper un petit rire.

— Ne sois pas triste, Anwen. Réjouis-toi plutôt pour moi.

Anwen s'efforça de sourire.

— Je suis contente, bien sûr, mais…

Elle s'interrompit avec un geste évasif de la main. Elle prenait conscience que sa sœur disait la vérité. En regardant Aliénor qui resplendissait de joie, elle n'aurait rien pu souhaiter de meilleur pour elle, même si Robert de Dent avait une part certaine dans ce changement. Sa sœur serait-elle amoureuse ? pensa-t-elle soudain.

— Qu'est Robert pour toi ? demanda-t-elle abruptement.

Aliénor rougit alors qu'Anwen portait la main à sa bouche.

— Je vois que tu n'as pas changé bien que tu sois tombée sur la tête.

Une remarque de Teague, qui lui avait demandé si elle avait toujours été aussi directe, revint à l'esprit d'Anwen. Elle se souvint aussi du clair de lune et de son visage caché dans l'obscurité, mais ses paroles, bien que prononcées avec douceur, vibraient encore en elle.

Je vous regardais dormir…

Elle le croyait à présent. Il la voyait physiquement, certes, dans la fauconnerie, mais il percevait aussi quelque chose de son âme. Un lien mystérieux, assurément, s'était tissé entre eux.

— À moins que cela ne t'ait vraiment transformée, reprit Aliénor en relevant un sourcil.

— Absurde, fit Anwen en remuant la tête. Il ne s'agissait que d'une blessure mineure.

— Ce n'est pas ce que j'avais compris.

— Alors, toi aussi tu as reçu de mes nouvelles ?

— Bien sûr. En ne te voyant pas revenir, j'ai craint que la pluie n'ait fait monter subitement le lit de la rivière et que tu n'aies été emportée par les flots. Heureusement, nous avons reçu un message de Gwalchdu, le soir même de ta disparition, nous informant de ta chute. Et depuis ce jour, nous attendions ton retour.

Ils l'attendaient tous, mais aucun d'eux n'était venu la chercher pour la ramener à Brynmor. Anwen écarta cette pensée douloureuse, mais pas assez vite pour qu'elle ne chassât de son cœur la joie qu'elle aurait dû, normalement, éprouver du fait qu'elle était de retour chez elle.

En tout cas, Melun ne lui avait pas menti. Il disait qu'Aliénor allait mieux et c'était vrai. Elle était lumineuse comme elle ne l'avait jamais été et on la sentait bien plus forte qu'autrefois. Elle avait gardé sa grâce et sa sérénité tout en acquérant force et joie.

— Je suis affamée, déclara soudain Anwen. Viens-tu prendre ton déjeuner avec moi ?

Chapitre 13

Anwen, accroupie dans le champ au sud de Brynmor, frappa dans ses mains gelées.

Depuis trois jours qu'elle était de retour chez elle, elle n'avait cessé de semer du blé. Cela avait beau être du blé tardif, la saison était maintenant trop avancée pour en semer davantage. D'autant plus que certains champs n'avaient pas encore été labourés.

Les terres de Brynmor n'avaient pas été entièrement négligées en son absence, mais il était évident que l'on avait manqué de bras. L'ampleur du travail qu'il restait à accomplir tombait à pic, d'une certaine manière, car elle avait besoin d'occupation pour ne plus penser à un certain traître et aux propos qu'il lui avait tenus.

Teague serait-il vraiment venu la chercher ? Elle avait été témoin de sa détermination dans la lice et avait entendu parler de ses exploits sur le champ de bataille. Tout cela, ce qu'elle savait de lui ou avait constaté de ses propres yeux, confirmait qu'il avait dit la vérité et aurait vraiment tout fait pour la récupérer.

Cependant, il était à présent aussi distant d'elle que Brynmor l'était de la mer. Pourquoi ? Laissant échapper un soupir, Anwen fit le dos rond et poursuivit son labeur.

Certes, ils partageaient toujours un tranchoir pour le souper, mais il n'en profitait plus pour l'effleurer de la main, de l'épaule ou du genou. Cela n'empêchait pas Anwen de rêver de lui toutes les nuits et de revoir en pensée ses grandes mains soulevant la coupe d'ale et le mouvement de sa gorge lorsqu'il buvait ou, encore, de se représenter ses longs doigts caressant la poignée de sa cuillère et la paroi lisse de son gobelet d'étain.

Si vous aviez été mienne...

Ces paroles revenaient sans cesse à son esprit. Elle pensait trop à lui et lui était trop attachée.

Elle plongea la main dans le sac en toile noué à sa taille et en sortit une poignée de graines. Il fallait continuer de semer malgré la saison avancée si l'on espérait pouvoir nourrir les habitants de Brynmor.

Brynmor était sa maison, sa vie...

Elle n'appartenait pas au traître de Gwalchdu même s'il avait répété qu'il la désirait. Elle n'avait pas sa place à Gwalchdu et n'en voulait pas.

Brynmor avait besoin d'elle, pas Gwalchdu.

La matinée touchait à sa fin quand Anwen s'autorisa enfin à prendre un peu de repos. Assise sur une grosse pierre, elle contempla les champs qui fumaient sous les rayons du soleil. Étirant les bras au-dessus de sa tête, elle joignit les mains, entrelaçant ses doigts entre eux.

Les villageois ramenaient les moutons qui s'étaient éloignés tandis que les jeunes palefreniers laissaient les chevaux de labour prendre un peu de repos. Au loin, Anwen apercevait les gens d'armes de Teague qui montaient la garde autour de Brynmor.

Ils ne se prélassaient pas au coin du feu comme les hôtes ni ne poursuivaient les servantes dans les recoins sombres du donjon. Au contraire, ils arpentaient systématiquement le territoire de Brynmor, ses tours et son mur d'enceinte.

Ils fouillaient tout l'espace et montraient la même vigilance qu'à Gwalchdu, mais dans quel but ?

Elle se refusait à croire que Teague était venu à Brynmor

dans un but particulier. Or, tout semblait en témoigner. Il l'avait raccompagnée mais après avoir accompli sa mission ne s'en était pas retourné chez lui. Et il avait fait venir avec lui une troupe importante qui passait au peigne fin Brynmor et ses terres sans omettre d'interroger au passage les paysans. Elle savait qu'en dépit de l'amitié qui liait les deux hommes, Robert n'appréciait pas cette sorte d'ingérence.

Or, plus Teague prolongeait son séjour à Brynmor, plus il importunait Robert. La conséquence ne pouvant être que l'extrême mécontentement de messire Urien, Anwen était de plus en plus inquiète car elle savait que son père, lorsqu'il était furieux, calmait ses nerfs sur Aliénor.

Trois jours cependant s'étaient déjà écoulés sans que le seigneur de Brynmor n'eût levé la main sur la jeune fille. Et pourtant Aliénor prenait ses repas à la table d'honneur, ce que son père, d'ordinaire, ne permettait pas. Il n'en était pas moins figé dans un mutisme qui ne laissait rien présager de bon. Anwen, toutefois, se moquait de ses manières de plus en plus grossières à table pourvu qu'il continuât d'ignorer sa jeune sœur.

De toute façon, Aliénor était maintenant rarement seule face à son père puisque Robert était souvent à son côté. Il ne franchissait cependant jamais les limites de la bienséance. Ses manières à son égard étaient douces, voire tendres et Aliénor y répondait par de timides sourires. Ils partageaient quelque chose, assurément, qui n'était pas là, songea Anwen, avant son séjour forcé à Gwalchdu.

Robert savait sans doute qu'Urien ne s'opposerait jamais à ce qu'un chevalier ou un baron anglais fît la cour à sa fille. Mais Anwen ne le supporterait pas si ce même Anglais devait briser le cœur de sa sœur.

— Pourquoi froncez-vous les sourcils ?

Anwen sursauta en entendant cette voix près d'elle. Il fallait qu'elle fût profondément plongée dans ses pensées pour ne pas avoir remarqué la présence de Teague. En tout cas, elle ne fut pas surprise qu'il lui posât cette question. Si, en trois jours, ils n'avaient pour ainsi dire pas échangé un mot, Teague n'avait cessé, dès qu'ils étaient proches l'un de l'autre, de la regarder avec insistance.

Lorsqu'elle lavait du linge au lavoir, par exemple, elle sentait son regard dans son dos, c'était comme une caresse sur sa nuque ou ses épaules. Et lorsqu'elle se redressait, les yeux bruns du seigneur de Gwalchdu plongeaient dans les siens et la captivaient. Pourrait-elle jamais rompre la créance qui les attachait l'un à l'autre ?

— Vous m'avez fait peur.

— Je crois qu'une troupe de cent gens d'armes aurait pu traverser le champ sans que vous vous en aperceviez.

— Je pensais à quelque chose de déplaisant… Je suis désolée si mes froncements de sourcils vous importunent, mais je me croyais seule, et dans ce cas-là, mes expressions attristées ou scandalisées ne le sont que pour moi.

Anwen s'essuya les mains sur son tablier avant de reprendre :

— Que faites-vous ici ?

— Je voudrais que vous me fassiez faire le tour du domaine de Brynmor.

— Vous ne m'avez pas attendue pour l'arpenter.

— Auriez-vous pris l'habitude de m'observer ?

— C'est une déduction logique. Vous êtes ici depuis trois jours. Qu'auriez-vous fait d'autre que d'examiner les capacités défensives de la plus proche place forte de Gwalchdu ?

Teague lui tendit la main pour l'inviter à se lever.

— Je veux que vous me montriez là où vous avez grandi.

Anwen fixait la grande main de guerrier. Une main pour commander, frapper, entraîner… Comment pourrait-elle montrer les collines verdoyantes de Brynmor à un tel homme de pouvoir ?

— J'ai encore beaucoup de blé à semer, répondit-elle, ignorant sa main toujours tendue vers elle. D'ailleurs, nous ne sommes plus à Gwalchdu. Ce n'est pas vous qui commandez ici.

Teague laissa retomber son bras.

— Je ne vous donne pas d'ordre. Je vous demande seulement de bien vouloir me guider.

Anwen observa les traits de son visage mais, comme toujours, elle n'arrivait pas à savoir ce que Teague pensait. En fait, il n'y avait sans doute pas d'autre raison à sa requête que de jouir de sa compagnie. Mais pourquoi voulait-il soudain l'avoir auprès de lui alors qu'il l'avait ignorée pendant trois jours ?

— Il va pleuvoir, objecta-t-elle.

— Eh bien, qu'il pleuve ! Avant de prélever l'impôt qui m'est dû, je voudrais avoir votre opinion sur la façon dont ce domaine est exploité. J'ai l'impression qu'il y a beaucoup à améliorer.

Anwen ouvrit la bouche pour répondre négativement à la demande de Teague puis se ravisa alors qu'une pensée lui traversait l'esprit. Il y avait en effet fort à faire à Brynmor mais sans doute ignorait-il quelle en était la cause. Cela ne lui ferait peut-être pas de mal de constater de ses propres yeux les dommages causés par les Anglais.

— Je vais vous montrer le domaine, répondit-elle enfin, mais j'ai encore trop de travail pour passer le reste de la journée à vous servir de guide. Tout le monde ne dispose pas d'une multitude de domestiques pour œuvrer à sa place.

— J'espère ne pas trop vous retarder.

Teague lui offrit de faire le tour des terres à cheval, mais Anwen refusa, prétextant qu'il verrait mieux l'état de l'exploitation s'ils marchaient.

Il lui était impossible de lui avouer la vraie raison pour laquelle elle ne souhaitait pas se déplacer à cheval avec lui. En effet, elle serait alors entre ses bras, appuyée à sa poitrine musclée et les hanches serrées entre ses cuisses. Après le baiser qu'ils avaient échangé, elle ne voulait pas se retrouver avec lui dans une situation aussi intime. À la seule pensée de le toucher, elle était troublée d'une manière qu'elle ne s'expliquait pas.

Elle commença de descendre le champ sans l'inviter à la suivre. Elle ne voulait pas qu'il fût trop près d'elle et se félicitait de porter une robe de laine toute simple et bien chaude. Elle s'arrêtait à la cheville et lui permettait de faire de plus grandes enjambées, ce qui facilitait le déplacement dans ces champs labourés aux sillons durcis par le gel.

Teague marchait à son côté et, de pas en pas, elle lui montrait que le sol était resté trop longtemps au repos car il n'y avait personne pour pousser la charrue. S'il y avait suffisamment de bras pour exploiter la terre de Brynmor, lui expliquait-elle, le rendement serait deux fois supérieur.

Ils quittèrent les champs pour longer la route qui conduisait au village. Parmi les chaumières qui la bordaient, il s'en trouvait qui n'étaient pas habitées et tombaient en ruine. Une grande partie de leur colombage avait déjà été prélevée et lorsque la neige viendrait, ce qu'il leur restait de bois finirait dans les cheminées, même celui qui avait commencé à pourrir.

Lorsqu'ils atteignirent l'extrémité du village, ils étaient aussi éloignés du donjon qu'ils étaient proches de la rivière. Le soleil déclinait à l'horizon et le ciel se chargeait de nuages. La campagne commençait à être noyée dans les brumes. Il était temps de rentrer au château.

— Comme vous le voyez, dit Anwen en se tournant vers Teague, Brynmor ne supporte pas la comparaison avec Gwalchdu. Il y a trop de travaux à prévoir et pas assez de revenus pour y faire face.

— Robert m'en a dit autant, mais j'apprécie d'avoir recueilli votre propre jugement. Je vous remercie de m'avoir présenté aux villageois. J'ai pu constater qu'ils avaient pour vous un profond respect.

Elle n'exigeait pas d'eux qu'ils la respectent. Elle les aimait tous et avait l'intention de veiller sur eux jusqu'à son dernier souffle.

— Ce n'est pas le respect qu'ils me témoignent qui les nourrira ni leur assurera un toit.

— Non, mais Brynmor présente plus de qualités qu'il ne faut pour subvenir aux besoins de tous ces gens. Le sol est riche. Il y a ici une abondance remarquable de ressources.

Le cœur d'Anwen se fendit, soudain, en écoutant parler Teague.

Elle lui avait montré les faiblesses de Brynmor ainsi que la misère des villageois depuis la guerre contre l'Angleterre. Il l'avait interrompue, par moments, pour lui poser des questions, mais jamais il ne s'était montré indiscret, grossier, ni même arrogant. En un mot, il n'agissait en rien comme elle s'y était attendue, et cette attitude la laissait dans la confusion. Il lui semblait qu'il voyait au-delà des apparences, qu'il imaginait ce que Brynmor pourrait être. Jamais personne n'avait fait écho à sa propre vision du domaine, même pas Robert qui pourtant faisait de son mieux pour le rendre prospère.

Mais c'était une mission impossible. Sans fonds, Brynmor n'avait aucune chance de redevenir ce qu'il avait été. Or, Urien n'avait pas d'argent et il ne fallait attendre aucune aide financière de la part de Gwalchdu.

Malgré son fort potentiel, en l'absence de main-d'œuvre et de marché local pour vendre ses produits, Brynmor ne pouvait se relever sans une manne providentielle. Beaucoup de ses paysans se rendaient jusqu'à Gwalchdu pour vendre leurs légumes, leurs fruits et leurs volailles, mais cela ne suffisait pas. C'était comme si leurs efforts étaient vains, mais cela n'avait pas toujours été ainsi. Les circonstances avaient changé de façon dramatique après la trahison de l'homme qui marchait près d'elle.

Sans doute était-elle restée silencieuse trop longtemps car Teague reprit la parole sans attendre sa réplique.

— Brynmor est trop éloigné de Gwalchdu pour bénéficier de sa protection, Anwen. Sinon je vous aurais proposé mon aide.

Anwen essuya à la hâte du revers de sa manche les larmes qui avaient coulé sur sa joue. Quand s'était-elle mise à pleurer ?

— Encore un exemple de la générosité légendaire des Anglais !

— Si vous voulez, répondit Teague qui semblait garder ses distances.

Chaudement vêtu d'une tunique en laine de couleur crème et de braies marron, ainsi que d'un lourd pourpoint de cuir bordé de fourrure, il avait les cheveux attachés sur la nuque et portait l'épée au côté.

Lasse de l'incompréhension qui paraissait s'être installée entre eux et toujours habitée par le sentiment de n'avoir affaire qu'à celui qui avait trahi le peuple gallois, Anwen agita la main comme pour le congédier et prit la direction de la rivière.

À cette heure de la journée, elle comptait que la rive serait déserte. En s'en approchant, elle vit que les nuages sombres qui avaient envahi le ciel, en se reflétant dans l'eau d'habitude d'un bleu si pur, lui avaient donné une teinte presque noire et inquiétante, mais le site restait beau.

Elle entendit les pas de Teague derrière elle et accéléra l'allure. Il continuait de la suivre en observant le même silence qu'elle. Pourquoi persistait-il ainsi ? Ne lui avait-elle pas montré assez clairement qu'elle ne voulait plus de sa présence ?

Elle ne pouvait pas faire un pas le long de la rivière sans qu'il fît de même, et le bruit de ses bottes sur le gravier commençait à l'irriter prodigieusement.

— Pourquoi ne me laissez-vous pas en paix ? fit-elle en se retournant brusquement vers lui.

Teague s'immobilisa et porta le regard sur la rive opposée.

— Un danger pourrait surgir.

— Je suis venue souvent seule ici.

— Peut-être, mais je suis là aujourd'hui.

— Nous ne sommes plus à Gwalchdu… Je peux me prendre en charge.

Elle aspirait à la solitude et, surtout, souhaitait que cet homme qui troublait ses pensées ne soit plus à ses côtés.

— Laissez-moi vivre !

Il esquissa un sourire.

— Non, pas maintenant.

Anwen ignora le serrement qu'elle ressentit à la gorge. Pourquoi fallait-il qu'elle trouvât toujours un sens caché à ses mots ? Pénétrée soudain par le froid, elle s'enveloppa de ses propres bras.

— Vous n'avez pas que de bons souvenirs de ce lieu, remarqua-t-il. Pourquoi ne le quittez-vous pas ? Lâchez les amarres ! Faites comme tous ces gens de Brynmor qui se sont séparé de leur chaumière pour aller se réfugier à Gwalchdu.

— Aussi longtemps que l'on m'acceptera ici, j'y resterai.

— Que représente Brynmor pour vous ? J'ai cru comprendre que vous n'aimiez pas les Anglais, mais vous vivez en Angleterre. Robert n'a que le titre de gouverneur, mais vous savez qu'il est bien plus que cela et qu'il pourrait en demander l'application légale. Le roi Edouard a accordé des conditions particulières à Brynmor. Même vous, vous devez en être consciente.

Il l'incitait à partir de Brynmor ! Elle ne comptait peut-être pas pour grand-chose dans ce qu'elle appelait sa maison, mais du moins y menait-elle à peu près la vie qu'elle voulait. Et on avait besoin d'elle ici. Ce ne serait pas le cas ailleurs où elle serait soumise au bon vouloir des uns et des autres. Jamais elle n'accepterait de se placer dans une telle position, surtout s'il s'agissait de vivre à Gwalchdu.

— Pourquoi irais-je chercher la protection du traître de Gwalchdu ?

— Oui, pourquoi ? Mais tout n'est pas comme on pourrait le croire.

— Je vois ce que je vois…

Il inclina la tête de côté avec son charme habituel.

— Qu'avez-vous vu dans la forêt lorsque vous étiez perchée sur votre arbre ? Pourquoi vous êtes-vous laissée tomber dans mes bras ?

Pendant tout le temps où elle avait été alitée à Gwalchdu, Anwen n'avait cessé de se poser cette question. Certes, elle n'avait pas eu le choix, mais n'en avait pas moins éprouvé un sentiment de confiance pour cet homme dont, pourtant, elle ne savait rien. En se jetant dans ses bras, elle lui avait clairement manifesté cette confiance.

— Cette discussion est vaine, répondit-elle en reculant d'un pas. Que pouvais-je faire d'autre que de me laisser tomber dans vos bras ? Fallait-il choisir de mourir ? Vous vous comportez comme si j'avais eu une alternative devant moi.

Teague, le visage tendu, avança vers elle.

— Et plus tard ? Lorsque vous étiez en train de vous remettre… Pourquoi me cherchiez-vous au cœur de votre souffrance ?

— Je ne vous cherchais pas, répondit-elle en faisant un pas en arrière. Vous étiez déjà là. Encore une fois, quel choix me laissiez-vous ? C'est moi qui devrais vous demander ce que vous faisiez là !

Ignorant sa question, il continua d'avancer sur elle.

— Vous avez montré le même intérêt pour moi dans la fauconnerie de Brynmor puis au dîner. Et maintenant encore… Comment dois-je interpréter la façon dont vous rougissez et retenez votre souffle ?

— Je suis simplement exaspérée par le cours que prend cette conversation…

Anwen ne pouvait reculer encore d'un pas sans basculer dans la rivière. Elle sentait déjà l'eau imprégner le talon de ses chaussures. La brume devenait de plus en plus dense, froide et pénétrante.

— Vous éprouvez bien d'autres choses… Il y a quelque

chose entre nous… C'est confondant, pour moi aussi, mais, à la différence de vous, je ne l'évite pas.

Franchissant le dernier pas qui les séparait, Teague reprit :

— Je crois, d'ailleurs, que je ne puis plus l'éviter…

Il était si proche qu'Anwen distinguait ses longs cils noirs, l'arc élégant de ses sourcils, ses pommettes légèrement saillantes et ses lèvres sensuelles. Ces traits en se conjuguant réussissaient, d'une certaine manière, à lui adoucir le visage. À moins qu'il ne s'agît que de son propre regard qui ne le voyait plus tout à fait de la même manière ?

Elle s'en était remise spontanément à lui dans la forêt et, de nouveau, lorsqu'elle était alitée et souffrante. Elle avait l'excuse, certes, de la douleur et de l'épuisement, mais ce n'était qu'une excuse. Elle avait bel et bien désiré qu'il se tînt à son chevet.

Puis, le jour où Teague lui avait montré ses rapaces, ils avaient partagé leur passion commune. Était-elle en train de s'attacher à cet homme ? La confiance qu'elle lui témoignait était-elle une folie passagère née de circonstances particulières ou bien la méritait-il pour l'avoir gagnée ?

Non… Elle avait perdu la raison… Il avait trahi son peuple… Elle ne pouvait pas lui accorder sa confiance, pas dans ces conditions.

— Vous êtes sujet à une illusion, répondit-elle enfin. Il va pleuvoir. Rentrons au château.

Teague, immobile, la dévorait des yeux. Anwen sentit son regard s'appesantir sur ses lèvres comme s'il avait l'intention de l'embrasser. Tout son corps se mit à vibrer par anticipation…

— Bientôt, laissa-t-il échapper à mi-voix avant de tourner les talons et de s'éloigner d'elle.

Sans un mot, elle le suivit.

Peter, le capitaine de ses hommes d'armes, intercepta Teague lorsqu'ils franchirent le portail d'entrée de Brynmor, et il s'éloigna en sa compagnie. Le voyant de dos s'engager le long de la courtine, Anwen laissa échapper un soupir.

Une force inouïe se dégageait de cet homme. Même lorsqu'elle ne lui parlait pas, Anwen sentait sa volonté inflexible agir sur elle. Et lorsqu'il était tout près d'elle, elle n'arrivait plus à réfléchir ni à apprécier ses propres sentiments.

Il la désirait… Elle en avait eu la certitude dans la fauconnerie. Plus tôt, même, lorsqu'il la réconfortait la nuit. Et elle avait éprouvé de nouveau cette impression à Brynmor dans la façon dont il la regardait.

Mais elle-même, le désirait-elle ? Comment le pourrait-elle alors qu'il avait trahi les siens ? Jamais elle n'arriverait à lui faire entièrement confiance, c'était impossible.

Pour échapper à ses pensées, Anwen promena le regard autour d'elle et, devant les écuries, aperçut Aliénor en compagnie de Robert. Aliénor riait en écoutant Robert qui parlait avec animation.

— Anwen ! s'écria Aliénor en voyant sa sœur s'approcher.

Ses grands yeux bleus brillaient de joie.

— Robert vient de me raconter les difficultés qu'il avait eues la première fois qu'il était monté sur un destrier.

Anwen prit un air dubitatif. Robert, en effet, avait la réputation de connaître les chevaux mieux que quiconque. Sa compétence était d'ailleurs très appréciée, même à Brynmor où les écuries comptaient peu d'animaux.

— J'ai peine à le croire, répondit Anwen.

— Si, c'est vrai, intervint Robert dont le regard se reporta aussitôt sur Aliénor.

Cette dernière éclata de rire, l'expression de ses yeux ainsi que de ceux de Robert laissait entendre qu'ils partageaient un secret.

— Je crois qu'il ne dit cela que pour me convaincre de monter sur l'une de ces brutes de créatures.

— Toi ? À cheval ? s'esclaffa Anwen. Mais tu n'as jamais voulu monter !

Aliénor acquiesça de la tête.

— Je sais… Tu as essayé plus d'une fois de me mettre

en selle mais j'ai toujours refusé. J'étais prise de panique quand je voyais les chevaux s'ébrouer et frapper le sol de leurs sabots. Mais, vois-tu, Robert m'a promis de rester à côté de moi et de me montrer… Alors, je crois que je vais essayer…

— Et vous allez y arriver, intervint de nouveau Robert. Imaginez comme vous aurez fière allure à la parade de la Saint-Martin.

— Ah ! vous invoquez le prétexte de Noël, fit Aliénor.

— Seulement parce que je sais que c'est votre faiblesse.

Anwen, stupéfaite, regardait sa jeune sœur faire semblant de prendre ombrage de la remarque de Robert. Au cours de toutes les années qu'elle avait passées à Brynmor, elle n'avait jamais vu une telle attitude chez Aliénor.

Il avait suffi de quelques semaines, celles précisément où elle avait été absente, pour que sa sœur devînt une parfaite étrangère qui n'avait plus besoin d'elle et avait ses propres distractions.

Anwen se prit à douter, qu'Aliénor et Robert eussent remarqué son départ quand elle s'esquiva discrètement.

Troublée par les événements de la journée, Anwen avait pris son temps pour se préparer pour le souper. Elle avait rassemblé ses cheveux sur la nuque avec un fin cercle d'argent, et couvert sa tête d'un voile léger dont elle espérait que malgré sa transparence il dissimulerait sa cicatrice à la tempe.

Elle avait choisi une robe en laine légère bleu ciel et un surcot d'un jaune éclatant. Les manches de la robe largement échancrées présentaient une dentelle rouge qui allait des poignets aux épaules. Plus longue que les robes qu'elle portait dans la journée, celle-ci, qui lui effleurait les pieds, volait autour de ses chevilles lorsqu'elle marchait.

Peut-être serait-elle en retard pour le repas mais du

moins se sentait-elle mieux lorsqu'elle descendit l'escalier pour se rendre dans la grande salle.

En s'approchant de la table d'honneur, elle ne fut pas longue à s'apercevoir qu'Aliénor n'y avait pas pris place.

— Où est Aliénor ? demanda-t-elle.

— Elle se repose, répondit Robert, interrompant son entretien avec Teague.

— Tiens ? Mais elle ne m'a pas semblé fatiguée... Elle n'est pas tombée de cheval au moins ?

— Non, au contraire... Cela s'est très bien passé.

— Quelque chose est arrivé, néanmoins. Je le vois à votre visage, Robert.

Ce dernier, dont l'expression en effet était courroucée et qui, au lieu de répondre, venait de reprendre sa conversation avec Teague, lança un regard par-dessus son épaule comme s'il avait intuitivement senti l'approche d'Aliénor. Or, la jeune fille venait d'entrer dans la salle.

Anwen eut un soupir de soulagement. Elle allait s'élancer vers sa sœur quand elle sentit une main se refermer sur son poignet.

C'était Teague... Sa main ne lui faisait pas mal, mais elle était ferme. Comme Anwen relevait un sourcil interrogatif, il lui indiqua le siège près du sien.

— Il était temps que tu nous rejoignes, marmonna Urien entre deux gorgées d'ale. Je commençais à me dire qu'il faudrait que j'aie une discussion avec toi.

L'intonation de la voix d'Urien et son attitude de grand seigneur ne laissaient rien augurer de bon. Une vive inquiétude s'empara d'Anwen qui retint son souffle, mais à peine se fût-elle tournée vers sa sœur qu'elle vit Robert, qui s'était déjà levé de table, s'incliner devant elle.

— Chaque soir vous êtes plus belle que la veille, ma damoiselle.

Aliénor, qui rougissait, inclina la tête et sa grande manche ne réussit pas à cacher la timide main qu'elle tendit à Robert.

Elle ne laissait jamais personne la toucher, pensa Anwen.

Melun l'avait avertie que sa sœur avait changé, mais elle se demandait depuis ce moment en quoi elle était différente de ce qu'elle avait été. Or, maintenant, elle en connaissait la cause.

Urien leva son gobelet.

— Assieds-toi, Aliénor. J'ai faim.

Aliénor tressaillit devant la grossièreté de son père et sa coiffe bougea, dévoilant une marque rouge sur sa joue.

Scandalisée, Anwen, qui venait de s'installer, voulut se lever mais, de nouveau, la main de Teague sur son bras la retint à sa place.

— Calmez-vous, Anwen. Regardez comme Robert veille sur elle.

— S'il veillait si bien sur elle, elle n'aurait pas reçu ce coup sur le visage.

— Regardez-les, insista Teague.

Anwen ne voulait rien écouter. Que savait-il, ce sire de Gwalchdu, de ce qui se passait ici ? Cependant, si elle faisait une scène, elle mettrait Aliénor mal à l'aise. Elle consentit donc à regarder devant elle comme l'en implorait Teague.

Aliénor n'était pas assise à côté de son père mais entre Robert et Ffion. C'était Robert, sans doute, qui avait décidé de lui donner cette place et elle partageait ainsi un tranchoir avec lui. Ce qui permettait à Robert de couper pour Aliénor de petits morceaux qui arrivaient à passer entre ses lèvres gonflées.

Anwen fut toute retournée en observant la façon dont Robert s'occupait de sa sœur. Elle aurait dû n'éprouver que de la pitié pour cette dernière avec son visage tuméfié, mais Aliénor souriait avec une expression qu'elle n'avait jamais eue et où se lisait le courage.

Soulevant son gobelet d'ale, Anwen but une longue gorgée. Elle aurait dû être heureuse qu'Aliénor s'en fût aussi bien sortie pendant son absence, et cesser de pleurnicher du fait qu'elle n'eût plus besoin de sa protection. Il lui faudrait simplement trouver d'autres responsabilités à Brynmor pour s'y sentir encore chez elle et éviter d'en être chassée comme sa mère. Mais quoi ?

— Calmez-vous, Anwen, fit de nouveau Teague en lui tendant une cuisse de poulet. Tout le monde y gagnera.

— En quoi, je vous prie ? fit-elle en prenant le morceau de choix.

Tandis que Teague la regardait planter ses dents dans la viande, elle en arracha rageusement un morceau.

— Je ne le sais pas encore, répondit-il, mais je compte bien le découvrir.

Chapitre 14

Anwen s'éveilla en sursaut en entendant grincer des gonds. Il faisait nuit et le silence était à nouveau profond, mais elle n'était pas seule… Tournant la tête, elle vit, à la lueur des braises qui rougeoyaient dans l'âtre, une haute silhouette qui se dressait dans l'embrasure de la porte communiquant avec la chambre voisine.

Elle n'avait pas besoin d'une grande clarté pour le reconnaître. Elle aurait deviné sa présence dans l'obscurité la plus complète. Cela venait sans doute de toutes ces nuits qu'il avait passées à son chevet.

— Teague… Que faites-vous ici ?

— Venez dehors avec moi.

Anwen n'aurait jamais voulu le reconnaître, mais elle lui trouvait une voix chaude et séduisante comme celle de l'ange des ténèbres, et dans la pièce noyée dans l'ombre elle avait une résonance particulière qui la rendait encore plus irrésistible.

Il lui fallut un certain temps pour comprendre le sens de ses mots.

— Mais il ne fait pas jour, répondit-elle enfin.

— Justement, c'est dans le noir que l'intimité est la plus grande.

— Même lorsqu'il fait froid et qu'il pleut ?

— Il ne fait pas aussi mauvais que vous le dites. Venez, Anwen.

La douceur dans sa voix avait l'effet d'une drogue sur elle. Malgré sa fatigue, Anwen ne put refuser à Teague ce qu'il lui demandait.

— Retournez-vous pendant que je m'habille.

Elle préférait se montrer prudente. On disait de lui que le sang du diable coulait dans ses veines et, par moments, elle le croyait. Quiconque obtenait d'elle qu'elle s'arrache de son sommeil nocturne devait jouir de pouvoirs divins. Elle ne pouvait croire qu'elle agissait de son plein gré.

— Ce n'est pas raisonnable, remarqua-t-elle alors qu'ils marchaient à travers champs.

Anwen lança un regard par-dessus son épaule pour voir Brynmor, faiblement éclairé par quelques torches disposées sur les tours et le donjon.

— Il le fallait... Vous ne me faites pas confiance ?

— Non, répondit-elle alors qu'en réalité c'était le contraire car, sinon, elle ne se serait pas aventurée seule avec lui dans le noir. Si nous tombons dans un trou, personne ne nous trouvera avant que le jour se lève.

— Vous n'avez rien à craindre... Vous êtes avec moi.

— Je ne me sens pas pour autant en sécurité, répliqua-t-elle, mais elle continuait de marcher à son côté. Je ne vois pas ce que nous gagnerions à nous casser le cou au milieu des ténèbres. Si vous avez quelque chose à me montrer, il aurait été plus facile de le faire de jour.

— Je n'ai jamais dit que ce serait pratique ; je vous ai dit que c'était nécessaire.

Ils franchirent un rideau d'arbres et, soudain, un paysage féerique s'offrit aux yeux d'Anwen qui comprit pourquoi Teague l'avait arrachée à ses draps. La pleine lune, qui venait de se lever, formait un immense disque orangé juste au-dessus de la berge opposée de la rivière et répandait sur ses eaux cristallines une clarté surnaturelle. L'air vif de la nuit les enveloppait en leur apportant le bruit des clapotis de l'onde qui courait entre les rochers et le long des berges herbeuses.

Anwen, qui connaissait bien cet endroit où elle aimait venir dans la journée, ne s'y rendait jamais la nuit. Or, il était entièrement différent.

— C'est beau, murmura-t-elle.

— Encore plus que moi-même je ne l'imaginais.

Anwen se tourna vers lui.

— Pourquoi m'avez-vous conduite ici ?

Ignorant sa question, Teague se mit à marcher le long de la berge. Elle le suivit alors qu'ils s'éloignaient du château et du village. Le paysage nocturne était si beau que le silence qu'ils observaient ne mettait pas Anwen mal à l'aise. C'était extraordinaire, pensait-elle, comme les sentiments pouvaient évoluer. Alors que quelques heures plus tôt elle s'impatientait contre Teague et la distance qu'il avait établie entre eux, à présent, elle se sentait réconfortée par sa présence.

La paix… C'était cela qu'elle ressentait : une immense paix.

— Merci de m'avoir fait venir ici, compléta-t-elle.

Teague jeta un œil vers elle.

— Chaque jour, j'ai été étonné de vous voir vous y rendre alors que c'est un endroit éloigné de celui où vous accomplissez vos travaux.

— Vous m'observez ?

— Oui.

Il fit encore quelques pas puis s'arrêta.

— Après le souper, par exemple, vous avez disparu… Etes-vous venue ici ?

— Oui, mais…

— Est-ce que vous vous y sentiez en paix ou a-t-il fallu attendre maintenant ?

— Maintenant, peut-être…

Était-elle en train de lui avouer que par miracle elle avait trouvé, enfin, la paix auprès de lui ?

— Le retour à Brynmor n'a pas été facile, reprit-elle. Il y a eu beaucoup de changements pendant mon absence.

— Vous voulez parler d'Aliénor ?

— Oui, elle n'est plus la même. Comme vous le dites, c'est pour le mieux, mais… Je ne peux m'empêcher de regretter celle que je connaissais.

— Elle est heureuse maintenant.

— Oh ! oui, elle l'est…

— Aurait-elle mûri séparée de vous ?

— Peut-être… Non… Elle a connu plus de bouleversements que cela…

— Est-ce sa relation avec Robert qui vous gêne ?

— Comment avez-vous deviné qu'il y avait quelque chose entre eux ?

— Je connais Robert depuis longtemps. Nous avons vécu tous les deux à la cour du roi Edouard. Il est plus jeune que moi et nous n'avons pas les mêmes origines, mais malgré tout nous sommes devenus amis. Il était très jeune quand je l'ai connu, mais il paraissait plus âgé et c'était un âpre adversaire dans la lice. Nous avons combattu côte à côte pour la cause du roi pendant la guerre de…

Teague s'interrompit et la regarda dans les yeux.

— Les Gallois se battaient pour leur indépendance, précisa Anwen.

— Oui c'est vrai. Aussi longtemps qu'a duré la guerre et avant la signature des traités, nous avons combattu sur le territoire de Brynmor. Pour une raison que je n'ai pu comprendre que récemment, Robert a demandé à en être nommé le gouverneur. Je pense aujourd'hui que c'est pour Aliénor qu'il a formulé cette requête.

— Elle n'était qu'une enfant à cette époque.

— Est-ce qu'Urien la traitait déjà rudement ?

— Oui. D'ailleurs, je n'ai jamais compris l'attitude d'Aliénor car en dépit de la brutalité de son père, elle n'a pas cessé de l'aimer.

— Robert, tel que je le connais, ne devait pas souffrir

qu'Aliénor subisse ces sévices. Je l'ai toujours vu s'insurger contre l'injustice et défendre les plus faibles. Or, c'est un vaillant combattant. Seuls les idiots le défient.

Ce que Teague disait de Robert correspondait à ce qu'Anwen avait constaté elle-même. Au moment où Robert était revenu pour vivre à Brynmor, la violence d'Urien avait nettement diminué. Elle n'avait pas fait le rapprochement et avait toujours cru que c'était grâce à la protection dont elle-même entourait Aliénor que son père avait arrêté de la harceler, mais elle se rendait compte à présent que cela était certainement dû aussi à Robert.

— Je pense que s'il reste à Brynmor, reprit Teague, c'est pour la femme qu'est devenue Aliénor.

Anwen revoyait en pensée les petits sourires adressés par sa sœur à l'Anglais et la façon dont son regard s'éclairait quand il entrait dans la pièce où elle se trouvait. Elle était amoureuse. Ce n'était que trop évident.

— Urien ne permettra jamais ce mariage.

— Sans aucun doute. Et pourtant, s'il est encore seigneur de Brynmor, c'est grâce à Robert qui n'a pas voulu le destituer par respect pour Aliénor. Par chance il est en mauvaise santé. Il ne tardera pas à quitter la scène.

— Cela résoudrait effectivement le problème de la meilleure façon.

Anwen se frictionna les bras pour se réchauffer.

— Je me demande, reprit-elle, pourquoi il a fait fermer les portes à notre arrivée.

— Ma présence lui a déplu. Il n'avait aucune envie de m'accueillir chez lui. Le visage tuméfié d'Aliénor est bien la preuve de son mécontentement. Vu ces circonstances, il n'y a rien d'étonnant à ce que Robert ne se soit pas réjoui de me voir, je le comprends maintenant.

— Pourquoi, d'ailleurs, êtes-vous venu ici ?

Un sourire désabusé se dessina sur les lèvres de Teague, qui venait de s'arrêter au bord de l'eau.

— Ce n'est un secret pour personne qu'Urien et moi ne nous aimions pas, répondit-il en ramassant un galet.

Il le lança dans l'eau de manière à obtenir plusieurs ricochets. Dans le clair de lune, Anwen put distinguer les traits de son visage encadré par sa belle chevelure qui reposait sur ses épaules avec des reflets soyeux. Elle eut envie d'étendre la main et de la toucher, mais, au contraire, s'écarta de lui et se mit à aller et venir le long de la rivière pour se réchauffer tandis qu'il continuait de lancer des cailloux comme un gamin.

— Ce que je vous ai caché, dit soudain Teague, c'est que la haine que me voue Urien remonte bien avant la guerre contre l'Angleterre. À une certaine époque, son ambition visait bien plus loin que les limites de Brynmor.

Anwen pivota sur les talons.

— Il voulait s'emparer de Gwalchdu ? Comment est-ce possible ?

Teague, qui s'était redressé, lui tendit la main.

— Venez. Il fait froid et nous sommes restés ici plus longtemps que je ne l'envisageais.

— Je ne veux pas retourner au donjon.

— Je n'en ai pas l'intention non plus, mais vous grelottez. Prenez ma main.

Anwen lui obéit et ils tournèrent le dos à la rivière pour gravir la colline puis contourner le village de Brynmor à une distance suffisante pour ne pas provoquer les aboiements des chiens de garde.

— Où me conduisez-vous ? s'enquit-elle alors qu'ils atteignaient le sommet d'une autre colline.

Au même instant, elle aperçut une hutte en bois et torchis surmontée d'un conduit de cheminée. Elle servait d'abri pour les chasseurs à la saison hivernale. À travers son unique fenêtre, Anwen voyait les lueurs d'un feu dont la fumée s'élevait au-dessus du toit de chaume pour se perdre dans la nuit glacée.

— C'est vous qui avez préparé ce feu ? demanda-t-elle alors qu'ils s'approchaient de la porte close de la chaumière.

— Oui, fit-il en lui serrant la main.

Il fit jouer le loquet de la porte et l'ouvrit.

— Entrez.

Elle avait si froid qu'elle ne pouvait refuser. Dès qu'ils furent à l'intérieur, Teague la débarrassa de son manteau chargé d'humidité avant de l'envelopper dans une couverture chaude.

Anwen frissonna de bonheur.

— Vous avez amélioré le confort de cette hutte, n'est-ce pas ?

— Oui… C'était nécessaire si je voulais vous y conduire.

— Et cela…

Elle montra du doigt une paillasse pourvue de draps propres et de couvertures en fourrure puis un chaudron placé près du feu. Un parfum d'ale chaude s'en dégageait.

— Avions-nous besoin de tout cela ? s'étonna Anwen.

Teague remplit deux gobelets d'étain et en avança un vers elle.

— Par une nuit comme celle-ci, certainement.

Anwen accepta le gobelet et le tint entre ses mains pour en éprouver la chaleur avant de boire une gorgée d'ale. À l'exception de la paillasse, seul un tabouret s'offrait à elle et elle choisit de s'y asseoir.

— Parlez-moi d'Urien, fit-elle.

— Tout cela appartient au passé… C'est le présent qui m'intéresse.

— Si je vous ai suivi, c'est à cause de ce que vous m'avez dit auprès de la rivière.

— Je le sais, répondit-il en s'asseyant sur la paillasse.

La pièce était exiguë aussi les jambes de Teague étaient-elles au contact des siennes.

Anwen promena son regard autour d'elle sur la petite pièce chaude et intime au cœur de l'immense nuit glacée. Elle s'était attendue à ce que le diable de Gwalchdu lui tendît ce genre de piège, mais depuis leur arrivée à Brynmor, elle avait cessé de le redouter. En outre, l'indifférence qu'il lui avait témoignée depuis quelques jours n'avait fait que l'inciter à baisser encore la garde. Comme si en étant chez elle, elle était à l'abri du traître. Elle eût mieux fait de se souvenir que le danger était permanent lorsqu'il était dans les parages.

— Il faut que nous retournions au château, dit-elle.

— Nous avons le temps…

Teague la regardait avec insistance comme le jour où il l'avait embrassée et elle ne pouvait détacher son regard du sien. Était-ce de la fascination qu'il exerçait sur elle… ?

Teague essayait en vain d'éclaircir ses pensées tandis qu'Anwen le fixait de ses grands yeux bleus, sincères et un peu craintifs.

— Je ne vous ai pas dit combien vous étiez belle, ce soir, quand vous avez paru dans la grande salle pour le souper. Pendant tout le repas, je brûlais d'impatience de me retrouver seul avec vous ici.

Il se pencha vers elle et passa la main dans les boucles que ses cheveux formaient aux tempes. Son pouce caressa délicatement sa cicatrice.

— Est-ce qu'elle vous fait toujours mal ?

— Non, répondit Anwen en éloignant la tête de sa main.

Son regard, droit et limpide, avait pris un air de défi. Il se demandait comment il avait pu la soupçonner de lui cacher quelque chose. Elle était incapable de subterfuge. Depuis trois jours, il l'observait au travail au milieu des gens de Brynmor et il était de plus en plus convaincu de son honnêteté.

— Il n'y a presque plus de trace, dit-il.

— Je sais bien à quoi cela ressemble, répondit-elle d'un air dubitatif.

— Vraiment ?

— Je l'ai vu le jour où j'ai pris mon premier bain à Gwalchdu.

Elle détourna le regard et but une gorgée d'ale.

— J'ai vu mon reflet dans l'eau.

— Cela remonte à plusieurs semaines.

Teague but une longue gorgée à son tour et posa son gobelet à terre.

— Vous n'êtes pas guérie ?

— Je vous ai déjà dit que j'allais mieux.

— Mais vous êtes manifestement préoccupée par l'apparence de votre blessure… Je suis étonné que vous soyez aussi coquette. Seriez-vous sujette, comme tant d'autres, à la vanité féminine ?

Il se pencha et prit son gobelet, qu'il posa à côté du sien.

Bien qu'Anwen soutînt son regard et relevât le menton, il put lire dans ses yeux que son propos l'avait blessée.

— Je n'ai pas voulu vous faire de peine, Anwen, mais je vous ai vue laver les sols, glaner dans les champs, le visage et les mains rougis par le vent glacé. Toutes vos robes sont déchirées par les serres des faucons, et aussi par les branches des épineux quand vous tentez de récupérer un oiseau récalcitrant dans les bois.

S'inclinant davantage sur elle, il lui prit les mains dans les siennes. Elle ne croisa pas ses doigts avec les siens, mais elle ne retira pas non plus ses mains, qu'elle lui abandonna alors qu'elle se tournait vers lui, montrant par là qu'elle était prête à l'écouter.

— Vous êtes la moins vaniteuse de toutes les femmes que j'aie connues, non parce que vous n'avez pas de raison de l'être, c'est tout le contraire, mais parce que vous faites passer le devoir avant votre personne. Vous êtes courageuse, dévouée, généreuse.

— Comme une bonne jument ?

Tombant à genoux devant elle, Teague laissa échapper un long soupir. Il lui faudrait beaucoup de patience s'il voulait la courtiser.

— Vous avez le cœur noble, beaucoup de caractère et une force prodigieuse en vous, Anwen de Brynmor. Et vous êtes d'une rare beauté. Ce n'est pas une petite cicatrice cachée par vos boucles dorées qui réussira à ternir votre ravissant visage. Ne regrettez pas votre geste. Vous avez mis votre vie en péril pour sauver celle d'un simple animal, mais en agissant ainsi vous avez également préservé le gagne-pain d'un vieux fauconnier.

Agenouillé devant elle, Teague l'enveloppait de son regard chaud en lui tenant les mains. Le diable de Gwalchdu, le traître s'inclinait devant elle tout en la réconfortant avec ses gestes et ses paroles. Anwen essayait de nier le bien-être que lui apportaient sa proximité et ses caresses, mais elle ne pouvait se défendre contre ce qu'il lui disait avec une aussi grande douceur.

— À quoi rime cette conversation ? demanda-t-elle après quelques instants, dans l'espoir de le faire taire.

— Elle est nécessaire.

— En quoi ?

— Pour que vous connaissiez la force de mon désir.

— Votre désir ? fit-elle d'une voix étranglée par l'émotion.

— Oui… Celui que j'éprouve pour vous. Ne vous ai-je pas montré à quel point j'étais différent des autres hommes ?

— Des hommes comme Urien ? Ou ses gens d'armes ?

— Ce que nous vivons n'a rien à voir avec les attitudes de ces brutes envers les femmes, répondit-il en lui pressant les mains dans les siennes. C'est pour cette raison que nous sommes là. Il était nécessaire que nous ayons ce moment ensemble pour que nous puissions éclaircir notre relation.

Les propos qu'il lui avait tenus pendant son bain à Gwalchdu puis dans la fauconnerie et enfin à Brynmor revenaient à la mémoire d'Anwen. Était-ce du désir, ou plutôt de la convoitise, qu'elle avait lu alors dans son regard ? Il lui semblait que c'était la convoitise... Le désir était plus tendre, moins violent...

— Pendant trois jours, je vous ai à peine vu et...

— J'avais besoin d'élucider certaines questions de la plus haute importance, l'interrompit Teague. Elles vous concernent tout autant que moi, mais je ne puis rien vous en dire. Ce n'est pas le meilleur moment pour nous retrouver, j'en conviens, mais je ne voyais pas comment faire autrement.

— Nos rencontres ont toujours quelque chose d'insolite... Si vous n'aviez pas été sous le grand chêne dans lequel j'avais imprudemment grimpé, nous ne nous serions pas connus.

— C'est vrai, répondit-il en lui caressant les mains. Depuis le jour où vous êtes tombée dans mes bras, nous ne sommes plus qu'un vous et moi...

Tout en parlant, il se rapprocha d'elle si bien qu'une certaine partie de son corps lui touchait les genoux.

— Je ne veux pas nier ce lien..., reprit-il. C'est vrai que je meurs d'envie d'entendre dans votre bouche un mot qui mette fin à ma torture...

Anwen libéra ses mains et se leva.

— Je suis fatiguée... J'ai eu une longue journée de travail. Je voudrais rentrer au château.

— Vous changez de sujet, fit-il en se levant à son tour.

— Nous n'avions pas de sujet de conversation particulier.

— Bien au contraire... Ne faites pas semblant de ne pas comprendre.

Anwen s'enveloppa dans sa couverture et détourna le regard, mais elle avait beau prétendre ignorer ce qu'il évoquait, elle savait que ce qu'il disait était vrai. Et elle rougissait à la pensée de son désir, de ce qu'il souhaitait et qu'au fond elle voulait tout autant que lui. Elle espérait seulement que la faible clarté répandue par le feu dissimulerait au regard de Teague le sang qui lui montait aux joues et l'éclat de ses yeux qu'elle devinait brillants et humides. Elle aurait voulu pouvoir s'éloigner de lui, mais la pièce était trop petite.

— Qu'entendiez-vous par « éclaircir notre relation » ? demanda-t-elle soudain.

Il la considéra en silence pendant un moment, réfléchissant sans doute à la réponse qu'elle attendait de lui, mais Anwen s'efforçait de ne rien révéler de ce qu'elle éprouvait.

— Je vous désire, Anwen. J'ai besoin de vous, de savoir ce que c'est de vous serrer contre moi. Je veux connaître le goût de votre peau, sentir la rondeur de votre poitrine dans le creux de mes mains, caresser votre ventre, y presser mes lèvres…

— Vous voulez me posséder… C'est ce qu'il faut entendre par le mot relation ?

Il fit non de la tête.

— Je veux vous donner du plaisir.

— Vous ne différez en rien des autres hommes. Vous voulez jouir de mon corps. C'est ce qui s'appelle s'accoupler !

Laissant tomber sa couverture, Teague posa les mains sur ses épaules. Le contact de ses paumes et la chaleur qu'elles diffusaient suffisaient à la retenir prisonnière.

— Si vous connaissiez mon passé, vous ne parleriez pas ainsi… Je n'ai rien prévu… Je ne fais qu'espérer… C'est pourquoi nous sommes ici… Et comme nous sommes seuls dans une petite pièce bien chauffée et qu'un lit douillet nous attend, j'évoque le fait de nous réunir…

Il parlait doucement tout en lui massant les épaules avec ses pouces.

Anwen prit conscience qu'elle ne pouvait plus bouger. C'était comme si ses membres et son corps ne lui appartenaient plus. Son cœur battait la chamade et des frissons voluptueux couraient sous sa peau.

— J'ai envie de toi…, murmura Teague dans le creux de son cou.

Anwen sentit la pointe de ses seins se dresser alors que sans cesser ses caresses Teague approchait le visage du sien. Ses lèvres allaient toucher les siennes quand il répéta :

— Je te veux… Je veux faire l'amour avec toi…

Le désir s'empara d'Anwen comme une flamme dévorante quand il l'embrassa et que ses mains descendirent le long de son dos jusqu'au creux de ses reins. Il s'aventura plus bas et la souleva pour la rapprocher de lui.

Elle n'avait plus les pieds au contact du sol. Laissant tomber sa couverture, elle referma les mains sur les bras de Teague, explorant avec les doigts le relief sinueux de ses biceps qui restaient tendus tandis qu'il la portait.

Elle avait les seins collés à ses pectoraux, les hanches au contact des siennes, les jambes nouées autour de ses cuisses. Elle sentait ses chairs s'amollir et son impatience grandir…

— Anwen, je t'en prie. Dis-moi que c'est ce que tu désires…

Partant de l'oreille, il traça un chemin de baisers le long de son cou.

— Dis-moi que c'est autre chose… Que tu ne me vois pas comme les autres hommes…

— Oui, répondit-elle dans un murmure en nouant les bras autour de sa nuque. Oui…

Dans un élan de joie, il l'étendit sur le tapis de fourrures recouvrant la couche puis, agenouillé près d'elle, il continua de l'embrasser et la caresser.

Après quelques instants, Anwen, enivrée de désir, cambra les reins dans l'attente d'autre chose, de plus fortes sensations…

Comprenant sûrement son impatience, Teague défit les lacets de son surcot puis de sa robe et fit passer ses vêtements par-dessus sa tête.

— Anwen, fit-il en se penchant sur elle. Vous êtes si belle. Plus belle encore que je n'aurais osé l'imaginer.

Elle s'était élevée jusqu'au sommet d'une crête d'où,

tel un émerillon, elle avait cru prendre son envol, mais avec ses paroles et le vouvoiement retrouvé il venait de la ramener à la réalité et, alors qu'elle était sur le point de se lancer dans le vide, elle ne songeait plus maintenant qu'à fuir encore une fois.

— Je suis un guerrier, Anwen, dit-il à mi-voix. Je connais mieux le champ de bataille que le corps d'une vierge, mais je vous promets de me montrer doux.

Sur ces mots, il retira son pourpoint et sa tunique. Elle n'avait jamais vu son torse nu d'aussi près. Sa peau était lisse et moirée, tendue sur des muscles saillants. Son corps délié et puissant.

Les flammes dansantes dans l'âtre mettaient en relief les entailles qu'avaient laissées dans sa peau les lames qui avaient réussi à l'atteindre sous la protection de sa cotte de mailles. Elle avait de nouveau envie de le toucher, de sentir sa chaleur, mais avant qu'elle n'eût trouvé la force de lever le bras, Teague se dressa devant elle et défit la boucle de sa ceinture.

Anwen, qui suivait son geste d'un regard fébrile, le vit, soudain, se figer. Le regard tourné vers l'unique fenêtre, il remit brusquement en place sa ceinture.

— Non ! s'écria-t-il en même temps, les traits du visage déformés par l'horreur du spectacle qu'il semblait voir.

Anwen se dressa sur un coude pour tenter de voir ce qui créait en lui un tel bouleversement. Il avait déjà repris sa tunique et la passait par-dessus la tête.

— Rhabillez-vous !

— Qu'y a-t-il ?

Elle se leva et, les mains tremblantes, enfila ses vêtements. Il lui semblait que tout s'effondrait autour d'elle. Elle avait agi sans réflexion… Elle accusait Teague de vouloir faire d'elle sa maîtresse et, l'instant d'après, elle était prête à se donner à lui. Elle avait été sur le point de s'abandonner au traître de Gwalchdu ! Or, à présent, affranchi de tous sentiments, celui-ci s'habillait et s'apprêtait à la laisser seule dans un profond et glacial embarras.

Anwen se tourna à ce moment-là vers la fenêtre et découvrit l'innommable…

Brynmor était en flammes !

Ils coururent ensemble à contre-courant du flux de ceux qui fuyaient le château et son enceinte en s'engouffrant dans le seul passage qu'offrait le portail d'entrée. Les yeux larmoyant dans la fumée, Anwen scrutait chaque visage noirci qu'elle croisait dans la cour.

— N'avancez pas davantage !

— C'est hors de question ! hurla-t-elle.

Les tours en bois de Brynmor, telles de gigantesques torches, brûlaient dans la nuit. La moitié de l'habitation seigneuriale était déjà calcinée. Ce n'était plus qu'un amas de poutres incandescentes couronné de tourbillons de fumée et de cendres. Les pièces supérieures du donjon s'étaient effondrées, embrasant les fondations qui achevaient de se consumer.

Anwen vit Peter, les vêtements à demi déchirés, surgir des décombres.

— Où est Robert ? demanda Teague.

— Je ne sais pas. J'ai essayé de rassembler les hommes depuis que le feu a démarré dans les appartements.

— Aliénor ! s'écria Anwen en s'élançant vers ce qu'il restait du donjon.

Teague la rattrapa par la manche de son manteau.

— Je ne peux pas m'occuper des autres et de vous en même temps !

L'appartement seigneurial était dévoré par les flammes. Aliénor ne devait plus y être sinon… Du donjon le feu se portait au bâtiment de la fauconnerie. Il n'y avait pas un instant à perdre. Libérant son bras que Teague ne tenait pas assez fermement, Anwen partit en courant.

Elle s'approcha prudemment du cellier qui était la proie des flammes. Elle errait parmi les débris rougeoyants depuis un temps infini et ne comptait plus ses brûlures quand elle découvrit un petit enfant, terrorisé, qui s'était réfugié sous une table et avait ainsi échappé à l'effondrement de la maison dans laquelle il se trouvait.

Elle le prit dans ses bras et le conduisit en lieu sûr avant de repartir à la recherche d'éventuelles victimes restées au milieu des décombres. Autour d'elle villageois, servantes et hommes d'armes allaient et venaient dans un concert de cris et de plaintes, les uns transportant des brûlés, les autres les quelques meubles et ustensiles qui avaient pu être sauvés de la fournaise.

Au-dessus du vacarme que firent en s'effondrant les derniers éléments du donjon, elle perçut le hurlement d'un homme dont elle crut reconnaître la voix. S'enfonçant dans l'imbroglio de poutres et de solives entremêlées, elle parvint jusqu'à l'endroit d'où était parti le cri. Plissant les yeux pour tenter de voir au milieu des tourbillons de fumée, elle finit par distinguer un grand diable au visage couvert de suie qui s'agitait en essayant de libérer sa jambe coincée par un madrier incandescent.

— Teague ! fit-elle, épouvantée, en le reconnaissant.

— Allez-vous-en !

— Vous êtes prisonnier ?

— Oui… Sauvez-vous avant que le reste du bâtiment ne s'effondre sur nous.

Anwen lança un regard autour d'elle pour voir si elle ne trouvait pas un outil qui aurait pu servir à dégager Teague, mais il n'y avait que des poutres et des pièces de charpente enflammées ou finissant de se consumer.

— Donnez-moi votre main, dit-elle en la lui saisissant tandis qu'elle le prenait sous le coude.

Elle tenta de le tirer de toutes ses forces mais un bruit inquiétant se fit entendre au-dessus de leurs têtes. Toute la structure vacillait et menaçait de les écraser.

— Partez tout de suite avant qu'il ne soit trop tard !

Le traître entravé par un madrier en feu dans une grange vouée à disparaître dans une fournaise digne de l'enfer ! Le diable de Gwalchdu qui avait trahi les Gallois, livré Brynmor au roi d'Angleterre, rendu fou de rage Urien, et qui l'avait gardée prisonnière pendant un mois, se trouvait à son tour prisonnier. Or, c'était du château rival, de Brynmor dévoré par les flammes.

C'était d'une perfection diabolique. Sa propre maison, qui ne serait bientôt plus qu'un tas de cendres, allait le tuer… Ce même Teague qui la suppliait de partir, qui dans sa situation dramatique ne pensait qu'à la sauver et qui, maintenant, avait besoin d'elle.

— Il faut que je trouve de l'aide !

— Non, c'est trop dangereux ! Allez-vous-en et ne revenez pas !

Prisonnière de son regard et incapable de lui lâcher la main, elle restait près de lui dans l'attente d'un dénouement, quand un sursaut d'espoir la souleva et lui donna la force de se détacher de lui et de courir chercher de l'aide.

Elle se lança à travers les décombres de Brynmor dans l'espoir de trouver Peter. Elle n'avait pas parcouru cent mètres quand, par miracle, elle se trouva nez à nez avec lui.

La voix étranglée par les larmes car elle ne savait si Teague était encore en vie, elle fit comprendre au capitaine de la garde de Gwalchdu dans quelle situation dramatique était son seigneur lige.

Elle prit conscience, à cet instant, que le regard de Teague exprimait un amour insondable quand elle l'avait vu pour la dernière fois. Il ne la quittait pas des yeux alors qu'il lui demandait de partir et, outre l'amour, il y avait dans son expression une immense tristesse comme s'il pressentait qu'il ne la reverrait plus jamais.

Il la suppliait de fuir et il savait qu'elle ne reviendrait pas…

— Pitié, Seigneur ! s'écria Anwen d'une voix enrouée en courant au milieu des flammes et des nuages de fumée…

Chapitre 15

Anwen entendit le crissement du gravier sous son oreille et ouvrit les yeux pour voir la rivière s'écouler devant elle.

Elle ne savait pas ce qu'elle faisait là ni comment elle s'y était retrouvée. Sans les éclats de voix des villageois et le bêlement des brebis, elle ne serait pas sortie de la torpeur dans laquelle elle était tombée. Se dressant sur un coude, elle laissa échapper un gémissement. Ses mains fraîchement bandées la faisaient souffrir comme si des dizaines d'échardes y étaient plantées.

— Comment vous sentez-vous ?

Elle tourna la tête et vit Rhain se pencher sur elle.

— Où est Teague ?

— Il s'est réveillé avant vous.

Quand s'était-elle endormie ? Elle se souvenait de s'être étendue dans l'herbe, avec Teague à ses côtés. Il passait la main dans son dos, lui massait doucement les reins…

Elle se leva et aussitôt aperçut Teague. Ses cheveux étaient mouillés et il avait revêtu des vêtements propres. Seul le bandage autour de sa jambe rappelait la nuit infernale qu'ils venaient de traverser. Il était en conversation avec Peter auquel il indiquait du doigt des gens d'armes dressant des tentes.

— Comment va sa jambe ?

— Il ne m'en a pas parlé.

— Elle était coincée sous un madrier incandescent…

Il a été sérieusement brûlé. Sa plaie doit être soignée avec beaucoup d'attention.

Prenant conscience, soudain, que Rhain la regardait avec insistance et qu'elle ne lui parlait que de son frère, elle reprit :

— Vous êtes arrivé très vite.

— J'étais dans la tour de guet de Gwalchdu quand j'ai compris, aux lueurs qui éclairaient le ciel du côté de Brynmor, qu'un incendie s'y était déclaré. J'étais déjà en chemin quand j'ai rencontré le messager de Teague. Je l'ai envoyé à Gwalchdu avec pour mission de revenir à Brynmor avec des hommes et des vivres.

Anwen aperçut Melun, enveloppé dans une couverture et assis au milieu d'un groupe de villageois du même âge que lui et, un peu plus loin, Ffion qui soignait un blessé, son sac de cuir rempli d'herbes médicinales pendant à sa ceinture. Elle avait beau les chercher des yeux, elle ne vit ni Aliénor ni Urien, mais une boucle de la rivière l'empêchait de voir en amont ceux qui s'étaient rassemblés sur sa berge.

— Aussi longtemps que le temps le permettra, le campement restera ici, expliqua Rhain qui venait de lui donner le bras pour la soutenir. Mais dès que tout ce qui aura pu être récupéré dans les braises de Brynmor sera rassemblé ici, nous prendrons le chemin de Gwalchdu. Teague a pris la décision d'y accueillir tous ceux qui n'ont plus de toit.

— Il ne reste rien de Brynmor ?

— Le donjon est entièrement détruit. Il reste bien quelques bâtiments, mais l'incendie s'est étendu jusqu'à la palissade d'enceinte. Il y a tant de dégâts que cela ne vaut pas la peine de réparer ce qui subsiste.

D'autant moins que Brynmor était loin d'être parfait, pensa Anwen. Ainsi, sa maison était anéantie.

— Que peut-on faire ?

— Comme je vous l'ai dit, nous avons apporté des provisions de Gwalchdu pour nourrir tous vos gens et nous y transportons les plus grands brûlés pour qu'ils y soient soignés au plus vite. Cela s'accomplit lentement car Teague insiste pour que les déplacements se fassent sous protection.

— Sous protection ? Mais pourquoi ?

— Vous devriez vous reposer, Anwen, dit Teague qui venait de les rejoindre.

Il avait des cernes profonds et un pli au coin des lèvres qui trahissaient son immense fatigue. Il ne parvenait pas non plus, malgré ses efforts, à dissimuler une certaine claudication liée à sa blessure à la jambe. Mais malgré tout cela, il apparaissait toujours aussi indomptable que les hauts murs de Gwalchdu.

— Vous aussi, répondit Anwen. Je voudrais seulement savoir ce que je peux faire pour me rendre utile ?

— Vous ne savez pas vous arrêter, n'est-ce pas ?

— L'autour est mon rapace préféré. Or, il ne cède jamais devant l'adversité.

— Oui, mais il est aussi entêté jusqu'à la bêtise.

Rhain porta son regard de Teague à elle.

— Je crois que je vais vous laisser. Il y a des chevaux à soigner.

Anwen leva les yeux sur Teague.

— Merci pour toute l'aide que vous nous apportez.

Teague la regarda avec intensité.

— C'est moi qui devrais vous remercier.

— C'est très généreux de votre part d'emporter les blessés dans votre forteresse… Rhain m'a dit que vous proposiez à ceux qui n'avaient plus d'habitation de venir vivre à Gwalchdu. Vous ne tirerez guère de profit de ces arrangements.

L'éclat qui brillait dans les yeux de Teague un instant plus tôt s'éteignit.

— Qu'importe… Ce n'est que justice.

— Je croyais que les Anglais ne connaissaient pas ce mot.

— J'en ai appris le sens très jeune.

Anwen se garda de l'interroger. Elle craignait, en effet,

qu'en le connaissant mieux elle ne se sentît encore plus proche de lui. Cet homme de pouvoir qui régnait sur le destin de ses semblables et décidait à leur place… Pire encore ! Non seulement lui devait-elle sa propre vie mais aussi celle des Gallois de Brynmor !

Toute la nuit, elle avait lutté pour sauvegarder ce qui pouvait l'être du château de son enfance, mais elle l'avait également vu, lui, le sire de Gwalchdu, aux prises avec l'incendie, sauvant les vies les unes après les autres. Et, à présent, il faisait preuve d'une générosité et d'une compassion qu'elle ne pourrait jamais lui rendre. Sa vie devenait si mêlée à celle du traître de Gwalchdu qu'elle ne savait pas si elle serait jamais libérée de lui.

Il prit délicatement, à cet instant, sa main bandée et la garda tendrement dans la sienne. Une expression sombre descendit sur son visage quand, arrachant son regard de leurs mains jointes, il le plongea dans ses yeux.

— Nous n'avons pas retrouvé Urien.

Anwen hocha la tête. En mauvaise santé, encombré par son trop grand poids, Urien n'avait pu, sans doute, échapper aux flammes. Après l'avoir autant détesté, elle ne feindrait pas de le regretter, mais il y en avait une qui serait anéantie en revanche…

— Il faut que je trouve Aliénor… Elle va avoir besoin de moi…

Teague pressa sa main comme pour la retenir.

— Teague ?

Son regard devint plus tendre et d'une infinie tristesse.

— Non…, murmura Anwen. Ce n'est pas possible…

Elle lui reprit sa main qu'elle avait momentanément lâchée et, le regard levé au ciel :

— Non, non, ce n'est pas possible…, répéta-t-elle dans un gémissement.

De grosses larmes se mirent à couler le long de ses joues.

Les vêtements déchirés et noircis, Robert s'approcha d'eux. Il avait les cheveux et les mains couverts de suie.

— Robert..., fit Anwen. Où étiez-vous ?

Il détourna le regard comme s'il avait quelque chose à se reprocher.

— N'étiez-vous pas son protecteur ?

Craignant certainement qu'aveuglée par la douleur elle ne commît quelque injustice contre Robert, Teague la prit par le bras et l'entraîna à l'écart. Ils longèrent la rivière en amont jusqu'à ce qu'ils fussent seuls.

Après avoir longuement pleuré, Anwen éprouva une impression de vide et de faiblesse indescriptible. Teague lui caressait le dos inlassablement en lui murmurant des paroles tendres qu'elle entendait à peine.

— Où est-elle ? demanda-t-elle dans un murmure.

— Robert s'occupe d'elle.

Anwen ravala sa salive pour effacer le nœud qui s'était formé dans sa gorge.

— Où ?

— Ce n'est pas...

— Dites-moi où elle est ! s'exclama-t-elle en lui martelant la poitrine de ses poings.

Teague indiqua du menton un bosquet sur une colline dominant la rivière.

Anwen, gagnée soudain par la mauvaise conscience, s'élança vers le sommet de la colline. Elle s'en voulait terriblement de n'avoir pas été là quand sa sœur avait besoin d'elle. Si elle n'était pas partie au cœur de la nuit, peut-être l'aurait-elle sauvée ou bien serait-elle morte avec elle...

Elle atteignit la crête quand l'aube naissante commençait de dissiper les étoiles et les derniers rayons de lune. Une silhouette masculine s'inclinait sur un corps étendu à terre au milieu d'un cercle de jeunes bouleaux dont les feuilles frissonnaient dans la brise.

Anwen s'approcha tout doucement, sans un bruit.

Aliénor, couchée dans l'herbe, avait le visage si pâle... Il était auréolé de ses cheveux blonds dont l'or contrastait avec le vert sombre de l'herbe. Ses mains aussi blanches que son visage étaient jointes sur son ventre. Elle semblait dormir dans la clarté pure du matin.

Agenouillé près d'elle, Robert était secoué de sanglots. Par moments, dans un geste convulsif, il se saisissait de la jeune fille et la serrait dans ses bras puis il la caressait avec tendresse en versant des torrents de larmes.

Robert de Dent, l'Anglais, l'ennemi juré des Gallois, sanglotait sur le corps d'Aliénor de Brynmor !

Anwen resta un long moment figée, bouleversée par le tableau dramatique qu'elle avait sous les yeux puis, par discrétion, pour ne pas troubler dans son affliction un homme dont elle comprenait que la souffrance était encore plus profonde et intolérable que la sienne, elle tourna silencieusement les talons et redescendit jusqu'à la berge de la rivière.

En arrivant au campement, Anwen chercha des yeux Melun en espérant qu'il aurait une besogne à lui confier. Elle avait besoin d'avoir l'esprit occupé pour ne plus penser en permanence à la scène sous les bouleaux, dont elle aurait voulu ne jamais être le témoin.

Elle entendit vaguement, soudain, quelqu'un l'appeler par son nom… Elle se retourna et ne fut pas surprise de voir Teague qui la fixait de ses yeux impénétrables. Il lui disait quelque chose, mais elle ne percevait pas le son de sa voix. Un vide immense s'était creusé en elle et ses oreilles bourdonnaient comme si elle eût été sous une sonnerie de cloches dans la tour d'une cathédrale.

Il lui fit signe, enfin, de venir et, tel un automate, elle le suivit. Ils longèrent la rivière puis gravirent la colline et atteignirent la hutte de chasse, à l'écart de tous et de tout.

Teague y était sûrement retourné car le feu y brûlait toujours aussi vivement, répandant une douce chaleur dans la pièce. Anwen, qui était gelée, en éprouva un bien-être physique, mais cette sensation ne franchit pas la barrière de son cœur figé dans la douleur.

Teague la fit asseoir sur le tabouret près de l'âtre.

— Elle était bien plus pour vous qu'une simple personne auprès de laquelle vous auriez grandi, n'est-ce pas ?

Anwen acquiesça d'un signe de tête.

— Nous étions sœurs… enfin, demi-sœurs… Je suis la fille illégitime d'Urien.

Teague prit un linge et le plongea dans un chaudron d'eau chaude.

— Me permettez-vous ? demanda-t-il.

Lui s'était lavé, mais elle-même avait les mains, et certainement le visage encore noirs de suie. Dans l'intimité de cette pièce, avait-elle envie de son attention alors qu'elle était si blessée intérieurement ? se demanda-t-elle.

Mais sans attendre sa réponse, Teague lui prit la main et lui fit étendre le bras.

— L'eau est bien chaude… Vous verrez… Cela vous fera du bien. Ce sera plus agréable que l'eau glacée de la rivière où, ce matin, je me suis moi-même lavé. Et vous pourrez vous changer. Je vous ai apporté des vêtements propres.

Ce ne fut pas sa prévenance qui la conduisit à accepter ses soins — cela l'aurait plutôt mise sur ses gardes —, mais le silence ému dont il l'avait entourée depuis l'annonce de la mort d'Aliénor. De toute façon, c'était sans conséquence de se laisser laver par lui.

— Comment va votre jambe ? s'inquiéta-t-elle.

— Le baume de Ffion agit merveilleusement. Je vous en ai apporté. Nous pourrons en enduire vos brûlures.

Teague défit les bandages qui protégeaient ses mains, qu'il commença à laver délicatement avec le linge ruisselant d'eau.

— Qu'est devenue votre mère ? demanda-t-il.

— On m'a dit que c'était une jeune servante qui sortait à peine de l'enfance. Dès ma naissance, j'ai été confiée à une nourrice. Bien que bâtarde, j'étais la fille d'un prince gallois et ne pouvais être laissée à une simple domestique. Je ne sais pas ce qu'elle est devenue. Plus tard, Melun m'a prise sous sa coupe et m'a servi de père.

Sa respiration s'accéléra tout à coup et elle fut prise de tremblements comme si une fièvre la gagnait.

— J'ai froid, dit-elle en frissonnant.

— C'est la fatigue et l'émotion. Cela ira mieux après. Vous avez besoin de repos.

Anwen ne voulut pas discuter avec lui, mais elle redoutait que la sensation glaciale qui avait envahi son cœur n'y demeurât à jamais.

Alors qu'elle claquait des dents, elle examina ses mains et ses bras sur lesquels, après les avoir séchés, Teague étalait doucement le baume de sa tante.

Elle avait envie de pleurer, mais les larmes ne coulaient pas. Elle était trop épuisée et pour sangloter et pour protester quand Teague lui écarta les cheveux du visage et se mit à l'essuyer à l'aide d'un autre linge humide.

— La vie d'Aliénor ne s'est pas arrêtée, dit-il d'une voix douce et chaude. Elle se poursuit en vous. Lorsque, le premier soir, pour le souper, votre sœur est arrivée dans la grande salle, j'ai cru vous voir à cause de sa chevelure d'or qui captait la clarté des flambeaux et des chandelles comme la vôtre.

— Cela suffit, dit Anwen en voyant Teague prendre un nouveau linge qu'il plongea dans une autre bassine dont l'eau fumante était transparente.

Elle aurait dû aller se laver dans la rivière. C'eût été plus rapide que les soins attentifs de Teague accompagnés de tendres paroles.

— Encore un peu, répliqua-t-il alors qu'il lui tenait l'autre main et commençait de laver son bras en ayant soin de ne pas la blesser là où les brûlures étaient plus évidentes. Aliénor avait les yeux et les cheveux plus clairs que vous, mais elle avait la même fossette au menton et la même démarche gracieuse. J'ai compris tout de suite en la voyant approcher de la table que vous aviez le même père.

Anwen baissa les yeux sur ses mains plus épaisses que celles de sa sœur qui n'avait jamais travaillé.

— Lorsque nous étions petites, nous jouions à celle qui récolterait le plus de fleurs dans le plus bref délai. C'était toujours elle qui gagnait car j'étais trop impatiente et malmenais tellement les fleurs que je cueillais, qu'à la fin une bonne moitié avait perdu ses pétales. Aliénor était la plus douce et la plus gentille de nous deux, et c'est elle qui est partie.

— C'est vrai qu'elle était très douce… Elle me semblait remplie de bonté… Elle n'avait pas votre vigueur ni votre franc-parler, mais elle vous ressemblait sur bien des points. Elle continuera de vivre en vous qui gardez la mémoire de tous les instants que vous avez partagés.

Anwen ne put retenir ses larmes, cette fois, et elle ne repoussa pas Teague qui la prit dans ses bras et la tint serrée contre lui, sa tête calée sur sa large poitrine.

Lorsqu'elle cessa enfin de sangloter, le soleil déclinait déjà à l'horizon. Mais son déclin n'était pas responsable du froid qu'Anwen continuait de ressentir. Elle en connaissait la cause et elle craignait que cet état ne devînt permanent pour elle. Lorsque Teague la serrait dans ses bras, du moins n'était-elle pas sujette à cette impression glaciale. Elle avait arrêté de pleurer, cependant, et il n'avait plus aucune raison de la réconforter. Pour qu'il la reprît dans ses bras, il aurait fallu qu'il, ou plutôt, qu'elle…

Elle se leva alors et de ses doigts fébriles se mit à défaire les lacets de sa robe qui ne tarda pas à glisser à terre. Elle fit de même avec les lacets de ses bottes puis avec ceux de sa chemise…

— Que faites-vous ? s'exclama Teague, surpris.

— Je voudrais que vous laviez le reste de mon corps, répondit-elle en retirant sa chemise.

Elle aurait dû éprouver un plus grand froid encore mais avec Teague tout près d'elle, qui la dévorait des yeux, elle ressentait au contraire une chaleur excitante. Il ne se décidait pas, cependant, à la toucher. Aussi souleva-t-elle le couvercle du chaudron d'eau pour en vérifier la chaleur.

— Il faudrait commencer par les cheveux, murmura-t-elle.

— Mais je ne vous ai pas emmenée ici pour cela… Je sais que vous ne voulez pas…

Elle n'avait jamais connu d'homme, mais ne trouvait pas d'autre moyen d'avoir les bras de celui-ci autour de sa taille. Elle ne voulait qu'une chose : faire cesser la souffrance qui lui oppressait la poitrine.

— Couchez avec moi, dit-elle avec fermeté.

Mais pourquoi hésitait-il ? pensa-t-elle. Il ne lui facilitait pas la tâche.

— Faites-moi l'amour, insista-t-elle. Maintenant… Tout de suite…

— Pourquoi me demandez-vous cela ?

Anwen prit un air interloqué. Quelques heures plus tôt, il n'avait eu que cela en tête. L'incendie l'avait-il aussi brutalement transformé qu'elle-même ? Cela lui était égal. La seule évocation de leurs corps unis lui réchauffait le cœur. Et elle avait besoin de chaleur.

— Je ne veux pas être seule, dit-elle.

— Vous ne me sollicitez que parce que vous êtes malheureuse et que vous vous sentez abandonnée.

— Eh bien, faites-moi éprouver le contraire.

Teague laissa échapper un soupir d'exaspération. Son regard s'était assombri sous l'effet du désir.

— Je devrais vous répondre non, fit-il, changeant soudain de ton.

— Pourquoi ? C'était bien ce que vous vouliez.

Elle ne savait pas quoi faire pour le décider. Elle avait

l'impression qu'elle allait avoir une crise de nerfs s'il ne la prenait pas.

— Plus maintenant… Je veux davantage à présent. Pendant l'incendie, vous êtes revenue auprès de moi malgré le danger. Savez-vous ce que cela signifie ?

— Vous ne voulez pas de moi ?

Il la rejetait ! Non, elle ne voulait pas le croire…

Avant qu'il ne s'éloignât d'elle et la laissât seule ici, elle étendit le bras et lui caressa délicatement le cou. Ce geste rapprocha son buste du sien, et la pointe de ses seins vint se frotter à la poitrine de Teague qui retint son souffle en même temps qu'elle.

Ils restèrent immobiles, comme figés dans l'incertitude, puis Teague s'inclina vers elle et, suprême bonheur, elle sentit ses lèvres contre les siennes.

— Si, répondit-il en relevant la tête. Je te veux…

Sur ces mots, il s'empressa de retirer ses vêtements qu'il jeta au loin. Quand il fut nu à l'exception de ses braies et du bandage autour de sa jambe, il se pencha pour prendre le chaudron et s'approcha d'elle.

— Nous allons mettre de l'eau partout.

— C'est sans importance.

Fermant les yeux, Anwen plaça la tête sous le chaudron que Teague soulevait. Elle sentait son regard sur elle. C'était une sensation merveilleuse. Quelque chose qu'elle n'avait jamais connu.

L'eau chaude coula sur sa tête puis ses épaules, roula sur le bout de ses seins, le long de son ventre, entre ses cuisses… Un son rauque sortit de la gorge de Teague.

Anwen ouvrit les yeux…

L'eau avait rejailli sur lui. Des gouttelettes couraient le long de sa poitrine et de ses bras jusqu'à son ventre plat sillonné de muscles. Mouillées, ses braies collaient à son corps, révélant son désir.

Il prit un autre récipient et, alors qu'Anwen posait les mains à plat contre sa poitrine, il souleva sa chevelure et la disposa de manière à ce qu'elle reçût tout le flot d'eau qui lui retomba ensuite en cascade sur les reins.

Aussitôt, Teague prit un troisième et dernier chaudron et en versa à nouveau le contenu sur elle. À peine l'eut-il reposé à terre qu'il la prit dans ses bras, mais dans un élan mesuré, la tenant serrée contre lui comme si elle avait été fragile et infiniment précieuse.

Anwen rouvrit les yeux et rencontra le regard brun de Teague, profond et attirant comme un mirage…

— Patience, fit-il. Je vais sécher tes cheveux et ton corps.

Il prit une serviette chaude pendue près de l'âtre et en enveloppa sa chevelure qu'il frictionna doucement avant de lui essuyer les épaules, la poitrine, le ventre, les cuisses, les jambes, les pieds…

— Retourne-toi, dit-il en prenant une autre serviette.

Il la passa dans son dos, insista sur les reins et les fesses, descendit le long des jambes…

À genoux derrière elle, il l'enlaça, traçant un sillon avec ses lèvres dans le creux de ses reins.

— Cela chatouille, fit Anwen en remuant les hanches.

Teague appuya alors la joue sur son dos et, levant les bras, cueillit sa poitrine dans les paumes de ses mains.

Après quelques instants de pur délice, Anwen le sentit se redresser puis il la fit se retourner vers lui avant de lui prendre délicatement les mains.

— Est-ce qu'elles te font mal ?

Elle fit non de la tête alors que les brûlures qu'elle avait subies continuaient de la faire souffrir.

— Et toi ? fit-elle. Comment va ta jambe ?

— Mieux… Tu m'as sauvé la vie.

— Je te devais la mienne, n'est-ce pas ?

Un voile de tristesse passa sur le regard de Teague qui dût croire que c'était pour cela qu'elle était prête, maintenant, à se donner à lui.

— Mais je veux autre chose, à présent, reprit-elle. Quelque chose de plus fort.

— Oui, fit-il, apparemment rassuré.

Un sourire s'esquissa sur ses lèvres alors qu'il lui enveloppait la poitrine de ses mains. Il caressa des pouces la pointe de ses seins avant de se pencher et de les emprisonner tour à tour entre ses lèvres. Un frisson voluptueux courut le long du corps d'Anwen qui n'avait jamais rien éprouvé de semblable.

Teague se porta plus bas, traçant un chemin de baisers de sa poitrine à son nombril et de son nombril au bas de son ventre alors que ses doigts s'aventuraient dans les boucles soyeuses de son intimité. Une petite pression contre le bouton de chair qui la tourmentait lui arracha un gémissement.

Sentant qu'elle était mûre pour l'accueillir, Teague glissa les doigts en elle et commença un petit mouvement rythmique.

Rapidement, elle arrêta sa main.

— Je te fais mal ?

— Non, c'est que…

C'était que… Elle le découvrait avec des yeux étonnés et ravis à la fois. Il s'était débarrassé de ses braies et se dressait nu devant elle. Elle n'avait jamais vu un homme nu. Elle avait été témoin, certes, de son entraînement avec ses gens d'armes et avait été fascinée alors par la beauté athlétique de son corps mais, maintenant qu'elle prenait la mesure de toute son anatomie, elle restait sans voix, comme hypnotisée. Or, il était là, à la portée de sa main.

Elle avança les doigts et toucha sa peau, sentit sa pilosité sur le ventre, les cuisses, remonta jusqu'à ses épaules, suivit le dessin de ses clavicules et arrêta la main sur son cœur qui battait rapidement comme le sien.

Teague la souleva dans ses bras et la fit étendre au milieu des fourrures puis, s'inclinant sur elle, il lui couvrit le ventre de baisers tandis que ses mains exerçaient une sorte de magie entre ses jambes…

Il se redressa pour contempler son visage. Elle devait

avoir les joues en feu et remuait la tête sans comprendre ce qu'il lui arrivait.

— Qu'est-ce que tu fais ? demanda-t-elle d'une voix entrecoupée.

À chaque mouvement de ses doigts en elle, il lui semblait qu'elle était un peu plus liée à lui, un peu plus entravée.

— Arrête…

Elle avait l'impression que ce qui les réunissait allait se rompre, soudain, et s'enfuir. Mais devinant son impatience, Teague, d'une main ferme, l'ancra solidement sur la paillasse tandis que de l'autre main il poursuivait ses exquises tortures…

— Laisse-toi aller, dit-il. Ne résiste pas. Je veux seulement te donner du plaisir.

Anwen réussit à dompter sa peur et cessa de se cabrer. Rapidement, son corps s'adapta aux caresses de Teague et, soulevant les hanches, elle se mit à épouser le mouvement de ses mains par son propre rythme et à s'abandonner au plaisir qu'il lui dispensait.

Elle perçut une transformation en lui. Son souffle était plus rapide et sa peau luisante. Elle-même éprouvait un vide douloureux… elle ne pouvait plus attendre…

— Assez, fit-elle en lui saisissant le poignet.

Il appuya le front contre son épaule, pressant les lèvres contre sa peau…

— Je ne veux pas que tu aies mal… Ce serait mieux si…

— Non… J'ai besoin de te sentir en moi.

Elle l'enlaça et l'attira contre elle.

— Viens, Teague… Maintenant…

Il se positionna au-dessus d'elle et vint lentement à son contact, laissant glisser son membre contre sa féminité, augmentant encore de cette manière son désir et son impatience. S'immobilisant, il plongea le regard dans le sien puis recommença son mouvement.

Haletante, elle le suppliait de ses yeux humides.

Il glissa alors une main sous elle, la souleva et, soudain, la pénétra…

Anwen réprima un cri puis, comme la douleur s'estompait rapidement et que le besoin d'être comblée grandissait de nouveau en elle, elle l'encouragea à reprendre son mouvement en lui caressant le dos.

Comme il tardait, elle cambra les reins pour mieux le sentir en elle. Laissant échapper un gémissement, Teague releva les hanches puis la pénétra plus profondément et répéta son geste tandis qu'elle se mettait à pousser de petits cris.

— Anwen, fit-il, le souffle rauque, contre son oreille.

Ils se figèrent tous les deux, savourant l'intensité de leur union avant qu'il ne se mît à imprimer un mouvement circulaire à ses hanches. Elle le suivit dans cette danse primitive…

— Oui… Encore, murmura-t-elle en nouant les jambes autour de ses reins.

Il reprit son mouvement de va-et-vient en l'intensifiant alors que les petits cris d'Anwen se multipliaient. Quand il sentit qu'elle avait atteint le paroxysme du plaisir, il donna libre cours au sien et, laissant échapper un son rauque, s'affaissa sur elle.

Il roula sur le côté après quelques instants et comme elle sentait la chaleur la quitter de nouveau, Anwen tira sur la couverture en fourrure qu'elle remonta jusqu'à ses épaules. Pour repousser la sensation de froid qui l'assiégeait, elle tourna le regard vers l'homme puissant, étendu près d'elle, duquel elle avait tiré une chaleur bienfaisante.

Couché sur le ventre, il avait la tête qui reposait sur son bras replié et respirait régulièrement comme s'il s'était endormi. Bientôt, cependant, il se dressa sur les coudes et la regarda avec tendresse. Comme il inclinait la tête vers elle, une mèche de ses cheveux lui caressa la joue, mais Anwen ne réagit pas.

— Tu es bien ? demanda-t-il.

La douleur laissée dans son âme depuis les derniers

événements y demeurait encore, mais elle était supportable tant qu'elle était près de Teague.

— Oui, répondit-elle.

Teague ferma les yeux comme s'il savourait cette réponse, bien qu'elle fût laconique et prononcée d'une voix incertaine.

Après quelques instants, il rouvrit les yeux et caressa sa joue avant de l'inviter à tourner le visage vers lui en plaçant un doigt sous son menton.

— Reconnais-tu, maintenant, ce qu'il y a entre nous ?

Cette simple question, loin de cimenter leur relation, ne fit que créer une fissure dans le cœur d'Anwen, qui s'écarta pour échapper à la main de son amant, mais sans le quitter des yeux.

Elle n'avait recherché sa présence que pour fuir la réalité et oublier momentanément la mort de sa sœur et la destruction de sa maison. Teague, de son côté, pensait qu'un lien véritable s'était tissé entre eux. Qu'en était-il ? Était-elle revenue vers lui à cause de ce lien ? Ou était-ce simplement pour trouver un réconfort auprès de lui ? Elle était incapable de répondre à de telles questions et savait que, de toute façon, sa douleur reviendrait.

— Je ne reconnais rien, répondit-elle enfin. Absolument rien.

— Ne mens pas… Tu es revenue me sauver dans l'incendie et tu viens de te donner à moi. Reconnais, Anwen de Brynmor, ce que tu ressens.

Elle s'était attendue à cette réaction arrogante, mais elle s'accompagnait d'une trop grande émotion qui la dérangeait. Aussi se retourna-t-elle pour ne plus le voir. C'était sans doute une réaction excessive, mais elle s'en moquait.

— Je reconnais que j'étais très malheureuse et que j'avais besoin de réconfort, mais, maintenant, c'est fini.

— Tu n'es pas sincère, rétorqua Teague d'un ton glacial.

Elle avait eu raison de toujours se montrer méfiante à son égard. Son arrogance confirmait ce qu'elle avait toujours pensé qu'il était : un pur seigneur des Marches rempli d'orgueil et avide de pouvoir.

Elle se redressa brusquement et sortit de leur couche. À la clarté de l'âtre, elle revêtit les vêtements propres que Teague lui avait apportés puis rassembla ses autres vêtements mélangés à ceux de son amant.

Tout en s'adonnant à cette tâche, elle s'efforçait d'oublier la chaleur qu'elle avait vue dans le regard de Teague alors qu'elle n'avait cherché qu'à oublier son malheur entre ses bras. Elle avait eu tort de se donner à lui. À présent, évidemment, l'insatiable seigneur de Gwalchdu étendrait son pouvoir jusque dans son lit.

Teague, d'ailleurs, la saisit par le poignet et la força à se retourner.

— Ce n'est pas fini entre nous.

— Ne me touchez pas ! fit-elle en lui arrachant son poignet de la main. Tout est fini au contraire.

Sur ces mots, elle précipita vers la porte qu'elle ouvrit brutalement, et disparut dans la nuit.

Elle ne se retourna pas. Elle se moquait de savoir que, probablement, il était sorti, les vêtements à la main, et qu'il la suivait des yeux, immobile comme une statue dans l'embrasure de la porte.

Entre lumière et obscurité, Teague fixait la silhouette d'Anwen qui se dissipait lentement dans les brumes nocturnes, et il restait là seul… irrémédiablement seul.

Chapitre 16

Teague s'étira pour apaiser les douleurs musculaires qu'il ressentait aux bras et aux épaules, et scruta la foule qui s'affairait dans le campement au bord de la rivière. Il ne vit nulle part Anwen et s'efforça de dissiper le malaise qu'il ressentait chaque fois qu'il ne la trouvait pas.

Il y avait presque quinze jours qu'il ne lui avait pas parlé ni ne l'avait touchée. Elle faisait de son mieux pour l'ignorer et il ne voulait pas la brusquer.

Elle lui avait dit que tout était fini, mais il n'en croyait rien. Depuis qu'il l'avait serrée dans ses bras, il avait mille fois plus besoin d'elle et n'avait pas l'intention de renoncer à elle.

Avait-il jamais rencontré une femme semblable ? Non. Il s'expliquait maintenant la réaction qu'il avait eue à son égard le jour où il l'avait vue pour la première fois et s'était dit qu'elle serait sienne. Or elle l'était à présent. Malgré la façon dont il l'avait traitée, elle était revenue auprès de lui pendant l'incendie, pour le sauver de la mort. Ce faisant, elle avait mis sa propre vie en péril.

Pourquoi avait-il mis si longtemps à se convaincre de sa loyauté ? Maintenant qu'il la connaissait mieux, il pouvait recenser toutes les fois où elle en avait fait preuve en sa présence. D'abord en grimpant à l'arbre pour épargner à Melun d'essuyer les foudres d'Urien puis dans la fauconnerie où elle avait évoqué son impatience de retourner auprès de sa sœur. Mais il n'avait jamais osé espérer qu'elle fût, un jour, loyale avec lui.

En quoi, d'ailleurs, le méritait-il, lui qui était responsable de la mort de sa sœur, de son père et de la destruction de sa demeure ? En effet, il avait compris que celui qui lui voulait tant de mal — son « ennemi » — avait essayé de l'atteindre en déclenchant un feu dans le donjon de Brynmor.

Teague avait une certitude aussi terrifiante qu'exaltante concernant Anwen. S'il n'était pas venu la chercher au cœur de la nuit, elle aurait péri dans les flammes tout comme Aliénor.

À l'examen des ruines du donjon, il avait compris que le feu avait débuté dans sa chambre ainsi que dans les chambres voisines. Autrement dit, en venant à Brynmor, il avait mis tous ses habitants en danger et provoqué la mort d'Aliénor et Urien.

Or, comment Anwen l'avait-elle récompensé du mal qu'il lui avait fait ? Elle avait risqué sa vie pour le sauver puis s'était donnée à lui.

Comment pourrait-il lui rendre ce qu'elle avait fait pour lui ?

En se tenant à l'écart d'elle tout en la protégeant, et en s'interdisant de la prendre dans ses bras pour ne pas la mettre en danger. Son ennemi, en effet, pourrait s'en prendre à lui par l'intermédiaire d'Anwen s'il apprenait quelle importance elle avait à ses yeux.

Teague était heureux qu'elle eût refusé de reconnaître ce qu'il y avait entre eux. Il savait dans quelle faiblesse pouvaient tomber les hommes quand ils étaient pris par les sentiments. Or, dans les circonstances actuelles, il se devait d'être fort.

Et le meilleur moyen pour lui de s'assurer de cette force, c'était de détruire les derniers liens qui l'unissaient à Anwen. Ce ne devrait pas être difficile puisqu'elle ne lui faisait pas confiance, songea-t-il. Et qu'en outre il pouvait augmenter cette défiance en l'informant des menaces qu'il avait reçues. Il était sûr qu'elle ne lui pardonnerait pas la mort de sa sœur puisqu'il ne se la pardonnait pas non plus.

— Certaines familles refusent de coopérer.

Rhain, qui venait de s'approcher de lui, déposa dans la charrette la selle de cheval qu'il tenait entre ses bras.

— Quelles raisons invoquent-elles cette fois ? demanda Teague en jetant dans la charrette plusieurs harnais qui tombèrent avec un cliquetis métallique.

Il avait travaillé sans relâche depuis deux semaines pour essayer d'effacer les dégâts laissés par le feu. Il ne restait presque plus rien du donjon et des autres bâtiments, et ce qu'il en restait ne méritait pas d'être réparé. Il valait mieux pour les habitants de Brynmor qu'ils aillent vivre à Gwalchdu où ils seraient à l'abri et sous la protection de solides murs.

Heureusement, jusqu'à ce jour, le temps n'avait pas été vraiment mauvais. Il n'y avait eu que de faibles pluies. Mais on sentait venir le froid.

— Aucunes, répondit Rhain. Elles refusent simplement de partir pour Gwalchdu et se sont déjà installées dans les granges, les étables et les bergeries à l'extérieur de l'enceinte de Brynmor.

— Elles ne peuvent pas y rester. Elles y seraient trop vulnérables si une troupe de soudards venait à passer par ici.

— Certes, mais ces gens ne sont pas vraiment en faveur des Anglais. Ils ne veulent pas de ta protection.

— Je suis à moitié gallois.

Rhain, d'un regard, lui fit comprendre que son argument ne valait rien.

— Donne-leur une motivation pour partir, répondit Teague en s'arrêtant de charger la charrette. Dis-leur que nous leur procurerons de véritables logements et qu'ils recevront des subsides pour passer l'hiver.

Rhain émit un petit sifflement.

— Tu oublies qu'ils se comptent par centaines. Tes coffres risquent de se vider rapidement. Et il y en a qui en profiteront et abuseront de ta générosité.

Teague lança un regard au-dessus de l'épaule de Rhain comme s'il avait cherché une réponse quelque part dans l'animation du camp.

— Qu'importe, répondit-il. Je ne prendrai pas le risque d'exposer à la mort d'autres gens de Brynmor.

— Tu te sens coupable ? fit Rhain en croisant les bras sur sa poitrine. Qu'est-ce qui t'inspire de telles réflexions ?

— Le départ de l'incendie a eu lieu dans ma chambre puis il s'est communiqué à la chambre d'Urien, à celle d'Aliénor et, enfin, celle d'Anwen. Il s'est propagé trop vite pour n'être pas d'origine criminelle. S'il avait été accidentel, il aurait commencé à un endroit précis et, de là, se serait répandu lentement en laissant aux habitants du donjon le temps de fuir.

— Deux d'entre eux sont morts dans les flammes. Nous pouvons d'ores et déjà les éliminer de la liste des suspects.

— Certes, mais cela ne nous rapproche pas de la vérité. Pourquoi déclencher un feu dans ma chambre en mon absence ?

Rhain haussa les épaules.

— Il apparaît à travers ses actions que notre ennemi n'est pas gouverné par la raison.

— C'est de la pure folie de détruire un château et mettre en danger tous ses habitants simplement pour m'atteindre. Et tout cela pour rien puisque je suis toujours en vie.

— L'ennemi a quand même réussi à t'ébranler. Tu es très affecté par ce qui s'est passé.

Affecté était un euphémisme, pensa Teague en continuant de chercher des yeux une chevelure blonde aux reflets d'or. Il allait devoir se mettre à la recherche d'Anwen s'il ne l'apercevait pas rapidement. Elle n'était pas en sécurité avec cet ennemi sans scrupules. Or, il ne permettrait jamais qu'on fît du mal à la jeune fille.

— Tu regardes encore par-dessus mon épaule, remarqua Rhain d'un air mi-amusé. Peut-être t'inquiètes-tu pour une personne en particulier ? Après tout le temps que tu as passé auprès d'Anwen pour la ramener à la vie, tu ne voudrais pas que ces efforts eussent été accomplis en vain.

Teague foudroya son frère du regard.

— Je vois que tu n'es pas dans ton état normal, frérot. Je vais te laisser à ta réflexion.

— Rappelle-moi de t'apprendre à dire les choses simplement, fit Teague en soulevant une selle.

S'approchant pour prendre l'autre côté de la selle et l'aider à la déposer dans la charrette, Rhain répondit :

— Je pense que ce que tu ressens est assez simple à expliquer, mais si tu refuses de voir ce qui est, ce n'est pas à moi de te le révéler.

— Il est de ma responsabilité d'assurer la protection d'Anwen et de tous ceux qui à présent dépendent de Gwalchdu ! Assure-toi simplement que tous les habitants de Brynmor soient transférés à Gwalchdu. Je n'accepterai pas d'autres prétextes de leur part pour ne pas exécuter mes ordres.

— Bien, messire, fit Rhain en s'inclinant.

Anwen observait la rive opposée. Le lendemain, elle traverserait la rivière pour aller vivre de l'autre côté, à Gwalchdu. Même s'il ne lui restait plus rien à Brynmor, elle voulait se convaincre que cela n'aurait pas lieu.

Aliénor était enterrée au milieu du cercle que formaient les bouleaux, là où Robert lui avait apporté les derniers soins le lendemain de sa mort. C'était un lieu magnifique, et de savoir que sa sœur dormait là pour l'éternité soulageait un peu la douleur d'Anwen.

Melun était parti pour Gwalchdu quelques jours après l'enterrement d'Aliénor. Il avait emporté avec lui les faucons rescapés de l'incendie. Quand elle eut soigné tous les blessés qui en avaient besoin, Ffion quitta à son tour le campement pour regagner la forteresse, en même temps qu'une grande partie des habitants de Brynmor. Anwen lui était vivement reconnaissante pour tous les soins qu'elle avait dispensés aux brûlés. Sans ses baumes miraculeux et sa volonté inébranlable, beaucoup, leurs blessures s'infectant, auraient perdu la vie.

Anwen, quant à elle, n'avait pas encore fait le voyage jusqu'à Gwalchdu, mais elle avait entendu dire que charpentiers et forgerons étaient déjà à l'œuvre et que plusieurs chaumières avaient été édifiées. Teague ne reculait pas devant la dépense. Il avait évoqué le devoir de justice, mais il allait beaucoup plus loin. Dans quel but ? Elle l'ignorait. Les habitants de Brynmor auraient pu être séparés et envoyés dans les divers hameaux environnant Brynmor et Gwalchdu.

Qu'il était difficile pour elle de concilier les deux aspects de Teague ! Comment pouvait-il être à la fois le traître, celui qui trompait son auditoire, et en même temps le généreux donateur qui relogeait les nécessiteux ? Le guerrier implacable et aussi l'amant qui lui avait dispensé tant de tendresse ?

Pourquoi ne cessait-elle de penser à lui alors qu'elle savait qu'il avait trahi les Gallois en épousant le parti du roi d'Angleterre ? Il était responsable de la chute de Brynmor et du pays de Galles. C'était un homme de pouvoir et de domination.

Cependant, elle avait cherché un réconfort auprès de lui lorsqu'elle était dans la peine et pleurait Aliénor. Ne lui avait-elle pas fait confiance dès la première fois où elle l'avait vu et qu'elle s'était jetée dans ses bras ? Elle se sentait en sécurité auprès de lui. Devrait-elle… ?

— Il faut que nous parlions.

Anwen se retourna et vit Teague qui se tenait près d'elle. Sa tenue et la fatigue qu'elle lisait sur son visage attestaient qu'il avait travaillé dur depuis plusieurs jours.

En posant les yeux sur ses grands bras musclés, elle se les

représenta autour de sa taille. Elle connaissait maintenant le grain de sa peau, l'odeur de ses cheveux… Il ne lui avait pas parlé depuis la nuit où elle s'était donnée à lui dans la cabane des chasseurs, et elle lui en était reconnaissante. Ce répit lui avait été nécessaire et lui avait permis d'ériger un mur autour d'elle. Vu la façon dont ses sens réagissaient en la présence de Teague, elle aurait dorénavant besoin de tout le système de défense qu'elle avait mis en place pour se préserver de ses attaques.

Teague n'attendit pas sa réponse pour s'éloigner à grands pas du campement et spontanément Anwen lui emboîta le pas.

Il longea la rivière encore une fois vers l'amont, mais ne s'en éloigna pas pour faire l'ascension d'une certaine colline. En était-elle déçue ? Non, pas vraiment. Il lui semblait que les moments intimes qu'elle avait partagés avec lui appartenaient à une autre vie.

Teague ne s'arrêta que lorsqu'il eut l'assurance que personne ne pourrait surprendre leur conversation. Il ne savait pas comment elle réagirait, mais il espérait qu'elle serait toujours furieuse contre lui. Ce serait le meilleur moyen pour elle de se défendre contre lui.

Il hésitait en la regardant. Elle n'avait pas été aussi près de lui depuis deux semaines. Le vent soulevait ses tresses dont quelques mèches s'étaient échappées et formaient des boucles angéliques autour de son visage. Il eut envie de les caresser, de sentir leur douceur soyeuse entre ses doigts, mais les anges pouvaient être vindicatifs et il avait de graves révélations à faire à Anwen.

On eût dit qu'elle le pressentait à la façon dont elle se tenait en face de lui, immobile comme une statue, les mains jointes devant elle.

— Tout est ma faute, déclara-t-il sans autre préambule. C'est à cause de ma présence que le feu s'est déclaré.

— Je ne comprends pas, fit-elle en posant les mains sur ses bras. En quoi êtes-vous responsable de l'incendie ?

— Vos mains sont froides…

Il les prit entre les siennes pour les réchauffer, mais dut résister à l'envie de se rapprocher encore d'elle et de la serrer dans ses bras.

Il n'eut pas à lutter longtemps car elle lui reprit brusquement ses mains.

— J'ai un ennemi, reprit-il.

— Cela ne m'étonne pas.

— Ce n'est pas ce que vous croyez… C'est récent et je crois que c'est une inimitié personnelle. Il y a plusieurs mois déjà que je suis harcelé par cet ennemi…

Teague laissa échapper un soupir d'exaspération avant de poursuivre :

— Il me laisse des messages. Ils me parviennent de façon irrégulière mais sont constants dans leur signification.

Anwen restait figée comme si elle avait été de marbre mais il percevait un tremblement dans ses mains. Elle semblait commencer à comprendre.

— Le premier était caché sous la selle du cheval de Rhain puis tous les autres accompagnaient la dépouille d'un petit animal sauvagement tué. Même si je ne comprends pas toujours le sens des mots tracés sur le message, je perce la signification symbolique du sacrifice qui l'accompagne. Celui qui me les fait parvenir veut ma mort et la destruction de Gwalchdu. C'est l'une des raisons pour lesquelles je suis venu à Brynmor. Je voulais vérifier si l'ennemi en venait ou non. Or, je soupçonne que c'est lui l'auteur de l'incendie.

Un voile sombre tombait sur le visage d'Anwen à mesure que le sens des paroles qu'il prononçait pénétrait sa conscience.

— Dois-je comprendre que j'ai perdu ma sœur, qu'Urien est mort et que des centaines de personnes n'ont plus de toit parce que vous avez choisi de venir à Brynmor alors que des menaces de mort pesaient sur vous ?

— Oui. C'est cela même.

Elle demeurait immobile, le visage décomposé.

— Aviez-vous déjà ces soupçons quand vous avez couché avec moi ?

Teague ne répondit rien.

— Bâtard ! s'écria-t-elle en tournant les talons.

Sourde aux salutations et à une voix qui ne cessait de l'appeler, Anwen traçait son chemin à travers les charrettes alignées, le bétail et la foule. Elle voulait fuir aussi loin que possible pour ne plus voir ni entendre le traître de Gwalchdu. Et elle ne remarqua la présence de Rhain que lorsqu'il la saisit par le bras pour l'obliger à s'arrêter.

— Je suis désolé, Anwen, Teague m'a appris qu'Aliénor était votre sœur.

Anwen hocha la tête en silence. Cette famille de Gwalchdu avait-elle pour vocation de l'humilier ? Elle ne voulait pas pleurer devant le frère du traître et s'empressa de porter les mains à ses yeux pour arrêter le flot de larmes qui en jaillissait, mais c'était trop tard. Elle avait l'impression désagréable de ne plus rien contrôler, en particulier ses accès de colère et de tristesse.

Comme elle restait muette, Rhain reprit la parole.

— Teague vous a parlé des menaces qu'il avait reçues ?

— J'aurais préféré ignorer cela.

— Si vous n'étiez pas tombée de votre arbre, vous ne l'auriez jamais su. Teague ne vous a transportée à Gwalchdu que parce que vous étiez entre la vie et la mort. Il connaissait les risques que vous couriez en venant chez nous. Tout le monde à Gwalchdu a une épée de Damoclès au-dessus de la tête.

— Peut-être, répondit Anwen, mais il n'y avait que des innocents à Brynmor.

— Il en est de même à Gwalchdu.

— Je n'en crois pas un mot. Les choix antérieurs de votre frère ont maculé de sang les pierres de Gwalchdu.

— Teague ne pouvait pas faire d'autres choix, répliqua Rhain d'une voix tendue.

Anwen sentait sourdre la colère en elle. Les choix du traître n'avaient pas d'autre but que d'étendre son pouvoir. Quelle idiote elle avait été de lui accorder sa confiance.

— Bien sûr, ironisa-t-elle. Et il est confortable pour un second d'entériner les décisions de son frère aîné.

— Ne dites jamais que c'est facile d'être le frère de Teague ! s'écria Rhain dont les beaux traits, soudain, s'étaient altérés. Vous ne savez rien de notre passé ni des sacrifices que nous avons dû faire.

Pourquoi perdait-elle son temps à lui parler ? Les deux frères étaient taillés dans le même bois.

— Je sais en tout cas que votre frère a détruit ma maison. Il m'a pris ce que j'avais de plus cher !

— Eh bien, une autre maison vous attend, répondit Rhain. Et vous aurez beaucoup à y faire.

Anwen pensa à tout ce qui l'attendait en effet : planter, récolter, bâtir des chaumières et soigner les blessés. Toute sa vie, elle avait aidé les gens de Brynmor, mais comment ferait-elle pour apporter sa contribution à ceux de Gwalchdu qu'elle ne voyait que comme des ennemis ?

— Les gens de Brynmor posent le même regard que moi sur Gwalchdu. Aucun ne voudra vivre sous la protection du traître.

— Ils y seront obligés. Teague a donné l'ordre que le pont-levis soit relevé et les herses baissées. Personne ne pourra sortir de Gwalchdu.

— Il veut nous y retenir prisonniers.

Rhain hocha négativement la tête.

— Il ne peut pas permettre aux gens de sortir alors que l'ennemi est parmi nous. Il fait cela pour vous protéger, vous autres de Brynmor. Il se sent responsable…

— C'est lui en effet le responsable de tous nos

malheurs ! l'interrompit Anwen. C'est à cause de lui si ma sœur est morte. Je voudrais, maintenant, que vous me laissiez tranquille.

— Vous savez très bien que cela n'arrivera jamais, fit Rhain en inclinant la tête de côté comme Teague en avait l'habitude.

Anwen eut un serrement de cœur en le voyant faire ce geste.

— Une part de vous-même, d'ailleurs, souhaite cette surveillance. Vous luttez contre vos propres désirs. C'est cela qui vous rend furieuse.

— Cessez vos suppositions qui ne correspondent à rien de réel, répondit-elle en lui faussant compagnie.

— Je vais partir, maintenant, fit Robert en posant la dernière caisse dans le chariot.

Teague se tourna vers lui. Robert avait changé de façon spectaculaire depuis l'incendie. On aurait dit que son âme s'était consumée dans les flammes et qu'il ne restait plus de lui qu'une coquille vide.

Teague s'était attendu à ce qu'il se retirât bien avant cela, mais lui était reconnaissant d'être resté pour aider. Ils avaient fait un excellent travail au cours des deux semaines qui venaient de s'écouler. Mais rien ne se serait passé ainsi si Robert n'avait pas réussi à convaincre les familles d'aller vivre à Gwalchdu. Teague lui en était infiniment redevable.

— Où comptes-tu aller ?

— Je retourne à la cour du roi Edouard. On saura y faire emploi de mon épée.

— J'en ai besoin aussi, Robert. Tu es le bienvenu ici…

— Je ne pourrai pas.

La douleur de Robert, audible dans sa voix et visible sur son visage, se communiqua à Teague dont la gorge se serra. Quelques semaines plus tôt, il plaisantait sur le roi si soucieux de la reine. Or, maintenant qu'il avait été l'objet de la loyauté d'Anwen, il ne pouvait plus prendre à la légère les sentiments nés entre un homme et une femme, et en particulier la souffrance de son ami qui pleurait la perte d'Aliénor. S'il venait à perdre Anwen, il savait qu'il serait plongé dans la même affliction.

— Souviens-toi seulement que tu auras toujours une maison où revenir.

— Merci, fit Robert en posant la main sur son épaule.

Teague le prit dans ses bras et échangea avec lui une chaleureuse accolade.

— Au revoir, mon ami. Que Dieu te garde.

L'après-midi touchait à sa fin quand Anwen aperçut Robert sellant son cheval. Si elle voulait obtenir son pardon, c'était le moment ou jamais.

— Robert ?

Ce dernier ne se retourna pas vers elle, mais il s'arrêta de harnacher son destrier. Elle ne pouvait pas s'attendre à une réaction enthousiaste de sa part après l'attitude qu'elle avait eue à son égard. Il l'avait ignorée depuis la mort d'Aliénor, et elle-même s'était tenue en retrait. Après les accusations qu'elle avait portées contre lui, il était presque impossible d'espérer un pardon de sa part, mais c'était, avant qu'il parte, la dernière occasion de tenter sa chance.

— Euh… Je…

Anwen perçut un tressaillement de ses épaules comme si elle l'avait frappé. Elle était désolée de lui causer encore de la peine, mais c'était le seul moyen de recréer un lien entre eux. Il persistait à ne pas la regarder et elle en était affectée. De même que de son départ. Il avait beau être anglais, il faisait partie de sa vie depuis longtemps.

— Oui ? fit-il enfin.

— Peut-être ne vous l'a-t-elle jamais dit, mais je voulais que vous sachiez qu'elle vous aimait.

Robert eut un frémissement de tout le dos comme s'il avait soudain terriblement froid.

— Elle s'est confiée à moi, reprit Anwen en essuyant les larmes qui perlaient sur ses joues.

Durant ces quinze jours qui avaient suivi le drame, elle n'avait pas évoqué sa sœur délibérément.

— Elle m'a dit qu'elle vous aimait puis elle a souri, reprit Anwen dont la voix tremblait. Vous la rendiez heureuse.

Elle laissa s'installer un silence pendant lequel Robert, enfin, se retourna.

Il avait de terribles cernes sous les yeux. La profondeur de sa douleur serra le cœur d'Anwen.

— Je n'étais pas là quand elle avait tant besoin de moi.

Anwen ravala avec sa salive la boule qui s'était formée dans sa gorge.

— Moi non plus.

Là-dessus, elle tourna les talons et s'en fut rapidement. Elle ne voulait pas voir partir Robert. Elle avait assisté à trop de séparations…

Chapitre 17

Le jour du départ était arrivé.

Anwen se dirigea vers Teague et ses hommes qui étaient en train de seller et charger les chevaux. La colère qu'elle avait éprouvée en apprenant la responsabilité de Teague dans la mort d'Aliénor et la destruction de Brynmor ne retombait pas. Aussi était-ce dans une profonde confusion de sentiments qu'elle quittait le lieu de sa jeunesse pour aller vivre à Gwalchdu.

Teague caressait le chanfrein de son destrier dont il venait d'ajuster les rênes. En voyant sa grande et belle main se mouvoir sur le poil de l'animal, Anwen l'imagina sur son corps. Elle ne comprenait pas comment elle pouvait, au même moment, le détester et le désirer.

Elle ne regrettait pas de s'être donnée à lui, mais elle ne se pardonnait pas d'avoir toujours envie de renouveler cette expérience alors qu'elle connaissait l'étendue du mal qu'il avait fait. Brynmor avait payé pour sa soif de pouvoir. Elle ne devait jamais l'oublier.

Au moment où elle s'approchait de lui, Teague se présenta de profil. Anwen serra nerveusement dans ses mains les revers de son manteau.

— Avez-vous préparé une monture pour moi ?

Teague se tourna alors vers elle. Son regard restait impénétrable.

— Vous partagerez la mienne.

Anwen jeta un coup d'œil vers les autres gens d'armes dont les chevaux étaient largement chargés alors que celui de Teague ne l'était pas. Il ne lui donnait pas le choix et elle en fut fortement courroucée.

— Vous êtes prête ?

Anwen acquiesça d'un hochement de tête alors qu'il lui enserrait déjà la taille de ses mains. Il ne l'avait pas touchée ainsi depuis ces instants d'intimité après l'incendie. Son corps n'en était que trop conscient. Comme les hommes de Teague ne les quittaient pas des yeux, elle garda le silence mais ne se priva pas de le défier du regard.

Teague soutint son regard, mais le sien était chaud et pénétrant, attirant et provocateur si bien qu'Anwen sentit le sang lui monter aux joues alors qu'elle était soudain la proie d'un désir furieux qui lui faisait trembler les genoux.

Elle releva le menton, espérant qu'il prendrait comme le résultat de la colère le changement de coloration de ses joues.

Teague la souleva et la posa sur la selle de son destrier avant de monter à son tour sur le grand animal.

Anwen fut aussitôt prisonnière de ses longues cuisses musclées et de sa poitrine. Et elle eut beau s'avancer au maximum pour n'être pas à son contact, il la tenait si précautionneusement entre ses bras que toute tentative pour s'éloigner de lui restait vaine. Son odeur même l'enveloppait.

Or, elle n'avait aucun moyen de lutter contre le fait qu'elle avait envie de se donner à lui. Elle le devait, néanmoins, par respect pour Aliénor.

D'un geste du bras, Teague mit en branle toute la colonne qui attendait son signal pour prendre le chemin de Gwalchdu. Tendue entre ses bras, Anwen s'efforçait de ne pas le toucher. Il ne méritait pas mieux, certes, mais à la haine qu'elle lui vouait désormais, il ne répondrait que par la bienveillance et il assurerait sans relâche sa protection.

Teague regrettait toutefois de n'avoir pas attendu d'être arrivé à Gwalchdu pour lui parler des menaces dont il faisait l'objet et lui confier la responsabilité qu'il croyait avoir dans le drame qui s'était joué à Brynmor. Le trajet, qui durerait toute la journée, aurait pu se passer d'une manière très agréable, mais au lieu de cela ce serait un véritable enfer pour lui et il ne lui restait plus qu'à se maudire pour son imprévoyance.

S'il avait pris la décision de la faire voyager sur le même cheval que lui, c'était parce qu'il n'aurait pas supporté de la savoir toute la journée entre les bras d'un autre homme. Mais il n'avait pas mesuré la torture qu'il endurerait en posant de nouveau les mains sur elle. Il se rendait compte à présent qu'il lui serait impossible de vivre près d'elle sans répéter l'expérience extraordinaire qu'ils avaient partagée.

Elle était assise devant lui comme un fruit défendu, mais à la façon dont elle se comportait, il comprenait qu'elle ne lui était en rien indifférente. Elle essayait de dissimuler son intérêt pour lui, mais il l'avait perçu au moment même où il l'avait prise par la taille.

Plus il pensait à elle, plus il revivait leur étreinte dans la hutte. S'il laissait ainsi libre cours à son imagination, il perdrait la tête avant d'arriver à destination.

— Parlez-moi de vos chers faucons, dit-il soudain pour rompre le silence.

— Mes faucons… ?

Sa voix était grave et rauque… Il n'avait maintenant plus aucun doute sur ce qui la taraudait, tout comme lui, même si elle cambrait en permanence les reins pour ne point se laisser aller contre lui.

— Oui…, fit-il. Cela nous distraira de ce qui occupe nos esprits.

— Rien n'occupe le mien.

— En êtes-vous bien certaine ?

— Absolument.

— Soit… Mais nous allons rester encore longtemps en selle sur le même cheval. Un peu de conversation agrémenterait le voyage et il paraîtrait plus court.

Anwen n'avait aucune envie de lui complaire, mais il avait raison. Elle ne pouvait pas continuer à se murer dans sa colère tout en sachant qu'elle n'avait qu'à tourner la tête pour rencontrer ses lèvres.

— Il me semble que j'ai toujours été entourée de rapaces, répondit-elle enfin. Melun était le maître fauconnier de Brynmor et il m'a appris très tôt à travailler avec eux.

Il lui était agréable, en fin de compte, d'évoquer le passé, surtout des moments heureux comme ceux vécus dans la fauconnerie en compagnie de son vieil ami.

— Lorsque sa vue a commencé à baisser, j'ai essayé de devenir ses propres yeux. Je ne voulais pas qu'Urien s'aperçût de son problème, de crainte qu'il ne le chassât ou, au mieux, ne lui confiât quelque tâche subalterne.

— Et Robert ? Ne pouvait-il le protéger contre lui ?

Anwen resta pensive un moment alors qu'elle se remémorait ce que lui avait confié le fauconnier.

— Je ne croyais pas qu'il l'aurait fait. C'était la raison pour laquelle j'étais si inquiète au sujet de Melun lorsque je me remettais de ma chute. Mais j'avais tort de ne pas lui faire confiance puisque Melun m'a dit qu'il était intervenu quand Urien avait été informé de la disparition de Gully.

— C'est un oiseau très attachant ce Gully, n'est-ce pas ?

— Oui. Il n'a pas son pareil.

Teague et elle poursuivirent leur conversation sur un ton léger qui les reposait de toute la tension accumulée entre eux depuis l'incendie. Ils se surprirent même à rire pour la même raison et Anwen éprouva de la reconnaissance envers Teague pour l'avoir aidée à oublier les sujets qui la poursuivaient inlassablement depuis plus de quinze jours et dont elle aurait aimé libérer son esprit.

La nuit tombait et les torches s'allumaient le long du chemin de ronde de la forteresse lorsqu'ils traversèrent la rivière et que Gwalchdu se dressa devant eux avec à son pied le village où de nouvelles chaumières étaient en train de voir le jour.

Quand ils eurent franchi le pont-levis, longé la basse-cour et enfin atteint la cour d'honneur, Teague descendit de cheval et lui tendit les bras pour l'aider à mettre pied à terre à son tour. À cet instant seulement, Anwen prit conscience qu'elle ne savait pas où elle allait loger.

— Je ne sais pas où je vais habiter, dit-elle en bâillant.

— J'ai pris la liberté de choisir votre chambre à votre place, répondit Teague en donnant les rênes de son destrier à un palefrenier. Edith vous la montrera.

Sur ces mots, Teague se dirigea vers l'escalier conduisant à la porte d'entrée du donjon.

En le regardant rentrer chez lui, Anwen eut le sentiment d'être bien plus une hôte peu enthousiaste qu'une résidente de Gwalchdu. Le feu avait dévoré sa maison, le seul lieu au monde où elle pouvait dire qu'elle était chez elle. Teague était peut-être le maître ici, mais elle-même était à présent censée aussi y faire sa vie. Or, cette perspective la déconcertait.

Elle ne vivrait que temporairement à Gwalchdu. Elle en faisait le vœu.

Il lui serait impossible d'y demeurer parce qu'elle ignorait d'une part le passé de Teague, et d'autre part ce qu'il recherchait aujourd'hui. Et puis rien ne la retenait ici. À Brynmor, c'était différent. Aliénor et Melun avaient besoin d'elle. Le rôle qu'elle jouait auprès d'eux justifiait qu'elle supportât de vivre sous le même toit qu'un homme de pouvoir comme Urien, mais elle n'avait aucune raison de supporter l'autorité de Teague qui lui pesait déjà.

À la fin de l'hiver, elle partirait avec Melun. Ils chercheraient un endroit où leurs services seraient appréciés. Un endroit moins ordonné que Gwalchdu et où il y aurait davantage de place pour la fantaisie et la tendresse.

Dès qu'elle entra dans le donjon, Anwen fut assaillie par Edith et Greta, toutes deux aussi enchantées de la revoir.

— Vous voilà enfin ! s'écria Edith. Qu'est-ce qu'il lui a pris de vous faire voyager dans l'état où vous étiez ! Oh ! Comme nous nous sommes inquiétées, n'est-ce pas Greta ?

Greta acquiesça d'un signe de tête énergique.

— Regarde-la, reprit Edith. Elle n'est pas plus épaisse qu'un brin d'herbe.

Elle lui releva les cheveux du côté de sa blessure et continua ses commentaires.

— On ne voit presque plus sa cicatrice et, de plus, elle est cachée par ses boucles...

Anwen se laissa entraîner vers l'escalier à vis tout en écoutant Edith.

Elle suivit les deux femmes qui montèrent jusqu'à l'étage où Teague avait sa chambre, et Edith ouvrit la porte de la pièce contiguë à celle du maître de maison.

Anwen s'immobilisa comme un cheval rétif.

— Je ne peux pas occuper la chambre qui est à côté de celle du sire de Gwalchdu. Il doit y avoir une erreur. C'est la chambre réservée à la dame du château. Cela ne peut pas être pour moi.

Edith prit sa main dans la sienne et la tapota maternellement.

— La chambre a été préparée pour vous, ma damoiselle. Entrez. Vous me semblez bien fatiguée. Vous ne voudriez pas nous obliger à vous faire un autre lit à cette heure de la soirée.

Anwen obtempéra en fronçant les sourcils.

— Je trouverai un autre endroit pour dormir dès demain.

— Il n'y en a pas, ma damoiselle, répondit Edith en entrant dans la chambre derrière elle. Gwalchdu est plein à craquer. Même les écuries sont remplies. Le château est si grand que je ne pensais pas le voir un jour occupé de fond en comble. Mais ne vous en faites pas. Je ne suis bonne qu'à me plaindre. C'est à cause du mutisme de Greta. Je me vois contrainte de parler pour nous deux.

Anwen sourit. Elle n'avait aucun argument à opposer à Edith.

La chambre qu'on lui destinait était vaste et bien décorée avec ses tentures jaunes recouvrant les murs, son couvre-lit vert et ses rideaux blancs. Des chaises capitonnées d'un tissu bleu, assorti aux oreillers et aux glands suspendus au baldaquin, ainsi que plusieurs petites tables complétaient le mobilier.

Sans attendre, Anwen, qui était épuisée par le voyage, quitta ses vêtements avec l'aide des deux femmes et se glissa sous les couvertures du grand lit.

Le lendemain matin, elle trouva Teague en train de s'entraîner au combat là où elle l'avait déjà vu croiser le fer avec ses compagnons d'armes.

Le froid s'était accentué dans la nuit et, à la différence de la dernière fois où elle l'avait vu à l'entraînement, il n'était pas torse nu. Une tunique, qui lui collait à la peau, cachait à demi sa splendide anatomie.

— Que faites-vous là ? s'enquit Teague en baissant son épée.

Il fit un signe de tête à Peter, qui lui avait servi d'adversaire, et ce dernier s'éloigna.

— Je voulais vous parler.

Ayant replacé son arme dans son fourreau, il croisa les bras devant lui.

— Vous m'avez donné pour chambre celle qui est contiguë à la vôtre. C'est celle destinée à la dame de Gwalchdu.

— Oui, en effet. Elle n'était attribuée à personne. Depuis ma mère, personne n'y a couché.

— Vous confirmez que cette pièce ne me convient pas. Je ne suis en aucune manière la dame de Gwalchdu et n'ai pas l'intention de l'être. Je dois donc échanger au plus vite cette chambre avec quelqu'un d'autre.

— Il est hors de question que quelqu'un prenne votre place et de plus il ne reste pas le moindre espace libre. Chacun est à sa place et vous plus que quiconque. Vous êtes là où j'ai donné l'ordre que vous soyez.

Et voilà Teague redevenu plus que jamais seigneur des Marches, se dit Anwen : arrogant, autoritaire…

— Vous n'êtes pas raisonnable, fit-elle sur un ton qu'elle voulait neutre.

— Je n'ai jamais dit que je l'étais.

— Pourquoi cette réponse ?

Il la regarda un instant de ses yeux sombres et pénétrants avant de lui confier :

— Je veux que vous occupiez cette chambre. Personne ne sait ce qui s'est passé entre nous. C'est la raison pour laquelle je me suis tenu à l'écart de vous pendant tous ces derniers jours. Pour éviter les commérages. Et maintenant, cette discussion est close. Je vous prie de conserver cette chambre, que cela vous plaise ou non.

Sans rien ajouter, Teague lui tourna le dos et s'éloigna. Il l'aurait congédiée qu'il n'aurait pas agi autrement.

— Je n'y resterai pas ! s'écria Anwen. Je trouverai un autre endroit !

— Non ! lança-t-il par-dessus son épaule. Je vous l'interdis !

Anwen ne trouva pas d'autre chambre, mais pendant ses recherches, elle croisa Melun très occupé dans les jardins.

Si Brynmor avait disparu dans les flammes, certaines de ses plantes et de ses fleurs avaient survécu à la tragédie et étaient venues poursuivre leur existence dans la terre de Gwalchdu.

— Tu aurais dû me mettre en garde contre cette femme infernale, s'emporta Melun en la voyant. Je n'aurais jamais quitté la paix de Brynmor, même à moitié calciné, pour venir vivre ici si j'avais su qu'il s'y trouvait une vieille harpie de ce genre. Elle me veut du matin au soir à son côté dans le jardin les bras chargés d'un seau d'eau, d'une pelle et d'une bêche. Et sur les ordres de cette dame, je dois planter, déplanter, replanter jusqu'à pleine satisfaction de Sa Majesté. Et pendant tout ce temps, elle n'arrête pas de bavarder !

Anwen éclata de rire.

— Sœur Ffion n'est pas si terrible que cela !

— Il ne s'agit pas d'elle ! Oh ! que non ! Il n'y a pas une personne plus douce que cette religieuse. Non, je te parle de cette forte femme aux cheveux bouffants qui t'embobine si bien que tu te retrouves en train de faire ses quatre volontés sans même t'en être aperçu.

— Tu parles d'Edith ?

— Oui ! Chaque fois que je la croise, c'est pour l'entendre me dire « Mon cher Melun ! Pourriez-vous me faire ceci… ? » ou encore « Maître Melun, auriez-vous le temps de me faire cela… ? ». Crois-moi, elle me lasse. J'en suis fatigué de cette dame !

Melun n'était pas fatigué, il était au contraire tout revigoré. L'inquiétude accumulée par Anwen depuis qu'elle l'avait envoyé en avant-garde à Gwalchdu se dissipa d'un seul coup. Il avait manifestement trouvé une autre occupation ici. La fauconnerie n'étant plus possible pour lui en raison de ses problèmes de vue, il était bienvenu qu'il puisse se rendre utile comme jardinier. Il donnait l'impression d'avoir pleinement sa place à Gwalchdu comme s'il y avait toujours vécu.

— Ne t'en fais pas, lui dit-elle en le serrant dans ses bras. C'est sa manière d'être, mais elle n'est pas méchante.

Melun essaya de prendre un air courroucé, mais ce fut un sourire qui se dessina sur ses lèvres.

— Un maître fauconnier ne se laisse pas diriger comme cela. Je vais me mettre en quête d'elle pour lui faire quelques remarques.

Melun s'éloigna, laissant Anwen seule et de plus en plus consciente de sa solitude. Elle n'avait plus personne à qui parler. Aliénor était morte, Robert était parti vivre à Londres et, maintenant, c'était au tour de Melun de lui échapper. Elle avait fait le projet de partir de Gwalchdu avec lui, mais il n'avait plus besoin d'elle. Elle ne s'était pas attendue à cette défection. Il lui semblait qu'elle était la seule à souffrir de la perte de Brynmor.

Elle gagna la cour intérieure du donjon où elle trouva Ffion assise sur un banc près du romarin. Les yeux mi-clos, elle disait son chapelet qu'elle tenait fébrilement entre ses doigts. Elle avait cet aspect triste et silencieux depuis l'incendie de Brynmor.

— Ma sœur ? fit Anwen d'une voix douce pour ne pas la faire sursauter.

La religieuse s'était donnée sans compter pour soigner les blessés, mais elle payait à présent, semblait-il, ses excès. Elle avait de grands cernes sombres autour des yeux et les rides sur son front s'étaient creusées.

— Je ne vous ai pas vue en prière de la matinée, mon enfant.

— J'assisterai aux vêpres, ma sœur.

— Il n'y a rien de plus important que la piété, ma fille. Surtout dans les circonstances que nous traversons. Je crois que je n'oublierai jamais l'horreur de cet incendie. Le feu s'est propagé si vite…

Anwen s'assit près d'elle sur le banc.

— Personne ne l'oubliera.

Ffion lui lança un regard de côté.

— Sans doute, et vous la dernière, n'est-ce pas ? Il

est difficile de comprendre la volonté de Dieu ou ce qu'Il attend de nous. Certaines choses nous échappent totalement.

Hochant la tête, elle ajouta :

— Je crois que vous occupez la chambre à côté de celle de messire Teague ?

— Oui… Il semble que je sois appelée à y dormir aussi longtemps que je demeurerai à Gwalchdu.

— C'était la chambre de ma sœur, dit Ffion d'une voix morne. Elle est morte tragiquement. Dame Eline était une grande dame. Je croyais que Teague avait compris… Il n'avait jamais laissé quiconque dormir dans sa chambre. Jamais. Il y a eu trop de changements depuis quelque temps. Et les menaces se multiplient. Je crains que tout cela ne soit de mauvais augure…

Comprenant à l'expression fixe du regard de la sœur ainsi qu'au débit de sa voix qu'il s'agissait des prémices d'une crise et qu'en continuant de converser avec elle elle courait le risque de la déclencher, Anwen se leva.

— Gwalchdu et Brynmor ont eu assez à souffrir jusqu'à aujourd'hui.

— Le pire est à venir, répondit Ffion en agitant son chapelet. Nous ne sommes pas en sécurité ici. L'arrogance de Teague nous jouera des tours. Sans la présence de Rhain, je ne sais pas ce qui se passerait…

Elle se tut avant d'ajouter dans un murmure :

— Quelle horreur de vous faire dormir dans cette chambre après ce qu'il s'y est passé ! Si vous saviez… !

Anwen ne voulait pas en entendre davantage. Après avoir souhaité une bonne journée à la sœur, elle s'éloigna.

— Vous ne devriez pas être dans cette chambre ! s'écria Ffion dans son dos.

Non, en effet, elle n'aurait pas dû y être et elle ne le voulait pas non plus. Heureusement, Noël approchait. Elle serait amplement occupée par la préparation de la fête puis, quand elle serait passée, elle partirait.

En traversant la basse-cour, elle fit un bond de côté alors

que fondaient sur elle, en poussant des cris stridents, deux cochons que poursuivaient une meute de chiens. Puis ce fut le tour d'une nuée d'enfants, lancés derrière les animaux, de l'environner en hurlant.

Elle se boucha les oreilles alors que résonnaient les coups de marteau des forgerons. Maçons et charpentiers s'affairaient à la construction des nouveaux bâtiments au milieu du fracas des outils et des voix qu'il fallait forcer pour se faire comprendre.

Une querelle avait éclaté du côté des lavandières et l'on s'insultait à l'envi.

Le désordre… À Gwalchdu… !

Le cœur d'Anwen bondit dans sa poitrine. Avec l'arrivée de tous ces gens de Brynmor, l'ambiance du château fort avait déjà changé. Tout ne pourrait plus y être aussi ordonné, précis et contrôlé. L'esprit de Brynmor, après tout, n'était peut-être pas tout à fait perdu.

Relevant la jupe de son surcot et de sa robe, Anwen revint d'un bon pas vers le donjon. Même si Gwalchdu n'était qu'un lieu de résidence temporaire pour elle, elle voulait savoir où elle y serait le plus utile.

Chapitre 18

Il y avait trop longtemps qu'il ne l'avait pas serrée dans ses bras…

Depuis plus de quatre semaines, déjà ! Si bien que, lorsqu'il la regardait, Teague était la proie d'un désir qu'il n'aurait jamais cru possible.

Il luttait de toutes ses forces pour contenir cette envie si violente qu'elle en devenait douloureuse, mais elle ne disparaissait pas. Au contraire, elle amplifiait à mesure que le temps passait. Et le fait qu'Anwen fût presque toujours dans son champ de vision ne l'aidait pas à l'oublier.

S'il était en train de diriger le chantier de construction d'une chaumière, elle était dans les parages, donnant son avis sur la façon dont elle devait être édifiée. S'il préparait une commande pour des approvisionnements, elle était là pour préciser ce dont on avait vraiment besoin et dans quelle quantité. Or, chaque fois qu'elle était présente, il était soumis à une torture des sens qui devenait de plus en plus intolérable. C'était tantôt le poignet de la jeune femme qui se dénudait quand elle faisait un geste pour soulever un chaudron, tantôt sa nuque qui lui apparaissait quand elle se penchait pour parler à un enfant…

Teague tendit la tête car, involontairement, il la cherchait constamment des yeux, et il scruta le chemin étroit qui serpentait entre les maisons récemment élevées. Anwen était en conversation avec Rhain et Bleddyn, le tanneur, qui la dominaient tous deux de leur grande taille. Elle lui sembla toute fluette et fragile. Elle n'était pas du genre à se laisser abattre mais, en effet, elle avait beaucoup maigri depuis l'incendie et des cernes étaient apparus sous ses yeux.

À aucun moment elle ne s'était reposée depuis qu'ils avaient quitté Brynmor. Teague, bien qu'il se fût tenu volontairement à l'écart d'elle, n'en demeurait pas moins vigilant et il redoutait que faute de repos elle ne s'écroulât de fatigue.

— Le toit est presque terminé, remarqua Anwen. Je suis impatiente d'apprendre à Sarah qu'elle va bientôt pouvoir emménager.

Bleddyn lui tapota amicalement l'épaule avant de se séparer d'elle et de Rhain.

— Teague ne remarquera même pas l'amélioration que nous avons apportée à ce chaume en l'épaississant, dit ce dernier.

Le ton désabusé de Rhain n'échappa pas à Anwen qui se tourna vers lui d'un air vindicatif.

— Si nous voulons que ces maisons durent, il faut leur donner une solide toiture. En outre, leurs habitants se chaufferont plus facilement et utiliseront moins de bois, ce qui sera au profit de la forêt de Dameg. Il faut conserver un grand massif forestier si l'on veut vivre de la chasse.

Rhain leva les mains en l'air comme s'il se rendait.

— Je ne conteste pas ce que vous dites et, vu ce qui le motive, je suis certain que Teague s'inclinera devant votre volonté.

Anwen releva un sourcil d'un air interloqué.

— Que voulez-vous dire par là ?

— Je n'ai pas à m'exprimer sur ce sujet, répondit Rhain en rougissant légèrement.

— Au contraire, fit Anwen en frappant du poing la poitrine du jeune homme. Vous avez déjà eu le tort de ne pas me parler de l'ennemi de Teague. Pendant tout ce temps où nous avons échangé, vous ne m'avez jamais mise en garde et regardez, à présent, les conséquences. J'ai perdu Brynmor et ma sœur.

Rhain fit la grimace.

— Je crois que je n'envie plus mon frère de vous plaire. Vos paroles sont plus tranchantes que la lame la mieux aiguisée. Elles sont méritées, sans aucun doute, mais n'en sont pas moins difficiles à entendre.

— Rhain, je…

— Qu'importe, Anwen… Cela dit, je suis surpris de devoir vous expliquer ce qui pousse Teague à entreprendre tous ces travaux et à donner autant de sa personne.

Anwen haussa les épaules. Depuis un mois, elle s'appliquait à ne pas voir Teague, cependant il n'avait pas pu lui échapper qu'il se démenait et que les traits de son visage trahissaient une grande fatigue.

— Il est motivé par son sentiment de culpabilité vis-à-vis de la perte de Brynmor. Il se sent coupable à juste titre, d'ailleurs. Mais je ne puis m'empêcher d'être étonnée qu'il soit aussi ému par les malheurs des habitants de Brynmor étant donné tous les crimes qu'il a commis au cours de sa vie.

— Aucun homme ne peut se targuer de n'avoir jamais péché.

Anwen avait rarement entendu Rhain faire ce genre de réflexion. Elle l'avait surtout vu user de ses charmes et de son humour pour obtenir ce qu'il voulait. Et ce n'était pas la première fois qu'elle se demandait quelle profondeur d'esprit il cachait derrière sa beauté angélique.

— Ni aucune femme, reprit Rhain en effleurant des doigts la poignée de la dague qu'il portait au côté. Il est vrai que la culpabilité joue dans le cas de mon frère. Il veut réparer le dommage qu'il vous a causé involontairement. Mais, selon vous, qu'est-ce qui le pousse à gratifier de dons les familles de Brynmor qui n'en ont pas besoin ?

Elle l'ignorait et ne voulait pas le savoir.

— Il le fait pour vous, insista Rhain.

— Vous vous trompez. Toute sa vie, Teague n'a cessé d'œuvrer pour affaiblir Brynmor. La seule raison de ma présence ici, c'est que je veux m'assurer que les gens de Brynmor auront un toit pour l'hiver.

— Ils l'ont déjà. Je vous ai entendue parler de Noël. Ce n'est donc pas votre unique préoccupation que de les voir installés confortablement.

— Noël est une période de liesse. Vous ne voudriez pas en priver les gens de chez moi ?

— Je vois que vous vous réjouissez à l'avance de passer Noël ici avec eux, cependant je crois que vous voulez rester à Gwalchdu pour autre chose…

— Non ! C'est la deuxième fois que vous interprétez à tort mes motivations. Vous êtes aussi prétentieux que Teague. Je meurs d'impatience de vous quitter tous les deux.

— C'est bien regrettable, Anwen, fit la voix de Teague dans son dos. D'autant plus que je requiers votre compagnie. Viendrez-vous avec moi ?

Anwen se retourna vers lui, mais il s'éloignait déjà sans attendre sa réponse. Elle en avait assez qu'il agît ainsi avec elle. Cette fois, il ne s'en tirerait pas comme cela !

Empoignant son surcot et sa robe, elle courut après lui.

— Je ne peux pas venir avec vous, dit-elle un peu plus tard en voyant son cheval sellé. J'ai trop à faire.

À son expression mutine, qu'il connaissait bien, Teague savait qu'elle n'était pas sincère.

— Vous n'avez rien fait que travailler depuis…

— L'incendie, l'interrompit Anwen, et dans la mesure où il ne s'est écoulé qu'un mois, nous sommes loin d'avoir fini. Il reste encore plusieurs toits en chaume à installer avant les grands froids.

— Ce n'est pas un après-midi de détente qui changera la

situation, répondit Teague en lui tendant la main. Ce n'est pas un ordre mais une requête : venez avec moi.

Anwen hésita un instant puis elle lui donna la main et, la prenant par la taille, il la fit asseoir en selle. Un vent froid roulait de gros nuages sombres dans le ciel. La pluie menaçait et si elle se déclenchait, ils seraient obligés de s'arrêter de travailler. Teague avait raison. Une petite escapade ne retarderait pas les chantiers.

Il prit la direction du sud et longea la forêt de Dameg. Anwen n'avait pas été aussi près de lui depuis leur retour de Brynmor. Elle s'était attendue à connaître le même genre d'émotions que celles qu'elle avait éprouvées alors et pourtant, cette fois, ce qu'elle ressentait était très différent. Elle était comme apaisée à son contact et devait lutter pour ne pas s'assoupir. Sans doute était-ce dû à la fatigue mais aussi, lui semblait-il, à la confiance. Il fallait absolument qu'elle se souvienne qu'elle ne pouvait être en totale sécurité sous la protection du traître de Gwalchdu.

En dépit des nuages noirs, les rayons de soleil qui en perçaient la masse dessinaient une mosaïque féerique d'ombre et de lumière sur les collines verdoyantes du pays de Galles. Anwen avait l'impression de pénétrer dans un monde de rêve, loin des coups de marteau et des cris des ouvriers. En dehors du crissement des harnais, seuls les chants des oiseaux se faisaient entendre et, de loin en loin, le murmure d'un cours d'eau.

Bercée par le mouvement du cheval qui allait l'amble, Anwen s'abandonnait dans les bras de Teague. Elle commençait à éprouver une si grande sérénité qu'elle ressentit une sorte de déception quand Teague tira sur les rênes et la fit descendre de cheval. Ils surplombaient la rivière, dont ils avaient plus ou moins suivi le cours, et Teague l'invitait à présent à rejoindre sa berge.

En arrivant au bord de l'eau, Anwen tira sur les pans de son manteau et s'emmitoufla du mieux qu'elle put car il y faisait encore plus froid. Heureusement, le soleil venait de paraître entre deux nuages. Fermant les yeux, elle exposa son visage à sa douce chaleur et écouta le chant de l'eau.

Lorsqu'elle rouvrit les yeux, Teague la contemplait. Elle lui avait vu cette expression plusieurs fois durant les semaines précédentes et elle ne la dérangeait pas. Peut-être était-ce dû au calme de l'eau, mais elle avait le cœur plus léger.

— Si vous m'avez amenée au bord de la rivière pour que j'y trouve la paix, remarqua-t-elle, j'espère que cela n'aura pas d'incidence sur le destin et que Gwalchdu ne brûlera pas en notre absence comme cela a été le cas pour Brynmor.

Anwen observa le visage de Teague avant de reprendre :

— Mais je suppose que cela ne vous inquiète pas.

— Non, pas du tout, répondit Teague.

Il se pencha sur la grève et prit un caillou plat qu'il lança parallèlement à la surface de l'eau, obtenant plusieurs ricochets. Il répéta son geste et eut le même succès.

La buée de sa respiration, à chaque effort, sortait de sa bouche et de son nez.

— Voulez-vous essayer ? demanda-t-il en lui tendant un galet.

Elle fit non de la tête.

— Avez-vous emporté quelques provisions ?

Teague indiqua du menton une sacoche pendue à la selle du destrier avant de lancer un nouveau caillou.

Anwen, qui était tenaillée par la faim, défit la boucle de la sacoche et souleva le rabat. Plongeant le regard à l'intérieur, elle distingua une miche de pain qu'elle s'empressa de sortir.

— Regrettez-vous de m'avoir accompagné ? demanda Teague.

Elle fit non de la tête en mordant dans le pain. Elle était sincère, mais ce qu'elle ne comprenait pas, c'était comment Teague avait réussi à la convaincre de le suivre. Elle était comme le faucon attiré par l'appât ou, plutôt, la proie entre les serres du rapace.

Elle prit encore une bouchée de pain puis s'arrêta de manger. Depuis l'incendie, elle n'avait plus d'appétit. Plusieurs fois, elle s'était sentie nauséeuse. Au début, elle avait eu l'impression que c'était le choc qui l'avait rendue malade, mais en ne voyant pas arriver ses menstruations, elle était arrivée à une autre conclusion : tout indiquait qu'elle fût enceinte.

— Vous avez l'air fatiguée, remarqua Teague.

— Je dors peu, reconnut Anwen.

Ses nausées, hélas, ne la tourmentaient pas seulement le matin comme beaucoup de femmes, mais elles se manifestaient jour et nuit.

Pour se forcer à manger, elle prit une autre bouchée de pain.

— Vous pensez à Aliénor ?

— Je ne veux pas parler de ma sœur avec vous, répondit-elle avec humeur.

Elle préférait s'abandonner à la douleur et laisser de nouveau sourdre la colère en elle plutôt que de réfléchir à la paix déconcertante qu'elle éprouvait en la présence de Teague ou aux problèmes futurs liés au fait qu'elle portait l'enfant du traître de Gwalchdu.

— Vous souffrez de sa perte, mais n'en avez pas tenu compte et vous êtes jetée à corps perdu dans le dur labeur des chantiers de construction.

Teague regarda au loin et resta un moment silencieux avant de reprendre :

— Cela vous aiderait-il de savoir que je n'ai jamais voulu la perte de Brynmor ? Je n'étais préoccupé que de connaître le visage de mon ennemi.

Anwen lui lança un regard acéré, mais il ne la voyait pas alors qu'il s'était mis de nouveau à lancer des cailloux sur la rivière.

Que faisait-elle en compagnie de cet homme et pourquoi l'avait-il fait venir avec lui ? Cet homme étrange, capable de trahir son peuple puis de lui bâtir de confortables chaumières ? Comment pouvait-il successivement prendre et donner ?

— Si vous aviez su les conséquences de votre venue à Brynmor, seriez-vous resté à Gwalchdu ?

— Oui. Sinon j'aurais pris davantage de précautions.

Il les avait prises. Anwen revoyait ses hommes d'armes arpentant les alentours de Brynmor.

— Cela n'aurait rien changé… Je me serais quand même retrouvée sans toit.

Une ombre passa sur le visage de Teague.

— Mais vous avez un toit.

— Non, je n'en ai plus ! N'avez-vous pas vu comment les flammes ont tout dévoré ? Il ne reste plus que des cendres.

La colère lui faisait du bien. Elle ne voulait rien recevoir de Teague.

— Mais Gwalchdu, maintenant, est votre maison.

Une cascade d'images traversa l'esprit d'Anwen. Teague sous le grand chêne, écartant les bras pour la recevoir ; lui tenant la main, la nuit, pour prendre un peu de sa douleur ; luttant contre le feu et sauvant des vies humaines… Et, pourtant, il était le traître qui ne réfléchissait pas aux retombées de ses actes. Pourrait-elle un jour se sentir chez elle dans la demeure du traître de Gwalchdu ? Non, jamais !

— Il l'est temporairement. Je passerai l'hiver chez vous puis je partirai.

Teague fit un écart en laissant échapper un gémissement comme si ce qu'elle venait de lui dire le blessait.

Elle n'en croyait rien. Elle savait qui il était et qui il serait toujours : un homme de pouvoir guidé par son seul intérêt. Sa présente générosité n'effaçait pas ce qu'il avait fait auparavant. Ils mourraient ennemis. En s'alliant aux Anglais, il avait affaibli Brynmor et tout le pays de Galles. Et il avait changé le caractère d'Urien qui s'était mis à persécuter sa propre fille.

— C'est à cause de l'incendie ? demanda-t-il après un long silence.

Elle fit oui de la tête.

— Et de votre passé.

Teague se mit à faire les cent pas le long de la rivière. On aurait dit un cheval de bataille avant la charge. Ce fut à cet instant qu'Anwen prêta attention à sa tenue.

Sous son manteau, il portait un pourpoint de cuir et ses braies étaient taillées dans une peau fine. Son épée lui battait la jambe tandis qu'il marchait et l'on voyait briller la poignée en argent d'une dague glissée dans sa botte. Il était armé pour parer à toute éventualité, et il aurait fallu être fou pour le provoquer.

— Il vaut mieux, sans doute, que vous partiez au printemps, dit-il enfin en s'arrêtant à son niveau, mais d'ici là, ne pourrions-nous avoir une sorte d'entente ?

— Dans quel but ? fit-elle en plissant les yeux. Vous avez besoin d'une femme ?

— Et voilà… Vous commencez à montrer les dents comme si vous étiez prête à mordre.

— Qu'attendiez-vous d'autre de moi ? Vous êtes venu à Brynmor et, par votre faute, ma sœur est morte et ma maison a été réduite en cendres !

— J'en assume la responsabilité.

— Et aussi celle de votre passé ?

Teague inclina la tête de côté.

— Vous voulez parler de mon alliance avec le roi d'Angleterre pendant la guerre ?

— Vous en parlez d'un air détaché comme s'il n'y avait eu aucune conséquence pour Brynmor.

— Ce qui est fait est fait. On ne peut pas remonter le temps.

Anwen laissa échapper un soupir d'exaspération.

— C'est bien dommage… Vous verriez les chaumières et les récoltes détruites, le bétail massacré ou enlevé, les orphelins, les femmes poussant la charrue…

Elle releva les cheveux qui lui tombaient sur le visage et poursuivit :

— Les coffres vides, l'impossibilité de remplacer les outils usés, les meilleurs artisans quittant Brynmor pour tenter leur chance ailleurs, les enfants affamés, des voisins se battant pour un quignon de pain… Tout cela par votre faute !

Elle expulsait son venin mais n'en éprouvait aucun soulagement.

— Et ma pauvre Aliénor…

La voix d'Anwen s'étrangla et elle dut reprendre son souffle avant de poursuivre :

— C'est elle qui a payé le plus lourd tribut… Elle était devenue le souffre-douleur d'Urien. Et je ne pouvais rien faire pour la soustraire à sa violence. Quand je me dressais entre eux, il m'écartait brutalement et frappait encore plus violemment Aliénor. Pourquoi elle et pas moi ? Moi, la bâtarde !

Le silence de Teague l'exaspérait car elle voulait une réponse de sa part. Quelque chose. N'importe quoi !

— Et tout cela pourquoi ? demanda-t-elle. Pour que vous viviez derrière vos remparts au milieu de vos tapisseries, éclairé par des chandelles à la cire d'abeille !

Elle s'interrompit car il commençait à parler. Le vent, glacial, pénétrant, avait forci et elle sentait ses vêtements coller à son corps tandis que ses cheveux se soulevaient. La pluie qui s'annonçait s'accompagnerait d'une tempête.

— Vous croyez que j'ai choisi le parti du roi d'Angleterre pour le confort ? Vous, qui êtes si généreuse, ne me jugez qu'en fonction de mes richesses ?

Il était trop tard pour la prudence. Trop de dégâts avaient été causés.

— Je vois ce que je vois. Or, vous avez tout ce qui manquait à Brynmor.

— Vous croyez voir, mais ne voyez rien. Gwalchdu présente des murs épais, une belle fauconnerie et bien d'autres avantages, mais vous ne vous doutez pas des efforts qu'il me faut déployer pour tenir cette forteresse en état et n'avez aucune idée de tous les sacrifices qu'il m'a fallu faire pour l'édifier.

— Je suis parfaitement au courant de ce qui s'est passé. Tout le monde sait comment a agi le sire de Gwalchdu. Quand le prince Llewellyn se préparait à la guerre contre le roi Edouard, vous avez couru vous jeter dans les bras de ce dernier ! Sans la protection de Gwalchdu, Brynmor n'avait aucune chance de résister à la puissance du roi d'Angleterre. Vous nous avez trahis !

— Une trahison a été commise, Anwen, mais pas par moi, répondit Teague en levant la main pour obtenir son attention.

Comme elle faisait mine de s'éloigner, il s'écria :

— Non, attendez ! Il est temps que vous entendiez ce que j'ai à vous dire.

La jeune femme s'enveloppa dans son manteau et croisa les bras devant elle. Elle semblait prête à l'entendre maintenant, vu qu'il avait quelque chose de si important à lui dire.

Teague hésita, à cet instant. Était-il nécessaire de lui dire la vérité ? Il sentait le regard d'Anwen sur lui et tentait de s'affranchir de son jugement. Il se montrait faible avec elle alors que l'ennemi rôdait et pouvait frapper à tout instant. Or, il ne pouvait se permettre de montrer de la faiblesse. La situation était trop grave.

— Vous avez froid ? demanda-t-il en la voyant tirer sur les pans de son vêtement.

Elle fit non de la tête.

— Dites-moi ce que vous avez à dire. Nous rentrerons bien assez tôt.

Elle était obstinée, courageuse et malheureusement, aussi, obtuse, mais elle l'écouterait et le croirait.

— Vous savez, sans doute, que ma mère était galloise et mon père anglais. Elle a fait un grand sacrifice en épousant un Anglais, mais elle était amoureuse. Je l'ai peu connue puisqu'elle est morte en mettant Rhain au monde le jour même où nous venions d'apprendre la mort de mon père. J'avais cinq ans et étais orphelin. Vous comprenez que Gwalchdu était alors très vulnérable. Que croyez-vous qu'il arrive à un fief de cette taille quand il n'a pour défenseur qu'un garçonnet qui ne peut pas tenir une épée ?

Teague se pencha et ramassa un caillou qu'il lança sur l'eau de telle façon qu'il fit plusieurs ricochets. Se redressant, il reprit son récit :

— Ce fut sur les épaules de Ffion que retomba la responsabilité de Gwalchdu. La place forte avait toujours été galloise et il n'y avait aucune raison qu'elle ne le restât pas. À cette époque, le prince de Galles, Llewellyn, était dans les bonnes grâces du roi Henri, le père d'Edouard. En outre, le capitaine de la garde, qui était toqué de Ffion, était resté au château et en assurait la défense. Ffion était très courtisée à l'époque. Je pensais qu'elle se marierait, mais jamais elle ne se décida.

Teague trouva une pierre large et plate, et la lança si habilement qu'elle heurta la rive opposée après avoir rebondi sur la surface de l'eau. Petite victoire alors qu'il allait évoquer ses plus grandes défaites.

— Le prince Llewellyn était puissant, de même qu'Urien. Ils avaient une si grande assurance dans leur force qu'ils refusèrent de reconnaître Edouard lorsqu'il monta sur le trône d'Angleterre. J'avais alors dix ans. Leur attitude brisa la paix fragile entre les deux pays.

« Depuis toujours je n'avais cessé d'entendre Ffion vanter la supériorité des Gallois. J'étais aussi profondément gallois que n'importe quel autre petit garçon et j'en voulais à ma mère d'avoir épousé un Anglais.

« Quand il comprit que la guerre avec l'Angleterre allait éclater, Urien s'empressa de se présenter avec quarante de ses hommes d'armes devant les portes de Gwalchdu. »

Teague s'interrompit et cessa de chercher des cailloux pour lever les yeux sur Anwen. Elle avait toujours les bras croisés sur la poitrine mais son regard était moins rebelle. Avait-elle besoin de savoir ? Il ignorait s'il lui faisait ces confidences dans son intérêt ou pour améliorer sa propre situation vis-à-vis d'elle, de façon à ce qu'elle le regardât sous un autre angle. C'était une faiblesse, peut-être, mais quand n'avait-il pas été faible quand il était question d'elle ?

— Je sais maintenant, reprit Teague, qu'il a agi ainsi de crainte qu'il n'y ait une opposition à ce qu'il prît le contrôle de Gwalchdu. Ni Ffion ni moi, cependant, n'avons protesté contre sa venue. Cela s'était déjà produit dans le passé, où il nous avait donné des conseils. Vu les circonstances, il nous a semblé normal qu'il vînt assurer la défense du château. Ma réaction face à cette ingérence est le plus grand regret de ma vie.

« Il nous est apparu rapidement, en effet, que la préoccupation d'Urien n'était pas l'amélioration des défenses de Gwalchdu mais le dépouillement de toutes ses richesses au profit de Brynmor qu'il voulait mieux fortifier et défendre avec une garnison bien plus importante. Le sort des habitants de Gwalchdu lui importait peu.

« Il nous avait tant spoliés que lorsque Edouard nous a déclaré la guerre je ne voyais pas comment nous pourrions résister à un siège. Les serviteurs avaient les joues creuses à force de privations, les gens d'armes qui formaient la maigre garnison passaient plus de temps dans les champs qu'à l'entraînement. Quant à l'enceinte, essentiellement en bois à l'époque, elle avait grandement besoin de réparations. Par bêtise ou malveillance, Urien nous avait privés de toute défense. Aux premières lignes, nous étions comme des roseaux face à la faux.

« Lorsque Edouard enleva la fiancée du prince Llewellyn, le moment étant venu pour moi de prendre en main mon héritage, j'ai prêté hommage au roi d'Angleterre. »

— Les gens de Gwalchdu auraient manqué de tout et cela les aurait rendus très vulnérables ? fit Anwen. Je n'en crois rien. En tout cas, je n'en ai jamais entendu parler.

— Ce n'est pas étonnant car je me suis assuré que cela ne dure pas.

Il ferma les yeux alors qu'il sentait Anwen fulminer auprès de lui. Enfin, du moins l'écoutait-elle.

— Interrogez Greta et Edith si vous ne me croyez pas. Elles étaient présentes.

D'un geste de la main, Anwen écarta cette éventualité.

— Et que s'est-il passé ensuite ?

— Il n'est pas nécessaire que je vous raconte les risques que j'ai courus pour me rendre au campement d'Edouard. Si l'un ou l'autre des camps s'était saisi de moi, je ne serais pas là pour vous parler. Heureusement, j'ai pu rencontrer le roi et lui rendre hommage avant qu'une épée ne me transperce.

— Où était Rhain à ce moment-là ?

— À Gwalchdu, mais après, comme j'ai obtenu le secours du roi, j'ai pu l'envoyer à Londres où il a servi à la cour comme page puis écuyer.

« Il avait entre neuf et dix ans à l'époque et n'est revenu à Gwalchdu que récemment. Ffion ne m'a pas pardonné ce que j'avais fait. C'est par réaction qu'elle est entrée au couvent. Elle ne m'avait jamais aimée, mais son opinion s'est alors encore dégradée, et ne s'est pas améliorée depuis qu'elle est revenue vivre à Gwalchdu.

— Pourquoi le roi Edouard n'a-t-il pas fait pendre Urien pour trahison ?

— Parce que je lui ai demandé de l'épargner et il m'a écouté. Maintenant que je connais les tristes conditions de vie qu'il a imposées à sa fille, je crois que j'ai eu tort. Rien, à l'époque, ne laissait deviner qu'il deviendrait cette brute épaisse. C'est seulement à mon retour après la première guerre consécutive au soulèvement des Gallois qu'Urien a commencé de montrer des signes de ce qu'il allait devenir. Il buvait et sa tenue laissait à désirer. Sa déchéance a d'ailleurs été plus douloureuse, je pense, que ne l'aurait été une mort rapide sur l'échafaud. Et son état ne pouvait que s'aggraver avec le temps, ce qui fut le cas.

Teague se tut un instant avant de reprendre :

— J'ai été armé chevalier et ai regagné Gwalchdu quand Llewellyn a signé le traité d'Aberconwy qui concédait à l'Angleterre la domination sur le pays de Galles.

« J'avais environ quinze ans à l'époque. Vous n'avez aucune raison de m'en vouloir. Je n'ai jamais été un traître. C'est Urien qui l'a été. »

Une pluie cinglante se mit, à cet instant, à leur fouetter le visage. La tempête était imminente, mais Anwen avait le regard fixé sur le sien, et il ne baissa pas les yeux, comme quelqu'un qui n'a dit que la vérité.

— Retournons à Gwalchdu, murmura-t-elle après un long silence.

Chapitre 19

À peine eurent-ils pénétré dans la cour du château qu'Anwen, sans attendre l'aide de Teague, se laissa glisser du cheval jusqu'au sol. À travers le rugissement de la tempête, elle entendit la voix de Teague qui l'appelait mais elle ne se retourna pas. Soulevant ses jupes, elle s'élança dans la nuit alors que la bise glacée piquait ses joues comme l'auraient fait des aiguilles. Elle savait où elle devait aller…

Elle ouvrit sans difficulté la lourde porte de la fauconnerie grâce au vent qui s'y engouffra, mais pour la refermer en revanche, elle dut employer toute sa force. Elle fut aussitôt enveloppée par l'odeur de foin et de bois. Derrière l'huis, elle entendait les rafales lancer leurs assauts contre la structure en colombage du bâtiment tandis que la pluie battait le toit de chaume.

Dans ce vacarme, les oiseaux étaient éveillés et inquiets. Leur attitude indiquait que la tempête serait forte. Sous leurs regards fixes et acérés de prédateurs, Anwen eut l'impression d'être un lapin bien dodu. Le froid aiguisait leur appétit. Aussi, bien qu'elle sût que Teague les nourrissait abondamment, fut-elle rassurée de voir chaque rapace attaché à sa perche alors qu'elle se dirigeait vers Gully.

— Bonsoir, mon ami, fit-elle en lui caressant la tête.

L'animal cligna des yeux en signe de contentement.

— Melun m'a dit que ton dressage était fini, reprit-elle. Cela n'a pas dû être facile de continuer avec un autre fauconnier. Dans la vie, il faut s'adapter à toutes sortes de situations. C'est pareil pour moi.

Depuis sa conversation avec Teague, elle s'était remémoré tout ce qu'il lui avait dit pour y chercher une faille, mais tout semblait vrai. C'était déroutant, mais elle ne pouvait pas nier la vérité.

Le traître ne s'appelait pas Teague de Gwalchdu.

Elle n'avait que huit ans lorsqu'il avait été armé chevalier, mais c'était un âge suffisant pour avoir pu mesurer la différence entre la prospérité de Brynmor avant la guerre et sa décadence après.

En revanche, elle n'aurait jamais imaginé que cette prospérité fût liée aux prélèvements qu'Urien opérait sur Gwalchdu ! Le domaine de Brynmor étant vaste, elle avait toujours cru qu'Urien était un prince gallois puissant. L'avait-elle vu cependant entreprendre un jour des travaux et les mener à leur terme ? Non, jamais.

Ce n'était donc pas la défaite des Gallois qui avait changé son caractère. Il n'avait tout simplement pas l'étoffe suffisante pour faire de Brynmor un grand domaine florissant. Il s'était contenté de piller l'héritage de Teague qui lui, à cette époque, avait souffert de voir son bien dilapidé.

Toute sa vie, Anwen avait méprisé le seigneur de Gwalchdu et avait dit le plus grand mal de lui. De plus, elle n'était pas la seule. Combien d'insultes et d'affronts n'avait-il pas reçus… Or, un seul eût été encore trop, et parfaitement injustifié. Teague, en fait, n'avait agi qu'avec courage et dans l'unique but de protéger ceux qui dépendaient de lui.

Il n'était en aucun cas responsable de la mort d'Aliénor. N'avait-il pas montré en évoquant son passé qu'il ne lui avait pas été possible de tout contrôler ?

Cependant, se dit Anwen, même si elle était convaincue maintenant de l'innocence de Teague, il n'en demeurait pas moins un homme de pouvoir qui n'en faisait qu'à sa tête. Il n'avait pas hésité à la retenir prisonnière et avait mis en péril les habitants de Brynmor seulement pour obtenir des informations sur celui qu'il désignait sous le nom d'ennemi. Cet ennemi qui était bien, lui, responsable de la mort d'Aliénor.

La compréhension du passé n'éclairait pas toujours le présent. Particulièrement maintenant qu'elle se savait enceinte de lui. Elle portait l'enfant d'un seigneur des Marches. Vu son statut, Teague ne pouvait l'épouser, mais elle serait damnée si leur enfant ne recevait pas l'amour qui lui était dû. Que se passerait-il quand Teague apprendrait qu'elle portait un enfant de lui ? Elle n'en avait aucune idée.

Mais il était certaines vérités qu'elle ne pouvait ignorer. Elle n'aurait pas pris le risque d'être enceinte de lui si elle n'avait pas ressenti à son égard un attachement profond. Un attachement qui n'était pas seulement fondé sur le désir ni le réconfort qu'elle trouvait près de lui. De même, elle ne l'avait pas sauvé des flammes parce qu'elle lui devait la vie, mais à cause de la solitude dans laquelle elle le voyait depuis le début, et qu'elle ne supportait pas.

Il édifiait à présent des chaumières pour ceux de sa tribu et dispensait toutes sortes de bontés. Le désordre de Brynmor commençait à se répandre à Gwalchdu qui ressemblait de plus en plus à un endroit où elle se sentait chez elle, particulièrement depuis que Melun y vivait. Peut-être pourrait-elle le considérer comme son foyer…

Suffisait-il de lui dire qu'elle attendait un enfant de lui pour obtenir une réponse à toutes ces questions ? Mais elle en avait tant d'autres à lui poser… Il fallait d'abord le trouver.

Il pleuvait des cordes quand Anwen sortit de la fauconnerie et courut jusqu'au donjon. Glacée jusqu'aux os et les vêtements trempés, elle balaya du regard la grande salle en espérant y découvrir Teague, mais elle ne le vit pas.

Elle aperçut, en revanche, Ffion qui venait dans sa direction avec l'intention, sans doute, de prendre l'escalier.

Anwen sortit de l'ombre et lui barra le passage.

— Pardonnez-moi, ma sœur. Avez-vous vu Teague ?

Les mains crispées sur son rosaire, Ffion cligna nerveusement des yeux.

— Teague ? D'habitude, il est sur les remparts à la tombée de la nuit.

— Même par un temps pareil ?

Ffion remua la tête.

— Non, en effet. Il n'y est vraisemblablement pas. Certains de ses hommes sont pourtant, eux, déjà à l'extérieur où ils montent la garde. Mais pourquoi voulez-vous lui parler ? Il est tard. Vous devriez être en prière, à cette heure.

Un éclair passa dans le regard de la sœur quand elle reprit :

— Vous vous êtes donnée à lui, n'est-ce pas ?

Anwen en avait assez de cette suspicion à son égard et des médisances sur le compte de Teague.

— Ma sœur, répondit-elle sèchement, je vous ai simplement demandé si vous saviez où il se trouvait.

Ffion leva une main menaçante, les doigts écartés comme des serres, alors que de l'autre elle agrippait toujours son rosaire.

— Vous n'auriez pas dû, mon enfant ! Je vous ai déjà dit qu'il vous désirait comme aucune autre… Il voulait vous avoir… Alors, il vous a eue ?

Une expression de colère diabolique défigura les traits de Ffion quand elle posa cette question qui était bien plus une affirmation.

Instinctivement, Anwen mit ses deux mains sur son ventre comme pour protéger l'enfant contre les foudres de la religieuse.

— Il a déposé sa semence en vous et maintenant tout est perdu ! Perdu !

Sur ces mots, Ffion se dirigea d'un pas rapide vers la porte donnant accès à l'escalier. Anwen courut derrière elle et la retint par le bras.

— Pécheresse ! s'écria la sœur en postillonnant. Vous êtes perdue… !

Elle prononça quelques syllabes incompréhensibles puis des sons gutturaux s'élevèrent de sa gorge alors qu'elle tendait les bras et que ses yeux se retournaient dans leurs orbites.

Il n'y avait personne dans la salle. Si Ffion tombait sur les dalles comme à Brynmor, Anwen ne pourrait l'y maintenir immobile ainsi que Teague et Robert y étaient parvenus.

Comment réagirait la religieuse, s'interrogea Anwen, quand elle apprendrait qu'elle était réellement enceinte de son neveu ? Si une simple suspicion la mettait dans de tels états, elle n'osait imaginer ce que cela serait quand elle saurait la vérité.

Ffion trembla de nouveau violemment avant de se calmer enfin et de s'affaisser contre Anwen qui la soutenait.

— Venez, ma sœur, fit Anwen en la conduisant jusqu'à un siège près de la petite cheminée.

— Allez chercher Greta.

— Je ne veux pas vous laisser seule.

— Je vous en prie, ma petite, répondit Ffion en se laissant tomber sur une chaise. Ramenez-moi Greta immédiatement ! J'ai besoin de lui parler.

Anwen trouva Greta dans la cuisine, penchée sur une grosse marmite, une cuillère en bois à la main.

— Ffion vous réclame, dit Anwen en lui saisissant le poignet.

Greta posa sa cuillère sur la table et la suivit jusqu'à la grande salle. Lorsqu'elles arrivèrent près de la religieuse, celle-ci semblait plus morte que vive avec sa peau blanche comme si elle n'avait plus une goutte de sang dans les veines.

— Cela va aller ? demanda Anwen en voyant Greta soulever Ffion dans ses bras. Est-ce que je peux vous aider ?

Greta fit non de la tête.

Anwen avait un peu honte d'abandonner Ffion, mais

elle voulait absolument parler à Teague. D'ailleurs, elle pourrait l'avertir du malaise qu'avait fait sa tante.

— Je vais chercher Teague, dit-elle à Greta avant de s'élancer vers la porte de la grande salle.

Elle était introuvable !

Teague avait les cheveux ruisselants et les vêtements collés à la peau. La poitrine soulevée par sa respiration rapide, il scruta une dernière fois la cour. Il était allé dans tous les recoins de la forteresse et n'avait vu Anwen nulle part. Tous ceux qu'il avait interrogés à son sujet lui avaient dit qu'ils ne l'avaient pas aperçue non plus.

Elle lui avait semblé dans un tel état lorsqu'elle avait sauté du cheval qu'il l'avait laissée partir, la suivant simplement des yeux jusqu'à ce qu'elle fût entrée dans la fauconnerie. Cependant, la nuit était tombée depuis et elle n'était toujours pas réapparue. Il avait alors décidé de la chercher et était allé d'abord dans la fauconnerie, mais elle n'y était plus.

Il ne restait maintenant qu'un endroit où elle pût se trouver : les remparts. Il faisait nuit noire et le vent soufflait en rafales. Les hommes de garde n'arpentaient jamais le chemin de ronde par un temps pareil. La visibilité étant nulle, il ne servait à rien de scruter l'obscurité. Et puis les marches étant glissantes, le risque de chute était très grand.

Des éclairs déchiraient le ciel à l'horizon, mais dès qu'ils disparaissaient, tout retombait dans une nuit opaque. Pour s'éclairer, Teague détacha une torchère d'un mur de la tour nord et s'engagea dans l'étroit escalier à vis, qui donnait accès aux remparts.

Arrivé au sommet des marches, il entendit un cri à l'extérieur, derrière la porte de chêne fermant l'accès au chemin de ronde. Puis le tonnerre gronda et un grand silence se fit.

Il souleva le loquet de la porte, mais elle ne s'ouvrit pas. Elle était verrouillée et les clés étaient dans la salle des gardes en bas de la tour. Inclinant son flambeau, Teague vit que la serrure avait été endommagée. Il serait de toute façon impossible d'y introduire une clé.

Il fixa la torche à un support dans le mur et donna un violent coup d'épaule dans la porte qui s'ébranla mais ne s'ouvrit pas.

— Teague !

La voix était à peine audible, mais il l'aurait reconnue entre mille : c'était Anwen qui l'appelait au secours ! Elle était de l'autre côté de la porte sur un chemin de ronde glissant et battu par un vent capable d'arracher des arbres.

Le cœur battant, Teague se jeta à nouveau contre la porte. Pour la première fois, il jurait contre la qualité de ses huisseries et du système de défense de Gwalchdu. Il ne lui restait plus qu'à trouver un outil, quelque objet lourd et tranchant pour briser les planches de chêne.

À l'idée de laisser Anwen seule, il fut pris d'une terrible angoisse.

Frappant du poing le panneau de la porte, il s'écria :

— Accroupis-toi ! Protège-toi du vent !

Sans savoir si elle l'avait entendu, Teague descendit à toute vitesse jusqu'à l'armurerie. Quelques instants plus tard, il était de retour, une hache à double tranchant entre les mains.

— Anwen ! fit-il. Éloigne-toi de la porte. Je vais la pourfendre avec une hache.

Il n'eut pour toute réponse que le hurlement du vent charriant des trombes d'eau. Sans attendre, il souleva son arme et l'abattit contre le panneau de chêne. Jurant contre l'étroitesse de l'escalier à vis qui limitait ses gestes, il reprit son assaut jusqu'à ce que les planches commencent à se disloquer. Pour hâter la conclusion de ses efforts, il s'attaqua à la serrure qui ne tarda pas à se détacher de l'huis et à tomber au sol avec le verrou.

Il n'eut plus qu'à ouvrir la porte toute grande et, jetant la hache sur le côté, à se précipiter dehors.

Le souffle puissant de la tempête l'immobilisa presque. Aveuglé par la pluie, Teague avança à tâtons en longeant le mur dentelé de créneaux. La pluie lui cinglait si violemment le visage qu'il était obligé de se protéger avec les mains.

Anwen restait invisible. Cette partie des remparts était la plus exposée aux vents maritimes. Peut-être Anwen était-elle allée trouver refuge dans la partie opposée ?

Teague marcha jusqu'à la tour suivante et, soudain, vit surgir de l'ombre une frêle silhouette qui bondit sur lui comme un chat, l'enlaçant de ses bras et de ses jambes.

Il la serra aussitôt contre lui et s'empressa de revenir sur ses pas en la portant tandis qu'il rendait grâce à Dieu. Il courut avec elle jusqu'à sa chambre et l'étendit sur la peau de bête devant l'âtre où couvaient des braises.

Elle tremblait de tous ses membres et était d'une extrême pâleur.

— Que faisais-tu sur le chemin de ronde par ce temps ? s'enquit Teague en lui essuyant les cheveux avec un linge. Que serais-tu devenue si je ne t'avais pas trouvée ?

Se penchant sur le foyer, il y jeta du menu bois avant de disposer trois solides bûches. En un instant, le tout s'enflamma, répandant un souffle chaud et bienfaisant dans la pièce.

— Le vent aurait pu te propulser au pied des remparts. On meurt sur le chemin de ronde par ce temps.

Anwen ne parlait pas. Son regard était rempli de frayeur et ses lèvres avaient pris une coloration bleue. Elle semblait glacée jusqu'au fond des os. Il n'y avait pas un instant à perdre.

Teague défit l'agrafe du manteau de la jeune femme ainsi que les lacets de son surcot et de sa robe, et après l'avoir dénudée, l'enveloppa dans une épaisse couverture en laine, puis l'assit sur un siège près du feu.

Il se débarrassa ensuite de ses propres vêtements qui étaient gorgés d'eau alors qu'il n'avait été que peu exposé à la pluie. Anwen, au contraire, prisonnière du chemin de ronde sans doute depuis la tombée du jour, en avait subi les assauts bien plus longtemps.

Elle avait froid, tellement froid qu'elle était comme paralysée, et claquait tellement des dents qu'elle n'arrivait pas à articuler un mot. Recroquevillée sur elle-même, emmitouflée dans la couverture, elle regardait Teague se déshabiller.

Il était nu, à présent, et sa peau, encore hâlée à cette époque de l'année, présentait des reflets de bronze. Anwen ne pouvait détacher les yeux du réseau sinueux de sa musculature et en suivait le relief des épaules à la poitrine puis le long du ventre, des cuisses et des jambes.

Constatant qu'elle n'arrivait pas à se réchauffer, Teague la souleva dans ses bras et l'étendit sur une couverture en fourrure qu'il avait préalablement disposée sur la peau de bête. Puis, se couchant à côté d'elle, il la fit s'allonger sur lui pour lui communiquer sa chaleur avant de les envelopper ensemble dans la fourrure.

Anwen avait le corps encore glacé et ne pouvait toujours pas parler.

Elle ne s'était pas attendue à cette succession de gestes, et en tirait un immense bienfait. Son corps se réchauffait peu à peu au contact de celui de Teague et elle se rendait compte que sans le savoir elle avait désiré se trouver à nouveau avec lui dans cette union intime. Elle avait toutes sortes de questions à lui poser mais, pour l'instant, elle appréciait d'abord sa chaleur. Pour mieux goûter à son grand corps qui lui rendait la vie, elle pressa les lèvres contre sa poitrine.

Constatant sûrement qu'elle n'était pas effrayée par ce qu'il avait fait, Teague se mit à lui caresser le dos en la massant, ce qui eut pour conséquence d'activer la circulation de son sang. Quand les mains viriles se firent plus lentes et s'attardèrent dans le creux de ses reins, Anwen sentit que cet effet s'amplifiait nettement.

— Anwen, murmura Teague, les lèvres contre sa tempe.

Il revint placer ses doigts sur sa nuque et descendit le long de sa colonne vertébrale, insistant avec les pouces au niveau des reins avant de cueillir ses fesses dans ses grandes mains.

— Tu m'as encore surpris.

— Parce que tu n'avais pas prévu cela ? demanda-t-elle, la parole lui étant revenue en même temps que la chaleur.

Elle fut surprise d'entendre sa propre voix, rauque et grave, une voix de gorge, et ses mains se mirent à courir, soudain, le long du corps de Teague avec une fébrilité qui l'étonna. Elle réagissait différemment, cette fois. Elle était beaucoup plus présente et, lui semblait-il, impatiente. Mais la grande différence, c'était que maintenant elle le connaissait bien. Et il venait encore de la sauver. Elle avait confiance en lui.

— Non, répondit Teague. Je voulais seulement te réchauffer, te tenir serrée contre moi.

— Tu le fais très bien, mais je veux plus, fit-elle en continuant de l'embrasser et de le caresser.

— Si tu continues, dit-il, le souffle court, je ne pourrai plus me contenir…

— C'est bien cela que je veux…

Sur ces mots, Anwen tendit le cou et pressa les lèvres contre les siennes. Elle cessa instantanément de grelotter comme si toute la chaleur de Teague l'avait envahie d'un coup, et elle se blottit encore plus près de lui.

Interrompant leur baiser, il la regarda droit dans les yeux.

— J'ai peur que ce ne soit trop tôt pour toi.

Il n'avait pas oublié sa réaction, la fois précédente, et ne voulait pas revivre la même scène.

Peut-être avait-il raison, mais depuis Anwen avait acquis au moins la conviction qu'il y avait plus de lumière en lui que de zones d'ombre.

— J'ai besoin de te sentir en moi, répondit-elle en nouant les mains derrière sa nuque.

— Tu es pleine d'audace et pourtant…

— Je ne l'ai jamais été avant de te connaître… Jamais comme cela…

Rejetant la tête en arrière et cambrant la poitrine pour lui montrer qu'elle se donnait à lui, elle murmura :

— Prends-moi, s'il te plaît.

— Comment pourrais-je te résister…, fit Teague en approchant les lèvres de ses seins, s'emparant alternativement de leurs pointes.

Quand il la sentit vibrer d'impatience, il la souleva en se redressant et la déposa sur le lit, puis il s'assit près d'elle. Anwen se mit alors, en toute liberté, à explorer son corps de ses mains et de ses lèvres.

Cédant aux délices qu'elle lui procurait, Teague s'étendit près d'elle et elle devint encore plus audacieuse. Elle prenait un plaisir immense à caresser la toison brune qui lui couvrait les jambes et la poitrine, et à sentir la contraction de ses muscles sous sa peau chaude.

De caresses en baisers, elle se retrouva à presser ses lèvres contre le ventre de Teague et à laisser sa main s'aventurer de plus en plus bas, puis sa bouche…

Haletant, frémissant, Teague se dressa sur un coude.

— Que fais-tu, Anwen ?

— La même chose que toi dans la hutte… Ce n'est pas bien ? C'est pourtant ce dont j'ai envie.

Le regard de Teague était insondable. Elle sentit en lui plus d'intensité encore que lorsqu'il l'avait tenue dans ses bras, ainsi qu'une urgence brûlante comme s'il allait soudain la posséder.

— Comment refuser ? fit-il en fermant les yeux alors qu'un sourire extatique se dessinait sur ses lèvres.

Il laissait échapper de petits gémissements qui ne faisaient qu'exciter Anwen de plus en plus à l'aise et sensuelle.

— Assez, fit-il, redoutant certainement de ne pouvoir se retenir plus longtemps.

Glissant les doigts dans sa chevelure, il l'invita à s'étendre sur lui puis, s'étant emparé de ses lèvres, il la fit se retourner sur le dos et la couvrit de son corps.

Instinctivement, Anwen écarta les jambes et, se penchant sur elle, Teague lui dévora les seins et le ventre de baisers puis, soulevant ses hanches, il rapprocha son intimité de ses lèvres et se mit à y passer la langue.

Ce fut au tour d'Anwen de rougir et de haleter sous ses caresses…

Les mains crispées sur les couvertures sous elle, elle ne voyait que les boucles brunes des cheveux de Teague entre ses cuisses et sentait très nettement sa bouche et, pourtant, pas encore assez. Nouant les jambes autour de son dos, elle cambra les reins pour se rapprocher encore de lui. Elle avait besoin de bouger ; il lui fallait plus… Mais il poursuivait ses baisers légers, presque moqueurs, jusqu'au moment où elle eut un soupir d'exaspération.

Relevant la tête, Teague croisa son regard puis couvrit de baisers l'intérieur de ses cuisses.

— Je ne pensais pas que tu puisses être aussi belle et désirable, dit-il. Tu me rends littéralement fou… Je meurs d'envie de toi.

Il la laissa redescendre sur le lit puis traça un chemin de baisers le long de son corps jusqu'à son visage.

Les muscles tendus, douloureux, Anwen l'attendait en le caressant et en lui serrant les hanches entre ses jambes…

— Viens…, murmura-t-elle. Maintenant…

Teague ne se fit pas prier.

Chapitre 20

Anwen fut réveillée par le crépitement des bûches que Teague venait de mettre dans l'âtre et que dévoraient déjà les flammes. Il avait revêtu une tunique en laine pour se protéger de la fraîcheur de la chambre. Elle laissait voir le dessin de son corps musclé devenu si familier à Anwen et dont elle sentait qu'elle avait, ce matin, encore le désir.

Baissant le regard, elle vit un plateau couvert de victuailles qui avait été posé sur une table près d'un pichet en étain. Les volets intérieurs étaient clos et seule une légère lumière éclairait la pièce, mais aux bruits extérieurs Anwen devina qu'on était déjà au milieu de la matinée. Jamais dans sa vie elle n'avait dormi aussi longtemps. Elle s'étira voluptueusement au milieu des couvertures de laine et de fourrure, et replia l'une de ses jambes.

Teague se tourna vers elle et sourit en l'observant puis il vint s'asseoir près d'elle.

— Tu as bien dormi ?

Anwen fit oui de la tête tandis qu'il promenait un doigt le long de sa jambe nue. Elle s'amusait du contraste entre sa peau blanche et la main hâlée de Teague, et sentait monter en elle une envie croissante d'éprouver de nouveau le poids de son grand corps sur elle.

Cependant, à sa grande déception, Teague cessa de la toucher et se leva pour aller prendre le plateau et le pichet qu'il posa sur le bord du lit. Force fromages, fruits, viandes froides et petits pains s'offraient à eux. Anwen avait faim, mais une légère nausée contrariait son désir de goûter à ces bonnes choses. C'était, un rappel de l'enfant qu'elle portait et dont elle n'avait toujours pas parlé à Teague.

Au lieu de s'acquitter de cet aveu, cependant, elle prit un pain et mordit dedans à pleines dents.

— Si tu manges de cette façon, tu n'auras pas la chance de terminer ton repas.

Il leva les yeux sur ses lèvres avec un petit sourire coquin avant de les reporter sur le plateau et ses victuailles.

En le voyant mordre dans une figue, Anwen comprit son allusion. Il aurait été tentant d'y répondre et de remettre à plus tard ce qu'elle avait à lui dire, mais elle avait assez tardé.

— Je te crois, déclara-t-elle sans autre préambule.

Teague la regarda d'un air interloqué :

— Qu'est-ce que tu crois ?

Anwen mordit de nouveau dans son pain et s'efforça de contrôler ses émotions.

— Je t'ai cherché sur les remparts pour te le dire…

Elle reprit son souffle et ordonna ses idées. Il y avait eu assez de malentendus entre eux. Elle devait s'exprimer clairement et avec logique.

— J'ai compris que tu n'étais pas le traître que j'imaginais. Je savais qu'Urien était un vaurien, mais je ne voulais pas l'admettre. Peut-être parce qu'il était aussi mon père. On aime à penser que ses parents ont des vertus…

« Cependant ce n'était pas le cas. Urien était arrogant, égoïste et cruel, mais comme ses défauts s'étaient aggravés après que tu avais rallié la Couronne d'Angleterre, je t'en rendais responsable. J'ai voulu croire que c'était par ta faute que Brynmor souffrait. Je reconnais, maintenant, que j'ai eu tort. »

Voyant qu'elle n'ajoutait rien, Teague, qui paraissait soulagé, lui demanda :

— Me crois-tu aussi sur d'autres sujets ?

— Oui… Je considère que ce n'est pas ta faute si Brynmor a été détruit par un incendie.

Il fronça les sourcils.

— Mais il ne se serait pas produit si je ne m'y étais pas rendu.

Anwen fit non de la tête avec énergie.

— Tu ne pouvais pas prévoir que quelqu'un commettrait cet acte dément. Quant à ta volonté de défendre Gwalchdu, elle n'est que naturelle. C'est ton fief. Il te vient de ta mère et il est de ton devoir d'en assurer la sécurité ainsi que celle de ceux qui y vivent. Ce n'est pas parce que tu te bats pour préserver ton bien que tu es un traître vis-à-vis de Brynmor ou même de moi.

— Est-ce tout ce que tu avais à me dire ?

Non… Elle voulait aussi lui parler de l'enfant, mais elle ne savait comment aborder la question. Elle ne savait pas, au juste, quels étaient les sentiments de Teague pour elle, ni d'ailleurs les siens pour lui…

Un enfant exigeait plus que de la compréhension. Il avait le droit d'être aimé, protégé et méritait la confiance de ses parents. Est-ce qu'un seigneur des Marches comme Teague pouvait dispenser tout cela ? Urien, prince gallois, en avait été incapable.

— J'étais glacée jusqu'aux os et terrifiée, la nuit dernière, mais ce n'est pas pour cela que je suis entrée dans ton lit.

— Et que tu y es restée, fit Teague avec un sourire.

Anwen sentit le sang lui monter aux joues.

— Je ne l'aurais pas fait si tu ne m'avais pas parlé de ton passé.

Ce n'était pas tant ce qu'il lui avait dit au sujet d'Urien, mais plutôt le fait qu'il lui ait confié que sa mère était morte en couches qui l'avait touchée. Il avait beaucoup souffert dans son enfance.

— Je t'en ai dit plus que je n'en ai jamais dit à personne et pourtant…

Il devint pensif et remua la tête en détournant le regard

avant de se mettre à aller et venir dans la chambre comme s'il était tombé dans un piège.

Anwen comprit à son attitude qu'il attendait davantage d'elle. Elle aurait dû se douter que cela viendrait… Et pourtant elle lui avait donné plus qu'à aucun autre homme. Non seulement son corps, mais aussi quelque chose de plus profond. Et ce malgré les mauvais traitements qu'elle avait subis de son père.

— Que veux-tu de plus de moi ? demanda-t-elle.

— Je veux ton…

Il s'interrompit et chercha des yeux son regard avant de le fuir, exactement comme elle-même faisait quand elle ne voulait pas se dévoiler complètement devant lui.

Il lui tournait le dos alors qu'il se servait du vin. Il but une gorgée puis lui fit de nouveau face. La lumière était trop faible pour qu'elle vît dans ses yeux bruns la profondeur de son émotion, qu'elle devinait.

— J'ai besoin de ta confiance, dit-il.

Pouvait-elle la lui donner ? À lui, un homme de pouvoir ?

— Je crois ce que tu me dis…

— Bien, reprit Teague. Alors me croiras-tu si je te dis que tu dois partir ?

Anwen tira sur la couverture pour s'en couvrir.

— Comment ?

Teague serrait sa coupe dans sa main.

— La serrure de la porte donnant accès aux remparts était endommagée. L'ennemi dont je t'ai parlé veut m'atteindre à travers toi. Il t'a délibérément enfermée sur le chemin de ronde par une nuit de tempête dans l'espoir que tu ferais une chute fatale. Est-ce que tu comprends ?

Un frisson courut dans le dos d'Anwen. Celui-là même qui avait incendié Brynmor lui avait tendu un piège ! Elle ne comprenait que trop bien.

— Avais-tu dit à quelqu'un que tu te rendais sur les remparts ?

— Je crois que je l'ai dit à Greta.

— Greta…, fit Teague en remuant la tête. Elle s'est occupée de ma mère et de fion quand elles étaient petites. Je ne la crois pas capable de faire du mal, mais elle aurait dû te dissuader de monter sur les remparts.

— Je ne lui en ai même pas donné l'occasion. Je suis partie comme une folle.

Anwen s'assit dans le lit avant de reprendre :

— Faut-il que ce soit quelqu'un de notre connaissance ?

— On ne peut éliminer personne. Et maintenant qu'on s'en prend à toi, la situation est plus grave que jamais. C'est pour cela que je souhaite que tu partes. Je vais te conduire à la cour du roi Edouard.

— Mais si cet ennemi cherche à m'atteindre, il pourra le faire tout autant à la cour du roi d'Angleterre.

Teague posa violemment sa coupe sur la table.

— Je ne veux prendre aucun risque. Depuis ta chute de l'arbre, ton destin est entre mes mains. Je suis responsable de toi. Tu iras vivre à Londres.

Elle ne supportait pas de recevoir d'ordres, en particulier d'un seigneur des Marches.

— Je ne partirai pas.

— Ne m'as-tu pas dit que tu n'étais ici que pour l'hiver ? Je ne te demande que d'avancer un peu ton départ.

— Maintenant que tu m'as éclairée sur ton passé, je n'ai plus aucune raison de partir.

— Au contraire… Tu as toutes les raisons de quitter une forteresse où je ne puis assurer ta sécurité.

Il s'était approché du lit et la dominait de toute sa grande taille. Malgré le manque de lumière, Anwen distinguait la sévérité de son expression et sa détermination.

— L'incident d'hier soir a tout changé. Je serai inquiet, maintenant, dès que je ne t'aurai pas sous les yeux. Tu vas partir. Je ne faiblirai pas !

Autoritaire, menaçant, c'était à nouveau l'homme qui était entré dans sa chambre sans frapper. Que ferait-il quand il apprendrait qu'elle portait son enfant ? Il l'attacherait à une charrette et l'enverrait malgré elle auprès du souverain ? Elle ne le laisserait pas disposer d'elle ainsi. Aucun homme ne déciderait de sa vie à sa place.

— Est-ce de ton origine anglaise que tu tiens ce goût de diriger les autres ?

— Non, il ne m'est inspiré que par ma volonté de protéger la vie de ma future épouse !

Le cœur d'Anwen fit un bond.

— Tu veux faire de moi ta femme ?

— Oui… Si je veux que tu bénéficies de la protection royale, il faut que nous soyons mariés.

Un mariage arrangé… Et lorsqu'elle serait sa femme, elle ne serait plus que sa chose. Une chose bien négligeable qui plus est.

— Tu oublies que je suis galloise !

— M'as-tu seulement écouté ? Je me moque éperdument que tu le sois.

— Toi, peut-être, mais pas ton roi.

— Tu te trompes. Edouard a le sens pratique. Maintenant qu'Urien est mort ainsi que ta sœur, tu es la seule héritière de Brynmor. Bâtarde ou non, tu es la fille de ton père.

— De Brynmor il ne reste plus que des cendres. D'ailleurs, tout le territoire gallois appartient déjà à la Couronne. Cela ne change rien pour le roi que je sois ou non l'héritière de Brynmor.

— Cela change quelque chose pour tous ceux qui y ont vécu et qui sont venus s'installer ici. Tu as une grande influence sur eux. Un mariage entre nous contribuerait à la paix dans les Marches du pays de Galles.

— Tu ne veux m'épouser que pour assurer la paix ?

— Non… D'abord pour te protéger.

Elle pourrait avoir une maison, jouir de la protection de Teague, son enfant ne serait pas un bâtard comme elle, mais ils seraient soumis l'un et l'autre à l'autorité d'un seigneur des Marches, dirigés par une poigne de fer.

— Et si nous étions mariés, tu m'enverrais quand même vivre à la cour du roi Edouard.

— Bien sûr… Immédiatement.

Anwen s'enveloppa dans la couverture étendue sur ses jambes et se déplaça vers l'autre côté du lit. Elle en descendit et, aussitôt, rassembla ses vêtements.

— Que fais-tu ?

— Je m'habille, répondit-elle en enfilant sa chemise. Je pars. N'est-ce pas ce que tu souhaites ?

Elle avait été si près de lui parler de l'enfant ! Et, maintenant, elle ne voyait pas d'autre solution que d'aller vivre ailleurs si elle ne voulait pas tomber sous son pouvoir ainsi que le bébé qu'elle portait dans son ventre.

Teague inclina la tête de côté en l'étudiant du regard.

— Les préparatifs du mariage commenceront dès aujourd'hui, dit-il.

Anwen attacha le cordon de sa chemise autour de sa taille.

— Vous ne m'avez pas bien comprise, messire de Gwalchdu. Je vous quitte et ne vous écoute pas !

— Je te prie de m'obéir !

Ignorant la fureur dans la voix de Teague, Anwen passa sa robe par-dessus sa tête.

— Vous ne me garderez pas en prison, cette fois, dit-elle. Vous ne jouissez d'aucune autorité sur moi.

— Crois-tu que j'aie besoin d'autorisation pour diriger tes gestes ? L'autorité émane de moi et de moi exclusivement.

Sur ces mots, il se dirigea vers la porte et l'ouvrit.

— Si tu ne voulais pas de ma protection, dit-il en sortant et sans même prendre la peine de se retourner, il ne fallait pas me sauver du feu.

Chapitre 21

Anwen n'arrivait pas à se concentrer sur sa tâche. La veille, elle n'avait cessé de se répéter les propos de Teague et avait passé la nuit à se tourner et à se retourner dans son lit sans trouver le sommeil.

C'était la Saint-Martin, le commencement de l'Avent, période qu'Anwen aimait particulièrement. Un mois seulement les séparait de Noël et il fallait préparer les festivités.

Elle n'était pas la seule à s'être levée de bonne heure. La Saint-Martin avait toujours été un jour d'intense activité à Brynmor et, apparemment, c'était la même chose à Gwalchdu.

Le soleil n'était pas encore levé, mais une aube blanche éclairait la campagne. Les troupeaux avaient été ramenés des prés vers le village car c'était le moment d'abattre les animaux et de fumer la viande qui nourrirait les habitants de Gwalchdu durant tout l'hiver.

Anwen, cependant, ne voulait pas s'éloigner du donjon. Aussi choisit-elle d'aller dans le potager où elle était certaine de trouver Melun.

— Je vois qu'Edith t'a donné du travail, fit-elle en s'agenouillant près de lui.

Il prétendait que sa vie ne s'améliorait pas, mais il avait les joues plus pleines et un bien meilleur teint.

— Oui… Cette femme harassante me contraint à passer mes journées ici…

Changeant de ton, Melun poursuivit :

— Ces fleurs sont longues à pousser, mais je pense qu'au printemps elles vont croître subitement.

Anwen sourit.

— Avec les soins que tu leur prodigues, je n'en doute pas.

— C'est ce que je dis à Edith, mais elle est toujours sur mon dos. Pourtant, ce n'est pas faute de lui répéter qu'elle a mieux à faire que de s'occuper d'un vieux bonhomme comme moi.

Edith avait le même âge que Melun, mais ils étaient comme deux enfants et se chamaillaient toute la journée. Anwen regarda son vieil ami répandre des coquilles d'œuf au pied des plants. Il était manifestement plus heureux ici qu'à Brynmor.

Si la maison de son enfance n'existait plus, Anwen avait du moins la consolation qu'une partie de son jardin se retrouvait ici. Un peu du désordre de Brynmor, aussi, s'était invité à Gwalchdu, et elle y croisait quotidiennement la plupart des visages qu'elle avait connus depuis son enfance.

— Est-ce que je peux t'aider ? demanda-t-elle à Melun. Il faut que tu m'apprennes à jardiner.

Melun acquiesça de la tête.

— Ton aide sera toujours la bienvenue, ma petite. Ffion m'a confié quelques-uns de ses secrets au sujet des plantes, que je partagerai volontiers avec toi. Mais je ne pense pas que tu sois venue me trouver uniquement pour m'assister dans mon travail. Dis-moi ce qui t'amène.

— Je voulais que tu saches que je ne peux pas rester ici.

Mais où qu'elle allât, elle ne conduirait plus sa vie tout à fait comme avant. Son premier souci, lorsqu'elle vivait à Brynmor, avait été de se rendre nécessaire, sa plus grande crainte étant d'être rejetée comme sa mère. Mais elle s'était rendu compte récemment à quel point l'attitude qu'elle avait adoptée à leur égard avait changé les comportements et la personnalité d'Aliénor et de Melun.

Elle n'avait pas su donner à sa sœur le courage que

Robert avait éveillé en elle et, de même, elle n'avait jamais suggéré à Melun, lorsque sa vue avait baissé, de s'occuper d'autre chose que des rapaces. Il aurait pu, ainsi, conserver sa dignité et se protéger contre les critiques d'Urien. S'il était heureux maintenant, c'était grâce à son nouvel emploi. Là où elle vivrait, à l'avenir, elle ne commettrait pas les mêmes erreurs.

Melun s'interrompit dans ce qu'il faisait et leva les yeux sur elle.

— Ce n'est pas à cause du sire de Gwalchdu, n'est-ce pas ?

— Si… Il veut m'épouser.

Melun releva les sourcils.

— Vraiment ?

— Oh ! N'aie pas l'air si satisfait.

— J'ai toutes les raisons de l'être. Tu es ma fille adoptive, après tout. Il est normal que je me réjouisse quand tu m'apprends qu'un homme t'aime assez pour te demander en mariage.

— Je n'ai pas parlé d'amour. Il a invoqué la paix que ce mariage ne manquerait pas d'apporter dans notre région.

— Et c'est pour cela que tu envisages de partir ? Un homme ne se marie pas dans l'intérêt de la paix sauf s'il en a reçu l'ordre de son souverain. Or, j'ai la certitude que le roi Edouard ne lui a rien imposé de la sorte. La paix ! Laisse-moi rire… C'est bel et bien l'amour qui est en cause.

Le vieil homme rayonnait de joie et il n'y avait rien à faire pour le faire changer d'avis. D'autant moins qu'elle n'avait aucune intention de lui révéler le danger qui pesait sur elle. S'il l'apprenait, en effet, Melun serait le premier à prêter main-forte à Teague pour la ligoter et la jeter sur une charrette qui la conduirait à la cour du roi.

Melun disposa des feuilles et des coquilles d'œuf autour d'une tige avant de reprendre :

— Si c'est son passé qui te préoccupe, rien ne peut le

changer. En tout cas, j'ai l'impression qu'il n'est plus le même qu'autrefois.

D'un mouvement du menton, Melun désigna Teague qu'ils pouvaient apercevoir dans la basse-cour, assis devant une table posée sur des tréteaux. Une file de paysans, qui apportaient leurs produits au château, attendaient de passer devant lui et il semblait traiter chacun avec équité.

— Je ne suis plus perturbée par cela, répondit Anwen. Je sais à présent qu'il ne nous a jamais trahis.

Après qu'elle eut relaté au fauconnier ce qu'elle avait appris de la vie du sire de Gwalchdu, il serra les poings et déclara d'une voix tendue :

— Je regrette de ne pas avoir tué Urien quand j'en avais la force et que ma vue était aussi perçante que celle d'un faucon.

— Tu étais fauconnier, pas homme d'armes.

— Certes, mais je voyais à quel point il maltraitait ses filles. Cela aurait dû me donner le courage de réagir.

Anwen lui pressa affectueusement la main.

— Tu as fait plus qu'il n'était nécessaire. Je n'aurais pas pu avoir un meilleur père que toi.

Melun la prit dans ses bras et la serra sur son cœur.

— Es-tu aussi certaine des sentiments que tu as pour Teague que de ceux que tu me témoignes ?

Anwen éclata de rire.

— Non, pas du tout. Ma seule certitude, pour le moment, c'est que chaque matin je me réveille avec une impression nauséeuse.

— Tu serais… ?

— Oui, enceinte. Je porte son enfant.

— Ah ! Mais alors tu es plus proche de lui que tu ne le laisses entendre. Je ne pense pas, en fin de compte, que tu doutes de tes sentiments, n'est-ce pas ?

Pas vraiment, en effet, songea Anwen, mais elle ne voulait pas confesser tout ce qu'elle ressentait. Et même si elle croyait ce que Teague lui avait dit au sujet de son passé, il n'en était pas moins un seigneur des Marches.

Un seigneur des Marches dont elle portait l'enfant... Anwen avait envie de tenir son ventre dans ses mains pour le protéger. En dépit des menaces qui pesaient sur elle et de son indécision, elle exultait. Quoi qu'il arrivât, elle protégerait son bébé.

— Pour l'instant, dit-elle enfin, éludant l'interrogation de Melun, il ignore que j'attends un enfant. Tu es le seul à le savoir. C'est notre secret.

— À ta place, je n'attendrais pas trop longtemps pour lui en parler. Il désire t'épouser aujourd'hui, mais quand il saura que tu es enceinte, il l'exigera.

Et c'était justement ce qu'elle ne supporterait pas. Elle avait subi l'autorité inquisitrice d'Urien, il n'était pas question pour elle de tomber sous le pouvoir d'un autre homme quel qu'il fût.

— Le fait que je sois enceinte ne change rien à ma décision. Je ne peux pas rester ici.

Melun hocha la tête d'un air pensif.

— Mais n'est-ce pas justement à cause de l'enfant que tu veux partir ? Tu es inquiète pour lui car tu ne sais pas de quel genre d'homme est ce Teague.

Anwen dirigea le regard vers celui dont il était question et qu'elle voyait rire. Elle avait remarqué que les villageois ne le regardaient plus de la même manière. Beaucoup étaient encore réservés, certains se signaient en le voyant, mais un plus grand nombre d'entre eux osaient lui parler comme s'ils avaient mesuré les changements qui avaient eu lieu en lui depuis l'incendie de Brynmor.

Il n'était plus le même. Il avait ouvert Gwalchdu à ceux qui n'avaient plus de toit et dépensait sans compter pour les reloger. C'était en outre un homme de parole. À partir du jour où il avait prêté allégeance au roi d'Angleterre, il n'était plus revenu sur sa décision, mais, contrairement à ce qu'Anwen avait toujours pensé, il n'en était pas moins resté juste envers ses compatriotes.

Elle lui reprochait son autorité et le comparait à Urien, mais c'était injuste. Dans le cas d'Urien, le goût de donner des ordres lui venait de son égoïsme, alors que c'était l'opposé en ce qui concernait Teague. Il exigeait de sa part qu'elle l'épouse, mais c'était pour sa sécurité. Il était prêt à se priver de sa compagnie et à l'envoyer vivre à la cour du roi Edouard pour la soustraire au danger qui la menaçait.

— Oui, c'est vrai, répondit-elle enfin, pour donner une réponse logique à son père adoptif.

— Je crois que ce n'est pas nécessaire, répondit Melun en lui remettant une mèche de cheveux en place. Tu es plus forte que tu ne l'imagines.

Anwen posa les mains à plat sur son ventre en faisant le vœu que le petit être qui y avait pris racine restât insensible aux craintes qui la tourmentaient. Melun avait beau dire qu'elle était courageuse, elle se sentait en fait très démunie devant une telle adversité. Le fait, d'ailleurs, qu'elle n'eût pas osé parler de l'enfant à Teague était incontestablement un signe de couardise.

Cependant il méritait de savoir qu'il allait être père. En lui cachant sa grossesse, elle ne lui donnait pas la possibilité d'agir avec justice.

Quant à l'ennemi, fallait-il en avoir peur ? Même la violence d'Urien n'avait pas réussi à lui faire quitter Brynmor. Et justement, le cœur de ce Brynmor qu'elle aimait tant était arrivé à Gwalchdu. Pourquoi en partirait-elle alors même qu'elle avait appris la vérité sur le passé de Teague et qu'il était entièrement réhabilité à ses yeux ? Elle ne voulait pas être séparée de ceux avec lesquels elle avait passé son enfance ni, surtout, de Melun. Au cas où Teague ne voudrait pas reconnaître l'enfant, il aurait du moins un grand-père. Elle tenait avant tout à ce que son bébé reçût de l'amour. Or, elle était assurée que ce serait le cas si elle restait ici.

Au fond, Teague l'avait attrapée dans la forêt comme une bête sauvage. Puisqu'il l'avait gardée prisonnière pendant plusieurs semaines, il n'avait pas le droit, maintenant, de l'éloigner même s'il pensait que c'était pour son bien. Il avait vécu seul pendant toute sa vie, mais ce n'était pas une raison pour que cet état perdurât.

Et puis, elle était assez forte pour accepter sa protection sans cesser d'être ce qu'elle était, et réciproquement, elle était capable de lui apporter aussi sa protection. Ne l'avait-elle pas sauvé des flammes ? Elle ne devait pas l'abandonner maintenant, quand l'ennemi renouvelait ses menaces et quand on savait qu'il était prêt à tout.

S'il avait l'habitude de diriger les autres, elle-même avait toujours conduit sa vie selon sa guise et n'était pas prête à renoncer à cela, mais dans la mesure où elle voulait tout ce qui se trouvait déjà à Gwalchdu, il lui faudrait composer. Elle voulait d'ailleurs, aussi et particulièrement, celui qui désirait l'éloigner d'ici…

— Le faible ! L'incapable !

C'était la voix de Ffion qui résonnait ainsi.

Anwen tourna la tête et vit la religieuse traverser le jardin en faisant de grands gestes.

— Sacrilège ! Damnation !

— Que s'est-il passé ? demanda Anwen en courant vers elle.

— Il a recommencé ! Le seigneur des Marches laisse ces paysans offenser Dieu ! Comment aurons-nous Sa protection si le sire de Gwalchdu refuse de L'honorer ? Regardez vous-même !

Ffion pointait le doigt vers la basse-cour où de nombreux villageois faisaient encore la queue pour verser l'impôt. Or, un grand nombre était venu avec une Mari Lwyd en prévision de la fête à venir.

— Vous voyez, ces crânes de chevaux décorés de rubans et placés au bout d'une perche dissimulée par un drap blanc ?

— Oui, fit Anwen.

— Eh bien, ils sont là pour commémorer la fuite en Egypte de la Sainte Famille, Marie ayant voyagé sur le dos d'un âne. Ce n'est pas le moment de les sortir, avec l'abattage des animaux et toutes les beuveries qui l'accompagnent ! C'est un sacrilège !

— Calmez-vous, ma sœur, intervint Melun qui les avait rejointes. Il n'y a rien de mal à cela. Ce n'est jamais que le crâne d'un cheval et un morceau d'étoffe que l'on promène de maison en maison en chantant des noëls.

— Qu'est-ce que vous savez du mal et du bien ? Vous allez voir ! Vous saurez, bientôt, ce qu'est le mal. Lui, surtout, va l'apprendre ! Il saura ce qui s'est passé ici, et il paiera pour cela ! Il va…

— Ffion, je vous en prie, intervint Anwen en posant la main sur le bras de la religieuse.

Ce fut à cet instant qu'elle remarqua que le revers de la manche de son habit était maculé de sang.

— Oh ! vous avez du sang sur votre vêtement, ma sœur. Vous vous êtes blessée ?

Ffion retira violemment son bras.

— Ne me touchez pas ! Vous n'ignorez pas quels sacrifices doivent être exécutés en ce jour sacré !

En effet, pensa Anwen. À la Saint-Martin on abattait les bêtes dont on allait saler ou fumer la chair, mais tout de même… Anwen n'arrivait pas à se satisfaire de la réponse de la sœur.

Le regard de cette dernière se mit à briller d'une étrange manière.

— Mais vous ne connaissez rien à ce qui est sacré, n'est-ce pas ? reprit-elle. Vous vous croyiez seule dans ce jardin ? Eh bien, vous ne l'étiez pas. Je sais ce qui pousse dans votre ventre. J'étais là. Je vous regardais. Alors, c'est bien ce que je soupçonnais. Vous vous êtes donnée à lui et, maintenant, Dieu va tous nous abandonner puisque *nous* l'avons abandonné !

L'état de Ffion empirait et tout portait à croire que cela se terminerait par une crise majeure. Anwen regarda en direction de Teague et vit qu'il était en pleine discussion avec quelques villageois. Rhain, qui l'avait rejoint et se tenait à son côté, participait à la conversation.

Elle ne voulait pas les déranger mais ne pouvait pas laisser Ffion dans cet état de souffrance. Il n'était pas souhaitable, non plus, qu'elle tombât à terre en poussant des cris et en se débattant devant tous ces gens assemblés dans la cour du château.

— Voulez-vous que je vous conduise à votre chambre, ma sœur ? fit-elle.

— Il vaudrait mieux trouver Greta, suggéra Melun.

— Non ! s'écria Ffion en saisissant le poignet d'Anwen dans lequel elle imprima ses ongles. Je vais bien. Accompagnez-moi plutôt à la chapelle. Il faut prier et la lumière m'aveugle. J'ai besoin d'obscurité.

Teague était inquiet. Il n'avait pas vu Anwen depuis le début de la matinée. La journée avait passé très vite et il avait été si occupé avec la collecte de la dîme qu'il n'avait pas eu le temps de se soucier d'elle.

Il lui ferait entendre raison. Et s'il fallait l'emprisonner jusqu'à ce qu'elle acceptât ses conditions, il n'hésiterait pas à le faire.

Un ennemi, qui avait été capable d'anéantir la maison où elle avait grandi et d'exterminer sa famille, cherchait maintenant à l'atteindre. Il fallait au plus vite la mettre en sécurité.

Balayant la cour du regard à la recherche d'une chevelure d'un blond doré resplendissant, il caressa instinctivement de la main le pommeau de son épée.

— As-tu vu Anwen ? demanda-t-il en se tournant vers Rhain.

— Non… Du moins, je ne l'ai pas revue depuis qu'elle a quitté le jardin avec Ffion pour rentrer au donjon.

— Elle accompagnait Ffion ?

Rhain acquiesça d'un mouvement de tête.

— Ffion n'avait pas l'air bien, mais elle arrivait à marcher. Ce n'était peut-être qu'un accès qui ne s'est pas mué en crise.

Les derniers villageois formant la file versèrent leur impôt, libérant Teague et son frère.

— Je vais aller voir si je les trouve, annonça Teague en se levant.

— Je viens avec toi, répondit Rhain en se levant à son tour. Si l'état de Ffion s'est aggravé, il vaut mieux que je sois là aussi.

Teague se dirigeait déjà vers le donjon. Il voulait être seul avec Anwen, mais si Ffion allait très mal, il était clair qu'elle réclamerait Rhain.

Du sang… ! Il y en avait partout. Les tentures et les rideaux du lit en étaient maculés, des taches au sol et sur les murs racontaient la violence de l'affrontement qui avait dû avoir lieu ici…

— Ce n'est pas le sang d'Anwen, dit Rhain qui se tenait dans l'embrasure de la porte, derrière Teague. M'entends-tu ? Ce n'est pas son sang.

Lançant un regard vers l'angle le plus sombre de la chambre, Rhain reprit :

— Tiens ! Regarde ! Il y a un seau qui a été laissé ici. Il a été utilisé pour recueillir le sang d'un cochon.

Teague était comme paralysé. Il avait l'impression que son cœur s'était arrêté de battre et avait la respiration coupée. Après s'être rendu dans la chambre de Ffion, qui était vide, il avait couru avec son frère jusqu'à celle d'Anwen et venait de découvrir ce spectacle terrifiant.

— Ferme la porte derrière toi, dit-il à Rhain en pénétrant plus avant dans la chambre.

— Ne devrions-nous pas fouiller le château à la recherche d'Anwen ?

— Elle est en sécurité avec Ffion. Le sang est frais. Cela a eu lieu il y a peu de temps. Il faut en finir maintenant et trouver l'auteur de cet acte.

Teague fit le tour de la chambre, la chambre qu'occupait Anwen mais qui avait été celle de sa mère, et où celle-ci était morte en couches. Sur les murs se trouvaient des inscriptions en lettres de sang qu'il n'arrivait pas à décrypter, mais, il n'en doutait pas, elles lui étaient destinées.

— Je vais le tuer, dit-il entre ses dents.

— Si tu n'es pas le premier à le trouver, fit Rhain, c'est moi qui m'en chargerai.

Teague pointa le doigt vers le mur au-dessus de la tête de lit. Un message y était écrit tout en lettres de sang bien lisibles :

Un sang innocent recouvre un sang innocent. L'enfant en premier.

On pouvait prêter plusieurs sens à ce message mais une chose était certaine : il ne s'agissait pas d'une menace directement dirigée contre lui.

— Qui a pu écrire cela ? s'interrogea Teague.

— Aucune idée, mais cela est sans doute adressé à Anwen puisque c'est écrit sur le mur de sa chambre, remarqua Rhain en croisant les bras sur sa poitrine.

Teague avait l'impression que le monde chavirait autour de lui. Il regardait son frère qui avait le même sang que lui mais ne lui ressemblait pas.

— Cette chambre n'est pas seulement celle d'Anwen, remarqua-t-il. Elle a été celle de notre mère… Et ces murs sont ceux de Gwalchdu…

Teague resta pensif un instant, avant de reprendre :

— Quand as-tu consulté pour la dernière fois le registre

familial qui est conservé dans la chapelle privée, en haut de la tour nord ?

Rhain, l'air interloqué, haussa les épaules.

— Je n'en ai pas le souvenir… Il y a très longtemps.

— Je me demande si le mot sang ne représente pas les liens de sang, autrement dit la lignée. Comme l'ennemi, j'en suis de plus en plus convaincu, n'est pas étranger à Gwalchdu, nous devrions le chercher à l'intérieur de nos murs. Peut-être trouverait-on quelque révélation dans le registre. Il n'est pas impossible que toute cette affaire ait un lien avec notre passé.

Saisissant la poignée de sa dague, Rhain baissa le ton :

— C'est un insensé celui qui croit pouvoir remédier aux œuvres passées. Le pays de Galles, à présent, fait partie de la Couronne d'Angleterre.

— Tout le monde n'en est pas satisfait… C'est une certitude.

Rhain sembla réfléchir avant de reprendre :

— Le sang innocent est sans doute celui des animaux, mais pourquoi cette référence ?

C'était un indice, pensa Teague, mais aussi une mise en garde.

Son propre sang ne fit qu'un tour. Une mise en garde était destinée à ceux qui pouvaient en tenir compte ! Ceux qui étaient en vie !

Le sang, l'enfant, les liens du sang…

— La dernière fois que tu as vu Ffion, à quelle distance d'elle étais-tu ?

— Je parlais avec Pierre, mais j'étais assez près pour lire l'inquiétude dans les yeux d'Anwen.

— Et dans ceux de Ffion ?

Rhain haussa les épaules.

— Ils semblaient fixes et, en même temps, ils avaient quelque chose de fuyant.

Teague eut l'impression que son estomac se retournait.

— Comme ceux d'une menteuse… Il y a combien de temps qu'elles ont quitté le jardin ?

Rhain eut l'air déconcerté.

— Je ne comprends pas… Où veux-tu en venir ?

— C'est Ffion, la coupable. C'est elle l'ennemi, et elle dîne chaque jour à notre table.

Rhain remua la tête en signe de dénégation.

— Ffion ? Ce n'est pas possible.

— Tout ce sang, c'est le nôtre. Il s'agit de nos liens de sang, mais ce n'est pas lié à l'histoire de notre famille comme je l'ai cru sur le moment. Il s'agit d'événements contemporains de nos vies.

— Où vas-tu ?

Teague avait déjà ouvert la porte et sortait de la chambre, laissant à chaque pas une trace de sang sur le sol. Il avait encore été trahi mais, cette fois, par la sœur de sa mère. C'était trop douloureux.

— Tu t'imagines que cela me réjouit ? demanda-t-il en se retournant vers son frère. Te rends-tu compte ? Elle est notre tante et, en même temps, notre ennemie. C'est parce qu'elle sait à quel point Anwen compte à mes yeux qu'elle s'en est prise à elle. C'est moi qu'elle atteint à travers elle.

— Je ne peux pas le croire. Mais qu'importe. Que veux-tu que nous fassions ?

— Va chercher du renfort et vérifie si Ffion et Anwen sont dans la grande chapelle extérieure. Si c'est le cas, envoie quelqu'un pour me le faire savoir. Moi je vais aller voir dans la chapelle privée à l'autre bout du château.

— Tu y vas seul ?

— Je ne suis pas seul, répondit Teague en s'élançant tout en tirant son arme de son fourreau. J'ai mon épée !

Chapitre 22

Teague monta quatre à quatre l'escalier à vis conduisant à la chapelle en haut de la tour. La porte n'en était pas verrouillée et elle claqua contre le mur lorsqu'il l'ouvrit violemment.

Ffion était à genoux devant le petit autel. Elle était de dos et n'eut aucune réaction indiquant qu'elle avait remarqué son entrée fracassante.

À gauche, debout et proche de la religieuse, se tenait Anwen qui, elle, se retourna vers lui. La peur se lisait dans son regard et aussi un autre sentiment… Était-ce le soulagement de le voir enfin, ou plutôt le regret ? Elle remua la tête en signe de dénégation et, de la main, lui intima l'ordre de ne pas bouger.

Le caractère tragique de la scène lui apparut au premier coup d'œil sous les rayons du soleil couchant qui entraient dans la chapelle par les vitraux translucides ornant les étroites fenêtres.

— Alors, tu es venu la sauver ? dit Ffion en retirant sa coiffe. C'était assez prévisible.

Teague, qui croyait vivre un cauchemar, ne pouvait rien faire sinon observer. Sa tante était toujours dans la même position mais, après avoir jeté sa coiffe à terre, elle venait d'en faire autant de son habit de religieuse. On eût dit l'accomplissement d'un rituel. Il avait l'impression de revivre une scène lointaine de son enfance où il avait été pareillement impuissant et contraint de regarder.

Ses yeux ne se détachaient plus d'Anwen qui tremblait, alors qu'une flamme brûlait dans son regard. Son passé et son avenir se confondaient devant lui dans cette chapelle, mais Teague savait que cette fois il changerait le cours de l'histoire.

Ffion, dont les cheveux blonds, coupés court, contrastaient avec ses vêtements noirs, se leva et se retourna enfin vers lui.

— Que faites-vous avec cette lame, ma tante ? s'enquit prudemment Teague.

— Tu ne me demandes pas ce que je fais avec ce poison ? fit la sœur en relevant sa manche si bien qu'une fiole liée à son poignet apparut. Ta putain, elle, l'a vu.

Ffion retroussa les lèvres d'un air féroce.

— J'ai été obligée de le lui montrer parce qu'elle ne voulait pas comprendre, reprit-elle. Je l'avais visée avec un couteau, pourtant. Regarde derrière toi. Il est planté dans la porte. Mais cela n'a pas suffi à la convaincre de rester ici. Alors, je lui ai montré le poison. Là, elle a pris peur.

Anwen s'était quelque peu déplacée pendant que la sœur parlait, mais elle se trouvait encore trop éloignée pour que Teague pût la secourir, et assez proche de Ffion pour être touchée mortellement s'il passait par la tête de cette dernière de la prendre pour cible avec son poignard. Anwen était prise au piège et lui avec elle.

— Je ne t'ai jamais cru assez patient pour entendre ce que j'avais à te dire, reprit Ffion avec un sourire démoniaque. Elle non plus, d'ailleurs, n'a pas eu la patience.

La religieuse désigna Anwen du menton avant de reprendre :

— C'est le poison qui l'a retenue ici parce que je lui ai dit que je le boirais si elle tentait de sortir. Je n'ai pas eu d'autre choix car je voulais que tu viennes pour m'écouter. Il est temps que tu saches car ma maladie s'aggrave et je veux que tout soit clair avant que je parte.

C'était sa tante qui parlait et, pourtant, c'était une étrangère. Était-ce dû à la maladie ? Elle avait considérablement changé depuis son enfance et s'était montrée de plus en plus autoritaire et haineuse à son égard.

— Vous n'avez plus besoin d'Anwen, maintenant que je suis là, dit-il avec fermeté. Laissez-la partir.

— Je ne l'ai pas retenue ici seulement pour te faire venir. Il y a une autre raison. Elle me sert à te faire prendre conscience que tout n'est pas sous ton contrôle. J'aurais pu la tuer à n'importe quel moment et je le puis encore.

Teague n'avait pas de dague sur lui qu'il aurait pu lancer sur sa tante et Anwen était trop loin pour qu'il pût la soustraire à la menace de la religieuse. Il n'en serrait pas moins le pommeau de son épée dans sa main.

— Si tu avances d'un pas, dit Ffion en martelant chaque syllabe, cette lame lui tranchera la vie. Tu ne seras pas assez rapide pour m'en empêcher.

— Laissez-la partir, Ffion. Je vous en prie. Vous avez besoin de soins.

— Tu veux me soigner ?

La sœur baissa les yeux sur le flacon fixé à son poignet. Avait-elle déjà eu l'envie de s'ôter la vie ? Ou était-ce un effet soudain de sa folie qui, manifestement, avait atteint un niveau dramatique. Elle avait toujours mal réagi chaque fois qu'il lui avait offert son aide, mais dans cette situation ultime il ne pouvait rien faire d'autre.

— C'est la maladie qui vous rend ainsi, dit-il. Ne commettez pas cette folie.

— Ne me parle pas de ma folie !

Il entendit siffler près de sa tête une lame qui alla frapper le mur derrière lui. Dans l'instant, un autre poignard parut dans la main de Ffion.

— Je sais que mon état s'aggrave et qu'il faut que je mette un terme à cette détérioration, mais pas avant que tu connaisses la vérité.

— Posez votre poignard et votre flacon. Dieu ne le permettrait pas.

— Dieu ?

Elle fit un grand geste avec le bras et la lame de son arme brilla dans les rayons du soleil.

— Tu oses me parler de Dieu… Je Le connais autant que ma maladie. C'est Lui qui a choisi de me l'infliger. Il m'a gratifiée de dons par ailleurs… Mais je sais certaines choses que tu ignores. Il m'a abandonnée. Ta putain en est la preuve.

Teague n'osait pas regarder en direction d'Anwen de crainte que Ffion n'en fît autant. Aussi longtemps qu'il parlait à sa tante, celle-ci lui accordait son attention et épargnait la jeune femme.

— Dites-moi ce que vous voulez que je sache. Je suis prêt à entendre la vérité.

Il y eut un long silence avant que Ffion le rompît d'une voix vibrante :

— J'aimais ma sœur. Je l'aimais de cet amour désintéressé dont seules sont capables les personnes pieuses. Et elle me le rendait bien. Au cours de mon enfance, elle m'a sauvé plus d'une fois la vie.

— À cause de votre maladie ?

Ffion hocha la tête.

— Je n'avais pas beaucoup de crises au début. Elles survenaient à l'occasion d'un bruit subit ou si quelqu'un ouvrait un volet brusquement et que la lumière du soleil jaillissait dans la pièce. Mais nous essayions de cacher mon état. Elin, ta mère, était seule présente quand mes premières crises ont eu lieu. Nous avons décidé d'un commun accord de les garder secrètes.

« À l'époque, nous avions une guérisseuse et ta mère a considéré que nous pourrions nous fier à elle pour me trouver un traitement. Elin y croyait. Je n'ai pas voulu la dissuader, mais je savais que mon mal était incurable. Il m'était possible, néanmoins, d'en retarder les effets et c'est ainsi que je me suis intéressée à l'usage des herbes médicinales. En les étudiant pour ma propre protection, j'ai aussi appris à y recourir pour soigner les autres ou les éliminer. Je n'ai pas été longue à connaître les vertus des plantes et leurs effets curatifs ou nocifs. Je me suis entraînée aussi à lancer les couteaux.

« Quand j'ai eu quinze ans, j'étais capable de tuer n'importe qui avec un poignard ou une concoction d'herbes et de fleurs broyées, mais je n'étais en revanche pas capable de maîtriser le mal qui me gagnait. Elin s'était tant occupée de moi qu'elle avait presque dépassé l'âge de se marier et aucun Gallois ne s'était présenté pour lui demander sa main. Je m'en voulais terriblement, particulièrement quand elle s'est vue contrainte d'épouser un bâtard d'Anglais. »

Tant d'années avaient passé sans que Teague ne sût rien de tout cela. Sa mère et sa tante avaient été manifestement très proches l'une de l'autre, mais il découvrait maintenant la vraie nature de leur lien fraternel. Il était évident que sa mère avait souffert de voir sa sœur développer une maladie mentale, mais elle avait dû aussi la redouter et subir ses crises de démence.

— Ta mère prétendait aimer son William. J'ai cherché des réponses auprès de Dieu, mais je n'ai jamais compris qu'une chose : ce bâtard d'Anglais n'en avait qu'après son corps ! À partir de ce jour, j'ai élaboré un plan qui t'incluait, toi, le sire de Gwalchdu.

— Qu'avez-vous fait au père de Teague ? intervint Anwen.

— Fais-la taire ! s'écria Ffion en menaçant la jeune femme de sa lame.

Des larmes roulèrent des yeux d'Anwen. C'était des larmes de rage, Teague en était certain. Elle n'avait pas peur mais était aussi furieuse que lui de se sentir impuissante. Il aurait voulu la protéger contre Ffion, sa tante dont il venait de comprendre qu'elle avait tué son père !

Tant d'années s'étaient écoulées et, pourtant, il se

souvenait de ce jour comme si c'était la veille. Il croyait entendre encore les chuchotements discordants de sa mère et de sa tante derrière la porte close de la chambre.

— Vous l'avez tué ! fit-il sur un ton accusateur.

— Elin était ma sœur chérie. Personne ne l'aimait comme moi. J'ai réussi à la convaincre que son mari ne lui était pas fidèle. Un jour où il partait pour rencontrer Llewellyn, je lui ai donné une potion. Elle était puissante, mais avec sa taille et sa force, l'effet du poison a été plus lent. Au lieu de mourir ici, il s'est écroulé dans la forêt de Dameg. Mais c'était un mal pour un bien car, ainsi, Elin n'a pas eu connaissance des circonstances de sa mort.

Ainsi ses parents s'étaient aimés et avaient été séparés par la perfidie de Ffion. Cette tante qui dînait et soupait à sa table, était abritée et vêtue à ses frais et qui, pour toute récompense, le haïssait.

— Pourquoi ? s'écria-t-il, hors de lui.

Ffion sourit comme si elle savourait sa question.

— J'ai été enceinte en même temps que ta mère.

Anwen sursauta alors que Teague se figeait comme une statue. Ffion enceinte ! Comment ne l'avait-il pas su ?

— Le jour où j'ai tué ton père, ta mère, sous l'effet de l'annonce de sa mort, a accouché prématurément de son bébé. J'étais seule avec elle. Elle était ma sœur adorée. Je ne voulais être dérangée par aucun intrus. Aussi ai-je barré la porte de sa chambre. La naissance, cependant, se passait mal et je voyais Elin faiblir d'instant en instant.

« Quand enfin elle a accouché, l'enfant était mort, mais je ne lui ai pas montré et l'ai emporté à l'écart sous le prétexte de lui faire sa toilette. Elle était si épuisée par ses longues heures de travail qu'elle ne s'en est pas rendu compte.

« Or par un effet de la providence, au même moment, j'ai ressenti mes premières contractions. Tout est allé extrêmement vite. Je suis allée me coucher sur une paillasse prévue pour une domestique dans un angle de la grande chambre et j'ai accouché peu de temps après d'un magnifique bébé.

« Quand j'ai placé mon enfant, bien vivant, entre les bras d'Elin, elle a eu un sourire angélique. En lui donnant Rhain, je la dédommageais d'une vie de bonté et de loyauté envers moi. Et lorsque j'ai laissé les servantes entrer dans la chambre pour s'occuper de la mère et de l'enfant, je me suis retirée en emportant le corps du bébé mort-né que j'avais enveloppé dans des draps maculés de sang. »

La tête de Teague lui tournait. Pendant toutes ces années, il ne s'était pas entièrement trompé. Un véritable attachement avait existé entre les deux sœurs. Ffion avait permis à sa mère de mourir en paix en croyant avoir donné la vie. Et lui avait protégé sa tante contre l'Eglise et les villageois à cause des soins qu'elle avait prodigués à sa mère au moment de l'accouchement qui, malheureusement, l'avait emportée. Mais il n'avait jamais su ce qu'il s'était réellement passé.

Il vit Ffion fermer les yeux, des yeux ambre exactement comme ceux de Rhain. Maintenant qu'il la savait sa mère, il s'étonnait de ne pas avoir remarqué plus tôt l'étonnante ressemblance entre eux.

— Ne t'es-tu jamais interrogé sur le choix de nom pour ton cousin ? C'est moi qui ai décidé de l'appeler Rhain.

Elle avait le visage éclairé d'un sourire qui trahissait toute sa fierté d'être la mère de ce magnifique garçon.

— C'est un nom plein de force et qui n'est pas porté par n'importe qui.

Il avait été aveugle encore une fois. Beaucoup de princes gallois avaient été prénommés ainsi. Rhain signifiait « la lance ». C'était un nom qui faisait écho aux exigences de sa tante.

— Rapportez-moi la suite de cette sombre histoire.

— Tu étais né impur d'un bâtard d'Anglais, ce qui a fait qu'il était si facile pour toi de te rapprocher du roi d'Angleterre.

— Est-ce la raison pour laquelle vous n'avez cessé, récemment, de me menacer ?

— Non. Ta trahison vis-à-vis du pays de Galles ne m'a pas surprise. Ce que je ne supporte pas, c'est ta relation avec mon fils. J'ai fait don de Rhain à Elin mais pas à toi. Tu le traites comme ton frère cadet, mais si la vérité avait été connue, c'est lui qui aurait été seigneur de Gwalchdu. Il n'est pas issu d'un bâtard, lui. Il est pur. Il n'a que du sang gallois.

— Qui est son père ?

— Tu oses me le demander ! Ce n'est pas à toi de le savoir mais à Rhain… Seulement, je ne veux pas qu'il me voie dans cet état.

Elle laissa son regard ambre glisser vers la fiole de poison avant de soutenir de nouveau celui de Teague.

— Je vais te donner un indice, reprit-elle, bien que cela n'ait pas d'importance. Il est mort, à présent, comme cela devait arriver. Mais cela aussi, c'est à cause de toi. Toi qui n'as jamais mérité Rhain pour frère.

— Je veux en savoir plus au sujet de son père.

— Je ne t'en dirai pas davantage maintenant qu'elle est arrivée dans notre vie, celle-là.

Ffion pointa de nouveau la lame de son poignard sur Anwen.

— Je ne pouvais plus me contenter de te tuer. Il fallait qu'elle y passe aussi, elle et l'enfant qu'elle porte.

Un sourire triomphant se dessina sur les lèvres de Ffion en voyant l'expression déconcertée de Teague.

— Eh oui, elle n'a pas été longue à tomber enceinte. Elle ne te l'a pas dit ? Je n'avais pas l'intention de tuer tous les enfants de Gwalchdu en y mettant le feu comme à Brynmor, mais seulement *ton* enfant, le fruit de ta semence.

Les yeux de Ffion étaient de plus en plus fiévreux dans son visage exsangue. Elle tapotait de sa lame la fiole de poison comme si elle comptait le temps qui la séparait de son geste fatal. Elle avait l'intention de le prendre bientôt,

Teague n'en doutait pas. Cela mettrait certes un terme au cauchemar qu'Anwen et lui vivaient, mais il ne pouvait pas laisser sa tante s'ôter la vie. Même après toutes les horreurs qu'elle avait commises. Il les attribuait à la maladie et ne voulait pas qu'elle se condamnât à l'enfer éternel en commettant un geste irréparable.

— Vous souffrez, ma tante, je le vois. Laissez partir Anwen. Elle ira chercher Rhain pour vous.

À cet instant même, celui dont on parlait surgit dans la chapelle. Profitant de la distraction qu'il provoquait, Teague se précipita et poussa Anwen contre le mur, faisant de son corps un rempart contre le poignard de Ffion.

— Mon fils… ! murmura Ffion alors qu'elle portait à ses lèvres la fiole qu'elle venait de détacher de son poignet.

Rhain accourut auprès d'elle, mais elle avait déjà avalé le mortel breuvage et s'affaissait sur la chaise à haut dossier qu'elle avait tirée devant l'autel.

— Tu es donc ma mère ? demanda Rhain, haletant, à celle qui, le poison faisant rapidement son effet, était prise de convulsions. Elle ferma les yeux, sa respiration devenait laborieuse.

— J'ai mal…

Puis, ramenant les mains sur la poitrine, elle reprit :

— Prends mon collier…

Ce furent ses dernières paroles. Ffion de Gwalchdu avait sombré dans la mort.

Chapitre 23

Sous la protection des grands bras de Teague, Anwen vit Rhain recouvrir délicatement sa mère de son manteau noir. Lorsqu'il se redressa, elle vit que les traits angéliques de son visage auréolé de boucles d'or s'étaient durcis et assombris.

— Je n'ai pas pu l'arrêter, dit Teague. J'aurais voulu la sauver pour toi.

— N'aie pas de regret… On ne pouvait plus rien pour elle, mon cher cousin.

— Tu savais ?

— Je courais vers l'autre chapelle quand Melun et Greta sont sortis du donjon et m'ont conduit à la chambre de Ffion. Je n'ai jamais vu Greta courir aussi vite. Elle avait caché des parchemins dans son corsage.

— Nous ignorions tout de ce que Ffion nous a dévoilé.

Rhain, manifestement très affecté par ces révélations, hocha la tête. Anwen, oppressée par toute la souffrance accumulée dans la chapelle, comprit qu'il faudrait beaucoup de temps au cousin de Teague pour se remettre et qu'il importait de respecter sa douleur.

Devinant ses pensées, Teague lui serra tendrement la main et se tourna vers Rhain.

— Nous allons te laisser seul, mais pas pour très longtemps. Je veux que tu comprennes que tu es mon frère. Tu l'as toujours été et tu le resteras à jamais.

Les yeux de Rhain rayonnèrent d'une lumière que l'immense douleur qui l'habitait empêchait d'être doublée de joie.

Les deux frères échangèrent un long regard, chargé de compassion du côté de Teague, puis, soulevant Anwen dans ses bras comme s'il avait compris que, soudain, ses jambes n'avaient plus la force de la porter, ce dernier sortit avec elle.

La chambre était légèrement éclairée par le feu dans l'âtre. Anwen, qui venait de s'éveiller, savait qu'elle n'était pas seule. Non seulement à cause de l'odeur musquée de Teague près d'elle, mais surtout parce qu'elle avait la main glissée dans la sienne.

— Je me suis assoupie ? s'étonna-t-elle.

— Oui. Je t'ai portée de la chapelle à ma chambre où je t'ai déposée sur mon lit. Je t'ai quittée un instant pour demander qu'on nous apporte une collation, et quand je suis revenu auprès de toi, tu étais étendue sur le dos, les yeux fermés. Tu n'as pas cessé de dormir jusqu'à maintenant.

Anwen s'assit dans le lit.

— Me suis-je reposée ainsi longtemps ?

— Une nuit et toute la journée qui a suivi ! Nous sommes au terme de cette journée.

Teague se leva de la chaise qu'il avait approchée du chevet du lit et versa du vin dans deux coupes avant de couper deux tranches de pain.

— Et Ffion ? demanda Anwen après avoir accepté le pain et le vin.

— Elle aura droit à une messe et sera enterrée au cimetière de Gwalchdu. J'ai obtenu cela de l'Église.

— C'est bien, pour elle et, surtout, pour Rhain.

— Oui. Et pour moi aussi. Je n'aurais pas voulu que son âme allât en Enfer sans aucune chance de rédemption.

Anwen se leva pour se rafraîchir le visage et faire

quelque toilette avant de revenir auprès de Teague qui lui parut, soudain, bien grave et comme abandonné…

— J'espère que je ne t'ai pas fait mal dans la chapelle quand je t'ai poussée contre le mur ? fit-il.

— Non, pas du tout. J'ai envie de dire au contraire. De sentir tes grands bras autour de moi m'a arrachée d'un coup à l'angoisse que j'éprouvais depuis un long moment. C'est sans doute cette confiance que j'ai éprouvée sous ta protection qui m'a permis de m'endormir aussi vite.

Teague esquissa un sourire qui rassura Anwen. Elle reprit sa place dans le lit et but une gorgée de vin.

— Tu sais, Teague, dit-elle alors qu'elle repensait au rôle qu'elle avait joué dans la mort de la religieuse. Je regrette ce que j'ai fait… Tout cela est ma faute.

Il la regarda intensément dans les yeux et dut comprendre à son expression ce qu'elle voulait dire.

— Pas du tout… Tu n'y es pour rien. Ffion était malade depuis très longtemps et ce qui s'est passé devait arriver un jour ou l'autre. Si tu te sens coupable, toi qui as si peu vécu ici, alors combien devrais-je me sentir responsable, moi qui ai partagé la vie de ma tante pendant toutes ces années.

Ils gardèrent un instant le silence que Teague fut le premier à rompre.

— Je ne me suis jamais étendu devant toi sur les circonstances de la mort de ma mère. Depuis la confession de Ffion, elles m'apparaissent très différentes.

Il se leva et se pencha sur l'âtre pour tisonner les braises avant d'y jeter une bûche.

— J'avais cinq ans quand mon père est parti…

Il regardait le feu comme s'il voulait soustraire son regard au sien, mais Anwen entendait dans sa voix la profondeur de son émotion.

— Ce que tout le monde ignore, c'est que j'avais surpris une conversation entre ma mère et Ffion. Il en ressortait que mon père avait quitté ma mère enceinte pour une autre femme.

Teague approcha les mains du feu comme pour se réchauffer mais il ne sentait rien. Seule l'occupait la mémoire de ce jour funeste.

— C'était un mensonge, mais je comprends maintenant que Ffion voulait préparer ma mère à la mort imminente de son mari qu'elle avait empoisonné. Ma tante misait sur le fait qu'elle souffrirait moins d'apprendre le décès d'un homme qui l'avait trahie, mais c'était sans compter avec l'immense amour que ma mère vouait à mon père, tout anglais qu'il fût.

« D'ailleurs, lorsque l'annonce de sa mort dans la forêt de Dameg a été faite à ma mère, elle a perdu les eaux. Elle s'est accroupie devant moi et m'a demandé d'aller chercher de l'aide. Exceptionnellement, il n'y avait personne dans la grande salle et j'ai dû me rendre à la cuisine… »

Il se souvenait que son cœur battait à toute force et qu'en entrant dans la cuisine il avait heurté un sac de détritus. Hébété, il avait levé les yeux vers Greta qui se penchait sur lui, vêtue de son grand tablier.

— Quand je suis retourné auprès de ma mère, elle avait la jupe imprégnée de sang. Je lui ai pris la main, mais elle souffrait tant qu'elle n'a pas eu l'air de remarquer ma présence.

« Ffion est arrivée à cet instant, accompagnée de gens d'armes qui ont transporté ma mère dans sa chambre. Je suivais en essayant de reprendre sa main qu'elle laissait pendre, mais je n'y suis pas arrivé. Elle avait besoin de moi, mais on a fermé la porte devant moi. J'étais le sire de Gwalchdu, mais on ne me laissait pas entrer dans la chambre d'accouchement.

« J'étais assis devant la porte en compagnie des gardes quand les bruits étouffés que j'entendais depuis un moment se sont transformés en cris aigus puis en hurlements. Affolé, impuissant, je me suis levé. Et puis, soudain, il y a eu un grand silence. »

Teague se retourna vers Anwen, assise en tailleur sur le lit, sa coupe de vin entre les mains.

— Jusqu'à ce que j'apprenne la vérité, hier, je ne connaissais qu'une version erronée des circonstances entourant la mort de ma mère où il n'était question que de trahisons : celle de mon père puis celle de ma tante qui, du jour où sa sœur n'a plus été là, m'a ignoré pour ne pas dire voué sa haine et, enfin, celle d'Urien qui a multiplié les tentatives pour s'emparer de Gwalchdu.

Il s'approcha de la table et prit sa coupe qu'il vida d'un trait avant de se resservir.

— J'ai toujours été habité par un profond sentiment de solitude. D'où mon attachement à Gwalchdu. J'avais besoin de cette forteresse qui, je le savais, ne me trahirait pas et sur laquelle je pouvais bâtir ma vie. Et comme je voulais oublier le souvenir de la mort de ma mère à laquelle il était lié, dès que mon frère a eu l'âge d'être page, je l'ai envoyé vivre à la cour du roi d'Angleterre.

Le grand regard bleu d'Anwen reflétait toutes les émotions qu'elle ressentait au fond de son âme, mais elle gardait le silence et l'écoutait attentivement, ce qui ne manquait pas de lui rendre l'espoir.

— À cause de tout cela, il m'a fallu attendre notre rencontre dans la forêt pour commencer d'accorder ma créance à quelqu'un. Cela s'est fait petit à petit. Je ne voulais pas de toi au début, mais je ne pouvais pas m'éloigner de toi non plus. Or, chaque fois que j'étais avec toi, j'apprenais à faire confiance.

Anwen eut un sourire dubitatif.

— Crois-tu ? Tu ne me faisais pas vraiment confiance, même lorsque j'avais la tête bandée et que j'occupais ton lit.

C'était vrai. Teague serra sa coupe entre ses mains et l'inclina d'avant en arrière.

— Je le reconnais, mais j'ai très vite senti qu'il y avait quelque chose en toi qui me poussait à sortir de moi-même en dépit de mon passé et des menaces que je recevais. Il s'agissait de ta loyauté envers Aliénor, Melun, et le pays de Galles. Aussi déterminée qu'entêtée, tu n'as pas hésité à grimper jusqu'en haut d'un chêne au risque de te tuer pour protéger un vieux fauconnier…

Teague se tut et regarda dans son vin avant de reprendre d'une voix émue :

— Et puis il y a eu ce jour où tu es revenue me sauver des flammes.

— Tu serais mort si je ne l'avais pas fait.

Il releva un sourcil et posa sa coupe.

— N'aurait-ce pas été mieux pour toi ?

Il la savait téméraire et loyale, mais il ne s'était pas imaginé qu'elle lui témoignerait une telle fidélité. Particulièrement parce qu'il n'avait pas l'impression de la mériter. Il ne s'était jamais montré juste avec elle et pourtant elle ne l'avait pas trahi.

— Si je ne t'avais pas sauvé, répondit Anwen, l'air espiègle, où est-ce que je vivrais aujourd'hui ?

— C'est vrai… Mais tu n'étais pas obligée de me sauver. Je n'y comptais pas.

Les mains d'Anwen se mirent à trembler et elle s'empressa de poser sa coupe sur la table pour ne pas renverser de vin. Son cœur se fendait en pensant à quel point Teague avait dû se sentir seul jusqu'au retour de Rhain. Et elle comprenait mieux, maintenant, pourquoi Rhain restait aussi désinvolte en dépit de toutes les menaces que recevait Teague. Il cherchait à le distraire et à le faire rire, mais ce n'était pas de cela qu'avait besoin Teague. Il avait besoin d'amour.

Après la mort de sa mère et la trahison d'Urien, il s'était renfermé sur lui-même. C'était l'attitude qu'il avait eue en se rendant à Brynmor. Il était clair qu'il ne voulait dépendre que de lui-même.

Seulement, il n'était plus seul.

— Je n'aurais jamais pu te laisser prisonnier des flammes,

répondit-elle. Pas après m'être jetée dans tes bras depuis la cime d'un arbre.

— C'était longtemps avant.

Une éternité, en effet…

— Je te faisais déjà confiance…

Il fallait qu'elle lui parlât. Elle avait assez attendu.

— Je t'avoue que j'ai été troublée de te faire confiance aussi spontanément dans la forêt. D'autant plus que je savais qui tu étais. Mais j'ai lutté de toutes mes forces contre ce sentiment. C'était un tel revirement par rapport à la haine que j'avais toujours eue de toi. Cela n'avait pas de sens de te donner ma confiance après t'avoir tant honni.

« Bien sûr, lorsque tu m'as parlé de ton passé, j'ai encore changé mon regard sur toi, mais même si je te croyais, je n'ai pas pu m'empêcher de continuer à te comparer à Urien à cause de ton côté autoritaire. Je n'avais pas compris que sa cruauté n'avait rien à voir avec l'autorité…

« Mais maintenant que je sais que tu n'es responsable en aucune manière des événements ayant opposé Brynmor et Gwalchdu, je me plais à penser que même si tu avais été détenteur d'un pouvoir tu ne l'aurais pas employé comme mon père. Je ne voyais en toi qu'un tyran, mais je ne connaissais pas l'homme… Je te demande pardon… »

Anwen avait les yeux remplis de larmes. Elle les essuya du revers de la main avant de poursuivre :

— Tout ce pouvoir, ces richesses, cette forteresse pourraient s'effondrer autour de nous que je m'en moquerais pourvu que tu me tiennes serrée dans tes bras. J'ai été bien inspirée de te faire spontanément confiance. C'est dommage que je ne me sois pas fiée à ce que mon cœur me dictait, mais grâce à Ffion j'ai pu voir ce qui se passait quand la loyauté était absente…

— J'aurais voulu que tu ne sois jamais témoin d'une scène pareille, l'interrompit Teague. Je ne sais pas comment je pourrai réparer ce que tu as subi.

— Tu n'as rien à réparer. Je ne veux plus de tels

sentiments entre nous. Moi aussi j'ai plein de reproches à me faire. Je prétends ne pas aimer les gens de pouvoir et pourtant j'ai exercé sur les autres le peu de pouvoir que j'avais. Sur Melun et Aliénor en particulier. Étant née bâtarde, je n'avais pas de position assurée à Brynmor alors je voulais donner l'impression d'être indispensable pour mieux contrôler la vie des autres.

Elle changea de position, ramenant les jambes sous elle et plaçant un oreiller sur ses genoux.

— En allant dans la chapelle avec Ffion, j'ai cru pouvoir être utile une nouvelle fois et parvenir à maîtriser la situation, mais dès que la porte a été refermée derrière nous, ses mains ont saisi mes poignets comme les serres d'un rapace. J'ai compris, alors, que je ne pourrais plus rien contrôler.

Un sourire dansa sur les lèvres d'Anwen quand, regardant tendrement Teague, elle ajouta :

— Tu es arrivé peu après pour me sauver.

Il s'avança vers elle sans détacher son regard du sien.

— Courage, fit-il. Dis-le !

Entêtée, orgueilleuse, elle ne s'était jamais rendue à quiconque jusqu'à ce que Teague croisât son chemin. Elle lui était tombée, alors, directement dans les bras.

— Je vous aime, Teague de Gwalchdu.

Il mit un genou à terre devant elle.

— Avant de te connaître, je ne savais pas à quel point j'avais envie d'entendre ces mots ni de les prononcer.

— Teague ?

— Oui, mon amour. Je t'aime moi aussi. J'en ai pris conscience bien avant la confession de Ffion.

Il prit la main d'Anwen et la porta à ses lèvres.

— Maintenant que je te connais, je sais que je ne pourrais plus vivre sans toi. Quel idiot j'ai été de ne pas te le dire plus tôt. Mais j'ai été long à comprendre mes sentiments ou, plutôt, à les accepter.

« C'est peut-être quand j'ai brisé la porte donnant sur

le chemin de ronde qu'ils se sont imposés à moi en toute évidence. Une porte close me séparait de toi tout comme celle qui m'avait empêché de revoir ma mère avant qu'elle meure. Tout ce que j'avais gardé enfoui au fond de moi est remonté soudain à la surface. »

Teague baissa la tête et regarda leurs mains jointes.

— Sais-tu quelle terreur m'habitait pendant que je défonçais cette porte ? J'étais terrifié à l'idée de ce que j'allais trouver de l'autre côté et quand, enfin, elle a cédé et que tu t'es jetée dans mes bras en m'enlaçant de toutes tes forces, j'ai cru voir un soleil. Quand tes bras et tes jambes m'enserraient, ce n'était pas mon corps qu'ils enlaçaient, mais mon cœur.

Anwen, pour toute réponse, serra ses mains dans les siennes.

— Mais je croyais encore que l'amour, en l'affaiblissant, avait été responsable de la mort de ma mère. Comment, dans ces conditions, pouvais-je accepter de devenir faible par amour alors que j'étais responsable de la défense de Gwalchdu et de tous ceux qui y vivaient ? C'était pour cette raison que je t'ai demandé d'aller vivre à la cour du roi. Il a fallu que je vive la scène avec Ffion dans la chapelle pour comprendre que lorsque je t'avais à mon côté, loin d'être plus faible, j'étais cent fois plus fort.

Anwen plaqua la main de Teague contre son ventre.

— Nous serons toujours à ton côté, dit-elle.

— Alors, c'est vrai ? Tu portes notre enfant ? Je n'osais pas le croire… Je suis donc en droit d'espérer que tu accepteras de m'épouser ?

— Oui… mon amour.

Teague posa la tête sur l'oreiller qu'elle avait placé sur ses genoux et Anwen glissa les doigts dans les boucles brunes de ses cheveux. Tout en lui caressant maternellement la tête, elle faisait le vœu de ne jamais le décevoir et d'être toujours là pour le soutenir. Après toutes ces années de solitude, il méritait de vivre au milieu d'une famille pleine d'amour et de sollicitude. Un surnom vint spontanément à l'esprit d'Anwen, qui remplacerait et effacerait celui immérité que Teague avait, si longtemps, porté. Dorénavant, on l'appellerait le juste de Gwalchdu. Et elle ne doutait pas que tous les gens de Brynmor le désigneraient ainsi avec enthousiasme.

Retrouvez en octobre,
dans votre collection

LES HISTORIQUES

Inaccessible duchesse, de Julia Justiss - N°764

LES GENTLEMEN REBELLES - TOME 2

Londres, 1831

En mettant en fuite des voleurs qui importunaient une passante, David n'imaginait pas sauver Faith, la femme qu'il a aimée en secret pendant des années, et qui, en épousant un duc, est devenue encore plus inaccessible à l'orphelin qu'il était. Si sa seule vue suffit aujourd'hui à raviver ses sentiments les plus vifs, David doit une fois de plus les réprimer. Car bien qu'il ait réussi à gravir les échelons de la société pour devenir un parlementaire influent, il ne saurait prétendre à une duchesse, fut-elle veuve. Aussi n'a-t-il pas le choix : il fera tout pour ignorer les beaux yeux de Faith, qui semblent se poser sur lui pour la première fois…

La vengeance du Saxon, d'Elisabeth Hobbes - N°765

Angleterre, XIIe siècle

Lorsqu'il ôte le capuchon du jeune page qu'il vient de capturer en pleine forêt, Aelric peine à en croire ses yeux : Constance, son amour de jeunesse, celle qu'il n'avait pas le droit de courtiser parce qu'il était saxon, se tient devant lui. Constance, qui l'a sauvé de la mort quand sa famille a été exécutée par les Normands, et lui promettait de fuir avec lui… ce qu'elle n'a jamais fait. Par retour de faveur, il insiste auprès de ses compagnons hors-la-loi pour épargner sa vie. Mais malgré leur passé, la haine est désormais le seul sentiment qui l'anime, et il ne connaîtra pas de repos avant d'avoir vengé les siens. Alors hors de question de laisser partir un otage si précieux…

La défiance d'un prince, de Marguerite Kaye - N°766

NUITS D'ARABIE - TOME 3

Royaume de Bharym, 1815

Stephanie ne se sent pas la bienvenue lorsqu'elle se présente, à la place de son père, au palais royal de Bharym. Visiblement, le prince Rafiq ne s'attendait pas à ce qu'une jeune femme puisse prétendre au poste de vétérinaire des écuries royales. Elle a pourtant tout appris de son père, le plus grand spécialiste britannique, aujourd'hui retenu par une campagne militaire. Elle est donc largement compétente, et si le prince est déterminé à remporter la célèbre course hippique de Sabr, il sera bien obligé de lui faire confiance. Par fierté et par défi, elle compte bien lui prouver qu'une femme peut être à la hauteur de la tâche…

L'otage du Viking, de Michelle Styles - N°767

Écosse, IXe siècle
Liddy tremble de colère. Comment son père et son frère osent-ils la livrer aux Vikings en guise de tribut ? La voilà condamnée à devenir l'esclave du chef des envahisseurs. Pourtant, ce Sigurd la trouble plus qu'elle ne saurait le dire, car il n'a rien à voir avec le seigneur sanguinaire qui l'a précédé sur le trône du royaume d'Alba. Bien que Viking, il semble sincèrement guidé par l'honneur, et lui témoigne plus d'égards que les hommes de sa propre famille. Mais prudence... Sigurd reste avant tout un ennemi, et si Liddy veut un jour se soustraire à son joug, elle ne doit pas se laisser amadouer !

Mariée sous la contrainte, de Jenni Fletcher - N°768

Angleterre, IXe siècle
« Vous êtes une femme difficile à trouver, Lady Cille »
Quand le chevalier qui vient d'enfoncer la porte de son refuge l'interpelle du nom de sa sœur, Aedivia se garde bien de le corriger. Elle sait que celle-ci, comme toutes les veuves saxonnes, sera mariée de force à un Normand sur ordre du roi Guillaume. Mais Cille est en train de donner naissance dans la pièce voisine ! Pour préserver sa sœur et son enfant, Aedivia est prête à se sacrifier. Elle accepte alors de suivre le chevalier qui, loin d'être la brute épaisse qu'elle imaginait, s'avère étonnamment protecteur. Pourtant, elle ne peut baisser sa garde, car s'il découvre sa véritable identité, c'est toute sa famille qui en paiera le prix fort...

La maîtresse des Highlands, de Suzanne Barclay - N°769

Écosse, 1393
Depuis l'attaque des siens par les hommes de Jock Carmichael, Allisun, le chef du clan Murray, a dû fuir la forteresse familiale en flammes et se réfugier dans des grottes, en pleine montagne, avec les rescapés. Dès lors, Jock la traque sans relâche, mais Allisun refuse de céder à la peur. Courageuse et passionnée, elle est prête à se battre comme une lionne pour assurer l'avenir de ses vassaux et protéger sa petite sœur Carina. Et ce n'est pas Hunter Carmichael, le trop séduisant neveu de Jock, qui l'empêchera de mener à bien sa vengeance.

La fiancée captive, de Joanne Rock - N°770

France et Angleterre, 1250
Peu avant de prononcer ses vœux définitifs, Mélissande Deverell, une jeune et jolie novice, est enlevée au sein même de son couvent français par un audacieux ravisseur qui se révèle être un ami d'enfance, le chevalier Lucian Barret. Brièvement, ce dernier lui explique avoir pour mission de la ramener en Angleterre afin qu'elle y épouse son frère Roarke comme elle en a jadis émis le souhait. Outrée, Mélissande s'insurge. Elle s'est crue autrefois éprise de Roarke, mais elle n'était alors qu'une fillette et, depuis, ses rêves ont changé ! Et pourquoi celui-ci, après des années de silence, se souvient-il subitement de son existence ? Et plus inquiétant encore : pourquoi Lucian affirme-t-il vouloir, par ce rapt, « s'acquitter d'une lourde dette envers sa famille » ?.

OFFRE DÉCOUVERTE !

Vous souhaitez découvrir nos collections ? Recevez **votre 1er colis gratuit* avec 2 cadeaux surprise !** Une fois votre colis de bienvenue reçu, si vous souhaitez continuer à recevoir nos livres, cela se fera automatiquement. Vous recevrez alors vos livres inédits en avant première.

Vous n'avez aucune obligation d'achat et cette offre est sans engagement de durée !

*1 livre offert + 2 cadeaux / 2 livres offerts pour la collection Azur + 2 cadeaux.

☛ COCHEZ la collection choisie et renvoyez cette page au
Service Lectrices Harlequin – CS 20008 – 59718 Lille Cedex 9 – France

Collections	Références	Prix colis France* / Belgique*
❑ **AZUR**	ZZ7F56/ZZ7FB2	6 livres par mois 28,19€ / 30,19€
❑ **BLANCHE**	BZ7F53/BZ7FB2	3 livres par mois 23,20€ / 25,20€
❑ **LES HISTORIQUES**	HZ7F52/HZ7FB2	2 livres par mois 16,29€ / 18,29€
❑ **HORS-SÉRIE**	CZ7F54/CZ7FB2	4 livres tous les deux mois 33,15€ / 35,15€
❑ **PASSIONS**	RZ7F53/RZ7FB2	3 livres par mois 24,49€ / 26,49€
❑ **NOCTURNE**	TZ7F52/TZ7FB2	2 livres tous les deux mois 16,79€ / 18,79€
❑ **BLACK ROSE**	IZ7F53/IZ7FB2	3 livres par mois 24,49€ / 26,49€
❑ **VICTORIA**	VZ7F53/VZ7FB2	3 livres tous les deux mois 25,49€ / 27,49€

*Frais d'envoi inclus

N° d'abonnée Harlequin (si vous en avez un) ☐☐☐☐☐☐☐☐☐☐

Mme ❒ Mlle ❒ Nom : ____________________

Prénom : ____________________ Adresse : ____________________

____

Code Postal : ☐☐☐☐☐ Ville : ____________________

Pays : ____________________ Tél. : ☐☐☐☐☐☐☐☐☐☐

E-mail : ____________________

Date de naissance : ____________________

❒ Oui, je souhaite recevoir par e-mail les offres promotionnelles des éditions Harlequin.
❒ Oui, je souhaite recevoir par e-mail les offres promotionnelles des partenaires des éditions Harlequin.

Date limite : 31 décembre 2017. Vous recevrez votre colis environ 20 jours après réception de ce bon. Offre soumise à acceptation et réservée aux personnes majeures, résidant en France métropolitaine et Belgique, dans la limite des stocks disponibles. Prix susceptibles de modification en cours d'année. Conformément à la loi Informatique et libertés du 6 janvier 1978, vous disposez d'un droit d'accès et de rectification aux données personnelles vous concernant. Par notre intermédiaire, vous pouvez être amenée à recevoir des propositions d'autres entreprises. Si vous ne le souhaitez pas, il vous suffit de nous écrire en nous indiquant vos nom, prénom et adresse à : Service Lectrices Harlequin CS 20008 59718 LILLE Cedex 9.
Service Lectrices disponible du lundi au vendredi de 8h à 17h : 01 45 82 47 47 ou +33 1 45 82 47 47 pour la Belgique.

Composé et édité par HarperCollins France.

Achevé d'imprimer en juillet 2017.

CPi
BLACK PRINT

Barcelone

Dépôt légal : août 2017.

Pour limiter l'empreinte environnementale de ses livres, HarperCollins France s'engage à n'utiliser que du papier fabriqué à partir de bois provenant de forêts gérées durablement et de manière responsable.

Imprimé en Espagne.